Gabrielle Marcola

Der Einbrecher

Erotischer Roman

Ins Deutsche übertragen von
Sandra Green

BASTEI
LÜBBE

BASTEI LÜBBE TASCHENBUCH
Band 15 667

1. Auflage: April 2007

Vollständige Taschenbuchausgabe

Bastei Lübbe Taschenbücher in der Verlagsgruppe Lübbe

Deutsche Erstausgabe

Titel der Originalausgabe: »Bedding the Burglar«
Published by Arrangement with Virgin Books Ltd., London, England

Dieses Werk wurde vermittelt durch die Literarische Agentur
Thomas Schlück GmbH, 30827 Garbsen.
Titelillustration: Lucianne Pashley / Mauritius Images
Umschlaggestaltung: Tanja Østlyngen
Satz: SatzKonzept, Düsseldorf
Druck und Verarbeitung: Nørhaven Paperback
Printed in Denmark
ISBN: 978-3-404-15667-2

Erstes Kapitel

Es war das älteste Klischee der Welt: Der attraktive weibliche Single streckte sich wohlig im Jacuzzi des Strandhauses aus; die perlenden Bläschen umspielten die festen Brüste. In einer Hand hielt die junge Frau ein Glas mit Pinot Noir. Auf der Marmorablage brannten die Duftkerzen, und das Mondlicht strömte durch die offene Balkontür, während man hören konnte, wie die Wellen sanft auf den schneeweißen Strand Floridas schwappten.

Aber in diesem Fall war alles nur Schein: Die Frau in der Wanne, Magdalene Marie Quinton, allseits nur Maggie genannt, verabscheute warme Bäder und trockenen Wein, und Duftkerzen erst recht. Und außerdem gehörten ihr weder Jacuzzi noch Strandhaus.

Die idyllische kleine Szene war die Idee ihrer sich stets einmischenden, herrischen Schwester – ein weiterer Versuch in einer endlosen Serie vergeblicher Bemühungen, die kleine Schwester in die sinnliche Seite des Lebens einzuführen. Wie immer war Maggie für Dianes Ideen nicht empfänglich.

Als Architektin war Maggie beauftragt, auf der abgelegenen, unbefleckten Insel namens Osprey Island eine multimillionenteure Ferienanlage zu entwerfen. Das Haus mit Jacuzzi und Meerblick gehörte ihrem Auftraggeber Cal Heeter. Das Projekt war das größte seiner Art in diesem Teil von Florida, und Maggie würde genug daran verdienen, um sich selbst ein solches Haus leisten zu können.

Sie könnte sich sogar ein Haus mit zwei Jacuzzis leisten, auch wenn sie sie nicht benutzen würde. Eher würde sie die Wannen mit Erde füllen und zum Terrarium umfunktionieren. Nur den umlaufenden Balkon würde sie nutzen, wenn auch nur, um nachts die Sterne zu betrachten. Ihr war es wichtig, bald ein solches Haus zu besitzen. Als persönliches Ziel und natürlich auch als Investition.

Ernsthafte Pläne dieser Art ließen Diane erschauern. Ihrer Meinung nach war Maggies Dasein eine bloße Ansammlung von verpassten Gelegenheiten, Spaß zu erleben. Es war nicht so, dass Diane Geld nicht liebte, aber sie wollte nicht unbedingt dafür arbeiten.

»Die Welt braucht Menschen wie mich, meine Liebe«, pflegte die dunkelhaarige Diane ihrer rothaarigen kleinen Schwester zu sagen. »Durch uns sieht Geld erst richtig gut aus.«

Eins stand fest: Wenn ein Millionär wie Cal Heeter ihrer Schwester Diane angeboten hätte, eine Weile sein Haus zu bewohnen, während er mit seiner Jacht durch die Karibik kreuzte, hätte sie das nach Kräften ausgenutzt. Partys ohne Ende. Maggie hingegen nahm das ultramoderne Haus kaum wahr; sie saß meist am Küchentisch und entwarf und verwarf und begann von neuem, Tag für Tag, denn sie musste alles unterbringen, was der Ölmagnat verlangte: Vier Golfplätze, drei Hotels, eine Einkaufsmeile und eine Reihe von Vier-Sterne-Restaurants.

Es gab eine Menge Feldarbeit zu verrichten; sie musste nach den geeigneten Landschaften für die einzelnen Projekte suchen, und außerdem musste sie den ersten Bauabschnitt des Hotelturms Nummer eins überwachen.

»Dies ist mein Baby«, hatte der neununddreißigjährige Sohn eines texanischen Ranchers gesagt und strich mit einer porzellanweißen Hand über die Landkarte der Insel, die vom Magazin *Regional Geographic* zwei Jahre hintereinander zur ›unberührtesten Natur des nordamerikanischen Kontinents‹ erklärt worden war. »Ich gebe das Baby in Ihre Hände. Füllen Sie die Insel mit Leben, Miss Quinton. Säugen Sie mein Baby, und wenn ich zurückkomme, machen wir Liebe mit ihm.«

Der stupsnasige, fast kahle Cal redete gern in sexuellen Bildern und Andeutungen, und es gefiel ihr nicht immer, wie er sie anstarrte. Das war auch der Grund, warum sie ihm gegenüber eher distanziert war. Einige ihrer Konkurrenten aus den großen Architekturbüros in Chicago hatten geknurrt und boshaft verbreitet, die üppige Rothaarige hätte ihre Beine gespreizt, um den lukrativen Auftrag einzufangen.

In Wirklichkeit waren ihre Mitbewerber ein Haufen eifersüchtiger alter Nörgler, die eine Niederlage nicht so leicht wegstecken konnten. Maggies Firma war klein und schlank, und sie hatte eine überzeugende Planung vorgelegt, einschließlich einer 3 D Graphik Software.

Mochte sein, dass der laute, pompöse Texaner gern mit ihr schlafen würde, aber er erhielt nichts als eine erstklassige Planung, architektonisch gesund, ergonomisch gereift und ästhetisch angenehm. Für Cal Heeter war es keine Frage, dass seine Architektin während seiner Abwesenheit in seinem Strandhaus wohnen sollte.

Maggie war es sehr wohl bewusst, dass es die Chance ihres Lebens war, deshalb hatte sie alle anderen Aufgaben und die Leitung des Büros an ihre beiden Assistenten Reid und Tanya abgegeben. Eine für alle, alle für eine, lautete das Motto von Dream Design. Wenn Maggie ihre Karten richtig spielte, würde sie für ihr ganzes Leben saniert sein.

Der Wein wärmte ihren Bauch, bis er beinahe die Temperatur des Sprudelbads erreicht hatte. Vielleicht war so ein Jacuzzi ja doch keine so schlechte Idee. Es machte Spaß, den Luxus zu erleben, während zu Hause in Sly Town die Straßen mit Schnee und Eis bedeckt waren und die hübschen Jungs in Parkas und hässlichen Winterkappen herumlaufen mussten. Hier unten gab es jede Menge Haut zu sehen, und fast jeder Mann lockte zu Phantasien heraus, halb nackt, gut gebräunt und immer zur Liebe bereit.

Leider musste Maggie ihre Vorstellungen mehr bemühen,

als ihr lieb war, denn im Gegensatz zum Festland bildeten die Einwohner der Insel Osprey, allesamt verschlafene Provinzler, eine geschlossene Gesellschaft, die allen Außenstehenden argwöhnisch begegneten.

Besonders Heeter war den Insulanern ein Dorn im Auge, weil er ihr beschauliches Zuhause in einen brummenden Erholungsort für Yankee Touristen verwandeln wollte. Polizeichef John ›Griff‹ Grifford, ein strenger, väterlicher Mann mit schwarzen Haaren und silbernen Schläfen, fünfzig Jahre alt, hatte sie gewarnt, vorsichtig zu sein und die Empfindsamkeiten der Einwohner zu respektieren – was auch immer das heißen mochte.

Sie hielt ihn für einen außerordentlich gut aussehenden Mann, blaue Augen, kantiges Kinn und muskulöser Körper. Auch sein einziger Officer, der viel jüngere Mike Cosgrove, sah gut aus, kurze Haare und hübscher kleiner Schnurrbart. Er hatte was Athletisches an sich.

Maggie lehnte sich zurück und ließ ihre Hand über den linken Nippel streifen, der sich schon versteift hatte. Mike Cosgrove war ein Meter fünfundachtzig groß; er hatte kein Gramm Fett zu viel, und sie würde ihm liebend gern die beigefarbene Uniform ausziehen und ihn auf die nächste flache Fläche werfen. Am liebsten auf ein Bett, aber ein Platz am Strand wäre auch nicht schlecht.

Maggies gespannter Bauch bebte leicht, als ein vorwitziger Finger weiter nach unten vordrang. Das heiße Wasser und die sanfte, sexy Atmosphäre führten dazu, dass sie das Verlangen nach einem Mann spürte, und wenn sie schon keinen haben konnte, wollte sie wenigstens von einem träumen.

Sie zwirbelte nacheinander an ihren Brustwarzen und hörte sich stöhnen. Würde ein Mann wie Cosgrove sie überhaupt zur Kenntnis nehmen, sexuell gesehen? Nach einer Woche vor Ort wusste sie, dass der Polizist Single war, aber er hielt sich oft in der Begleitung einer heißen kleinen Blonden auf, die im

Club Diamond Pete's strippte. Katy Sue war der Traum jedes Mannes, und verheiratet war sie auch, aber offenbar nicht sehr.

Einmal hatte Maggie gesehen, wie Cosgrove sie geküsst hatte. Der Körper der schlanken, spärlich bekleideten Frau wurde von vorn gegen seine kräftigen Muskeln gepresst und von hinten gegen die Tür seines Streifenwagens. Das Bild, das sie abgaben, ließ keinen Zweifel daran, dass er an diesem Tag bei ihr zum Zuge kam, entweder gleich auf dem Rücksitz oder später auf dem Revier.

Maggie hätte nichts dagegen, es auch mit ihm zu versuchen. Sie würde ihm zeigen, was Stadtmädchen mit Mund, Brust und Pussy alles anstellen konnten. Und den Polizeichef würde sie auch nicht von der Bettkante stoßen. Er mochte zwar so alt sein wie ihr Vater, aber ›Griff‹ Grifford war längst noch nicht jenseits von Gut und Böse.

Sie spreizte die Beine weiter und arbeitete mit den Fingern in ihrer pochenden, überlaufenden Pussy. Chief Grifford konnte eine solche Öffnung füllen, davon war sie überzeugt. Gerüchte, die sie im einzigen Restaurant der Insel aufgeschnappt hatte, wollten wissen, dass ›Griff‹ nach der Trennung von seiner Frau vor ein paar Jahren keine andere Beziehung mehr eingegangen war, abgesehen von einer verrückten Hexe namens Star Shine; sie lebte auf der anderen Seite der Insel, und es hieß, dass sie bei Vollmond nackt über die Wiesen tanzte.

Man musste diese Menschen auf der Insel und ihre urigen Bräuche einfach lieben. Ihre Schwester Diane, Städterin durch und durch, würde ausflippen, falls sie jemals den Weg von Chicago zu ihr finden würde – aber die gut bestückte Männerszene würde ihr gefallen. Einmal die muskulösen Bauarbeiter, die waghalsig auf dem Turm herumturnten, dann die Studenten und schließlich die ersten Frühlingsurlauber, die die großen neuen Strandhäuser mieteten.

Gestern hatte Maggie drei von ihnen auf einem Schnellboot gesehen, der Vierte auf Wasserskiern dahinter. Sie brachen in

Kriegsgeheul aus, als sie Maggie sahen, und winkten ihr zu, was Maggie mit ihren einunddreißig Jahren sehr ermutigte, ganz zu schweigen davon, dass sie sich geschmeichelt fühlte.

Sie hatten ihr sogar eine Hand voll Glasperlen zugeworfen – inzwischen wusste sie von Tanya, ihrer acht Jahre jüngeren Assistentin, dass es sich dabei um die direkte Aufforderung an ein gut aussehendes Mädchen handelte, ihre Brüste zu entblößen, oft vor Digital- und Videokameras.

»Ja, du kannst mir glauben, es ist ein scharfes Kompliment«, hatte die blonde Tanya am Telefon gesagt, als Maggie am Morgen angerufen hatte, um über ihre neuesten Abenteuer auf der Insel zu berichten.

»Kann schon sein«, hatte Maggie scheinbar lustlos zurückgegeben, »aber ich habe keinen Bedarf, mich oben ohne im Internet wiederzufinden.«

»Könnte aber gut fürs Geschäft sein«, hatte ihr siebenundzwanzigjähriger Juniorkollege Reid Fuller eingeworfen. Er war für jede Klugscheißerei zu haben.

Und wäre das nicht ein Festtag für Mommy und Daddy, und erst recht für ihren selbsternannten, schrecklich unqualifizierten Moralapostel, ihre Schwester Diane.

Aber vielleicht wäre ein solches Erlebnis genau das, was die Familie Quinton am renommierten Lake Shore Drive mal richtig durchrütteln würde.

Maggie lehnte sich wieder zurück und ging die Szene von gestern noch einmal durch. Die drei Jungs auf dem Schnellboot, die in der Sonne glitzernden Glasperlen, die sie locken, bis sie schließlich nachgibt und den himmelblauen BH ihres Bikinis aufschnürt und ihre nicht zu großen, nicht zu kleinen Brüste zeigt. Aber dabei belässt sie es nicht; sie bietet ihnen in ihrer Phantasie nicht nur ihre Brüste an, sondern auch sich selbst. Sie legt die Hände unter die Brüste und hebt sie ihnen entgegen, damit sie ihnen zeigen kann, wie bereit sie für die jungen Männer ist.

Sie umkreisen sie einige Male, als wollten sie herausfinden, ob sie den Aufwand wert wäre. Maggie fühlt sich zwar wie ein Flittchen, aber sie fährt fort, sich ihnen anzubieten, lässt die Hände über ihren Torso gleiten und schiebt die Finger unter das Bikinihöschen. Sie dreht sich um und bückt sich, damit die Jungs ihren prallen Po sehen können.

Ihre Konkurrentinnen sind all die neunzehn und zwanzig Jahre alten Mädchen, für die die Gesetze der Schwerkraft noch nicht gelten, aber sie ist es, die von den Jungs umschwärmt wird. Einen Moment lang ist sie verängstigt, als sie ihr Boot an Land bringen, aber die gierigen Ausdrücke auf den Gesichtern zeigen ihr, wie erfolgreich ihre Initiative ist, und als sie die Beulen in den Badehosen sieht, fühlt sie sich mehr als bestätigt; kräftige junge Männerglieder, die sich kaum bezähmen lassen. Die Gruppe junger Collegejungs ist scharf auf sie, und sie ist begierig auf die Hände auf ihrer Haut.

Es sind eifrige junge Hände, die ihre Brüste kneten. Hände, die ihren Bauch reiben und massieren und schließlich ihr Höschen aufknoten und abstreifen.

Während sie sich selbst streichelte, sah Maggie sie alle vor sich. Sie streifte ihre Shorts ab, spreizte die Schenkel und stellte sich vor, wie die Männer sie erregten.

Sie streichelt über die schlanken Körper. Muskulöse Torsi, große, gut schmeckende Nippel. Sie ist nass und bereit. Sie sagt ihnen, dass sie Raum für alle hat; niemand braucht zurückzustehen. Sie lässt sich auf alle Viere nieder, um ihnen zu zeigen, wie sie sich den Auftakt des Festes vorstellt. Von ihr aus kann es bis in den Abend hinein dauern.

Glücklich lässt sie alles mit sich geschehen. Sie zeigt ihnen Dinge, die ihre jungen Freundinnen noch nicht kannten oder sich noch nicht trauten. Sie hat nichts dagegen, dass sie sie in allen Öffnungen nehmen oder dass sie sich stöhnend auf ihren Brüsten verströmen.

Maggies Phantasien im Jacuzzi hatten ihren Höhepunkt

erreicht. Einen Finger stieß sie tief in sich hinein, während der Daumen über ihrer Klitoris kreiste. All diese jungen Kerle! Diese vor Kraft strotzenden Glieder! Nur noch ein paar Sekunden, dann würde sie explodieren.

Dachte sie jedenfalls.

Das scharrende Geräusch hätte nicht zu einem schlimmeren Zeitpunkt kommen können. Sie erstarrte mitten in der Bewegung, und mit einem Schlag war ihre Konzentration weg. Sie fluchte über Roscoe. Woher wussten Tiere, dass Menschen gerade Sex hatten? Denn Roscoe verpasste nie die Gelegenheit, sie dabei zu stören.

Sie stieß einen verärgerten Schrei aus und rief ihren imaginären jungen Kerlen zu: »Kommt zurück!« Sie versuchte, sie aufzuhalten, aber sie fuhren ohne ein Abschiedswort mit ihrem Boot weiter. »Lasst mich doch nicht so hängen«, rief sie ihnen verzweifelt nach.

»Männer«, stieß Magdalene Marie Quinton wütend hervor, dann holte sie sich aus dem Paradies zurück und trat auf die harten kalten Fliesen der Wirklichkeit.

Sie wünschte, ihre dämliche Katze würde sich endlich an dieses Haus gewöhnen. Die neurotische Angorakatze lief ständig zwischen ihren Füßen herum, oder sie zwängte sich mit ihrem aufgedunsenen Körper in enge Behältnisse, aus denen sie sich meist nicht aus eigener Kraft befreien konnte. Vielleicht hätte sie Roscoe bei Tanya lassen sollen, aber Cal Heeter hatte darauf bestanden, dass sie ihre tierische Freundin mitbrachte, damit sie sich ganz wie zu Hause fühlen konnte. Dies allein war ein Beweis dafür, wie sehr er ihre Arbeit schätzte. Auf der anderen Seite hatte der Ölbaron sie eine Vereinbarung unterschreiben lassen, dass sie für alle Schäden haftete, die Katzenkrallen im Haus anrichten würden.

»Du bringst mich noch um, Roscoe«, schimpfte sie auf dem Weg ins Schlafzimmer. »Hast du eine Ahnung, wie lange es dauert, sich eine überzeugend geile Szene auszumalen?«

Maggies Monolog wurde unterbrochen, denn wieder sah sie jemanden vor der Tür stehen, aber diesmal war es kein Tier, sondern eine viel gefährlichere Kreatur, ein stattlicher junger Mann, der nur eine dunkelblaue Badehose trug.

Er hatte ihr den Rücken zugewandt und kramte überaus lässig in Cal Heeters Schmuckschatulle. Neben ihm auf dem Boden lag eine Stablampe. Kein sehr umsichtiger Einbrecher, dachte Maggie. Er bot einen Anblick, der ihr durchaus gefiel – nass wie sie, breitschultrig, muskulös. Seine langen sandbraunen Haare hingen mähnenhaft über dem sehnigen Nacken.

Maggie stand immer noch wie erstarrt da, während ihr Gehirn nach einem Ausweg suchte. Kämpfen oder fliehen? In diesem Moment drehte sich der Einbrecher um und sah sie an. Beinahe wäre sie ohnmächtig geworden.

Der Kerl hätte zu den Phantasiegestalten ihres Jacuzzitraums gehören können. Seine Augen waren grün wie Jade und so durchdringend wie die eines Habichts. Sein kantiges Gesicht wurde von einem Drei-Tage-Bart verziert; die hellen Härchen sahen aus wie gesponnenes Gold. Einige Herzschläge lang starrten sie sich an, bis der Eindringling das Schweigen brach.

»Eigentlich sollte niemand hier sein.« Seine Stirn runzelte sich. Der ärgerliche Ton in seiner Stimme kam Maggie unangemessen vor, wenn man die Umstände bedachte.

»Tut mir leid, dass ich Ihren Einbruchscoup gestört habe«, sagte sie scharf, »aber wie Sie sehen, bin ich da, und das heißt, Sie haben noch dreißig Sekunden, um mein Haus zu verlassen, sonst rufe ich die Polizei.«

Der griechische Gott in Badehosen legte den Kopf schief. »Ihr Haus?« Seine Stimme klang gedehnt und sexy wie die Hölle. »Was haben Sie denn mit ihm zu tun? Heeter ist nicht verheiratet, das heißt, Sie sind entweder seine Freundin oder seine Hure. Was trifft auf Sie zu?«

Maggie griff nach einem kleinen Steinbuddha aus dem

Regal und schwang ihn drohend durch die Luft. »Weder noch, Sie mieser, kranker Bastard. Ihre dreißig Sekunden sind bereits abgelaufen.«

»Ich wollte Sie nicht beleidigen«, behauptete er, »ich habe nur meine Schlüsse aus Ihren Worten gezogen und auch aus Ihrer ... nun sagen wir ... Kleidung.«

Maggie sah an sich hinab, und erst jetzt wurde ihr bewusst, dass sie splitternackt war. »Unterstehen Sie sich, mich auch nur eine Sekunde lang anzusehen!«, kreischte sie und ließ den Buddha auf den dunkelrosa Teppich fallen, damit sie beide Hände frei hatte, um ihre Blöße notdürftig zu bedecken.

»Dafür ist es ein wenig zu spät, Ma'am«, sagte der Einbrecher mit schleppender Stimme. Die Schwellung in seiner Hose ließ auf einen Penis schließen, der mindestens zwanzig Zentimeter lang war. »Aber wenn es Ihnen ein Trost ist, verrate ich Ihnen, dass ich einen Eid auf den Zölibat abgelegt habe.«

Dieser Knabe war unglaublich. Dachte er wirklich, er könnte sie damit von der Tatsache seiner kriminellen Handlung ablenken? Auch wenn sie zugeben musste, dass er überaus gut aussah und gut in ihr Bett passen würde.

»Nein, es ist kein Trost, Sie Arsch mit Ohren«, tobte sie. »Sie sind in mein Haus eingebrochen, geifern meinen nackten Körper an und beleidigen mich grob, und das alles in weniger als zwei Minuten.«

»Wer sagt, dass ich geifere?«

»Wie, bitte?« Maggie legte einen Arm über ihre Brüste, die andere Hand über ihren Schoß.

»Sie unterstellen mir, dass ich Sie attraktiv finde.«

Sie hob die Augenbrauen und zeigte auf seine Körpermitte. Der geschwollene Schaft und die Hoden zeichneten sich unter dem engen Lycrastoff der Badehose deutlich ab. »Nun, wenn das nicht so ist, Tarzan, dann bieten Sie mir aber eine verdammt gute Imitation.«

Oh, Mann, dachte Maggie. Warum sage ich so etwas? Mein

Herz rast mit hundertfünfzig Sachen in der Stunde, dieser Kerl vor mir ist ein Verbrecher, und er könnte mich von einem Moment zum nächsten umbringen, und ich versuche, mit ihm zu flirten, ihn anzumachen.

»Adrenalin wirkt bei Männern stimulierend«, sagte er. »Es hat absolut nichts mit Sex zu tun. Außerdem weichen Sie dem Thema aus. Wir müssen unsere Situation diskutieren und wie wir sie lösen können.«

Maggie schüttelte den Kopf mit ihren feuchten kupferfarbenen Locken und starrte ihr Gegenüber mit der größtmöglichen Überheblichkeit an. »Unsere Situation? Ach, stehen wir in irgendeiner Beziehung zueinander? Vielleicht sollten wir uns gemeinsam bei einer dieser dämlichen Talkshows bewerben, wenn sie dort jemanden zu dem Thema ›Weibliche Geiseln und die Psychos, die sie umbringen‹ brauchen.«

»Sie wissen, dass ich Sie nicht verletzen würde«, sagte er mit großer Ernsthaftigkeit. »Sie haben nicht wirklich Angst vor mir, und Sie sind mir nicht einmal böse, dass ich hier bin.«

»Böse? Natürlich nicht«, schnaufte sie sarkastisch und musste an sich halten, um vor seinen Füßen nicht niederzusinken. »Ich bin begeistert. Wie viele Frauen haben schon die Gelegenheit, dass man sie an einem Abend in ihrem Haus überfällt und auch noch analysiert? Und sagen Sir mir, Doktor Freud, wie Sie zu Ihren brillanten Schlussfolgerungen kommen.«

»Weil Sie nicht versucht haben, davonzulaufen. Außerdem haben Sie nicht versucht, mich anzugreifen.«

Er hatte Recht, und das war ihr zuwider. Der Kombination des muskulösen ländlichen Charmes mit einem wachen Intellekt war kaum zu widerstehen.

»Warum sollte ich?«, gab sie zurück. »Sie sind ganz offenkundig schneller und auch stärker als ich.«

»Sie hätten die Peitsche da drüben benutzen können« – er wies mit dem Kopf auf einen antiquierten Schirmständer in der Nähe der Tür – »wenn Sie mich wirklich hätten aufhalten wollen.«

Wieder argumentierte er so logisch, dass sie eigentlich nichts dagegen vorbringen konnte, deshalb bedachte sie ihn mit ihrem Laserstrahlblick, von dem Diane behauptete, dass er Blei an zwanzig Stellen gleichzeitig durchdringen konnte.

»Was genau wollen Sie damit andeuten, Bastard? Dass ich auf fremde Männer stehe, die nachts halb nackt in mein Schlafzimmer dringen?«

Der Einbrecher lächelte listig; er schien recht amüsiert zu sein. »Ich möchte Ihre eigenen Worte benutzen: Wenn es nicht so ist, haben Sie mir eine verdammt gute Imitation geboten, als Sie mich sahen.«

Ihre Nippel! Sie waren hart wie Kieselsteine geworden und waren es auch jetzt noch. Und wahrscheinlich konnte er die Hitze zwischen ihren Schenkeln riechen. Okay, sollte er seinen Spaß haben, denn es würde lange dauern, bis er einer Frau wieder so nahe sein würde. In einer halben Stunde spätestens würde er sich hinter Gittern befinden.

»Hören Sie«, begann sie und imitierte die Stimme einer naiven, genervten Frau, die sich vom Charme des Bösewichts einlullen lässt, »wenn Sie jetzt gehen, rufe ich nicht die Polizei. Sie sehen wie ein ordentlicher junger Mann aus, den das Glück verlassen hat. Ich könnte Ihnen sogar mit ein paar Dollar aushelfen, damit Sie nicht wieder irgendwo einbrechen müssen.«

»Ach, tatsächlich?« Er legte die Hände auf die schlanken Hüften, und die Neonaugen leuchteten auf, als wäre diese Szene zum Genießen. »Und darf ich nach dem Motiv für diesen unerwarteten Akt der Großzügigkeit fragen?«

Maggie leckte sich über die Lippen. »Ich habe eine Schwäche für verzweifelte Typen. Sie können meine Schwester fragen, wenn Sie mir nicht glauben.«

Der Einbrecher klatschte mehrfach in die Hände. »Bravo.

Feine schauspielerische Leistung. Aber wir wissen natürlich beide, dass Sie der Polizei die Ohren voll quatschen, sobald ich das Haus verlassen habe.«

»Nein«, log sie, »ich gebe Ihnen mein Wort.«

»Ein Wort, das unter Druck gegeben wird, hat keine Bedeutung.«

Maggie schnaufte. Wer war dieser Typ? Er sah wie ein Surfboy aus und redete wie ein Harvard Professor.

»Nur um das klarzustellen«, sagte er. »Ich bin kein gewöhnlicher Dieb. Ich kämpfe für eine gerechte Sache. Lady Liberty ist meine Zeugin.«

»Ja, ja, Sie sind der neue Robin Hood der Florida Islands. Haben Sie jetzt die Freundlichkeit, mir zu sagen, welche Pläne Sie mit mir haben?«

Er dachte eine Weile darüber nach, wobei seine schimmernden Smaragdaugen immer mal wieder aufblitzten. »Ich schätze, ich werde Sie fesseln müssen«, teilte er ihr mit und verzog keine Miene dabei.

»Das kann nicht Ihr Ernst sein.«

»Aber sicher. Haben Sie einen Strick oder was Ähnliches zur Hand?«

Maggie lachte humorlos. »Sie glauben doch nicht, dass ich Ihnen auch noch den Strick liefere, mit dem Sie mich fesseln wollen? Was sind Sie eigentlich für ein Einbrecher, der ohne vollständiges Arbeitsgerät zu seinen Einsätzen geht?«

»Nun, ich konnte nicht erwarten, dass mich eine herumhüpfende Nymphe bei der Arbeit stört.«

»Ich bin keine Nymphe«, fauchte sie ihn an, »und ganz gewiss bin ich hier nicht herumgehüpft.«

Er stand da und sah sie an, aber nicht begierig, eher forschend. Er verhielt sich seelenruhig, als ob er alles Recht der Welt hätte, in diesem Haus zu sein. Aus irgendeinem Grund wurde Maggie ganz heiß und schwach bei diesem Gedanken.

»Warum starren Sie mich so an?«, fragte sie.

»Wie?«

»Man könnte fast glauben, Sie wollten sich mit mir verabreden oder so.«

»Wollen Sie das denn?«

»Eher friert die Hölle zu.« Sie rümpfte die Nase. »In der Garage werden Sie ein Seil finden. Es tut mir leid, aber die Knebel sind uns ausgegangen.«

»Das macht nichts. Niemand wird Sie hören, wenn Sie anfangen zu schreien.« Er nahm ihre Hand und führte Maggie durch den Salon. Der Hautkontakt ließ ihren Puls rasen. Sein Griff war fest und trotzdem sanft. Warum treffe ich Männer stets zur falschen Zeit und am falschen Ort? Nun, ihr Lamentieren würde ihr nicht helfen.

Aber so ein Kerl hätte sie an jedem Tag der Woche in jedem Club der Stadt so angezogen wie das Licht die Motte. Natürlich hing es mit ihrer Neigung zusammen, sich für verstörte, komplizierte Männer zu entscheiden, dass sie ihr Liebesleben der beruflichen Karriere unterordnete.

Heeter hatte genug Stricke für sein Boot aufgehoben. Maggie hob auf sein Geheiß einen ausreichend langen Strick auf und ließ sich zurück in die Küche führen.

»Es spielt keine Rolle, wo ich Sie gefesselt zurücklasse«, murmelte der Einbrecher. Er zog einen Stuhl mit hohem Rücken heran und wies sie an, sich zu setzen.

»Haben Sie nicht was vergessen?«

Er sah sie verdutzt an.

»Ich bin nackt«, sagte sie ätzend, verärgert, dass sie ihn daran erinnern musste. »Wenn Sie nichts dagegen haben – ich möchte nicht, dass Sheriff Andy und Deputy Barney mich nackt in meiner Küche finden.«

Er legte den Kopf schief. »Sheriff wer?«

»Andy.« Sie starrte ihn ungläubig an. »Kennen Sie nicht die alte Andy Griffith Show vom Fernsehen?«

»Hm.« Er nickte und sagte dann: »Ich fürchte, ich sitze nicht oft vor dem Fernseher.«

Maggie verdrehte die Augen. »Okay, aber ich ziehe mir trotzdem was an.«

Warum sie den geblümten Bademantel, der an einem Haken an der Badezimmertür hing, und einen rosa Slip anzog und sonst nichts, wusste sie selbst nicht. Der Mantel war fast durchsichtig. Sie hätte Jeans und ein Sweatshirt anziehen sollen, so viel Kleidung wie möglich, aber das wollte sie nicht. Sie wollte ihren Körper vor diesem Mann nicht verstecken. Sie wollte ihre Chance nicht verlieren, diesen Mann ... ja, was denn?

Als sie sich auf den gepolsterten Stuhl setzte, stellte sie fest, dass ihr Schoß auf einer Höhe mit seinem war. Aus der Nähe konnte sie die Meeresluft an ihm riechen, die Sonne und den Sand. Sie nahm an, dass er schon eine ganze Zeit draußen lebte. Es war, als hätte die Insel ihn mit ihren natürlichen Düften der bunten Blumen überschüttet.

»Sie müssen sich weiter zurück setzen«, wies er sie an.

War es Einbildung, oder klang seine Stimme schon viel weicher und ein bisschen intimer?

Maggie gehorchte und drückte das Rückgrat gegen den Stuhlrücken. Der Stoff des Sitzes kitzelte ihre kaum bedeckten Pobacken. Kleine heiße und kalte Schauer liefen ihr über die Waden, die gegen das Metall der Stuhlbeine gepresst wurden. Sie hatte schon oft in dieser Woche auf dem Stuhl gesessen und Grapefruit und Joghurt gegessen, aber eine solche Szene hätte sie sich nicht vorstellen können.

»Sagen Sie mir, wenn es zu stramm ist.«

Die erste Schlinge des Seils drückte gegen Maggies Bauch, dicht oberhalb des Nabels. »Nein, schon gut«, flüsterte sie, während er ihre Arme gegen die Seiten drückte.

Er arbeitete schnell aber umsichtig, zog Schleife nach Schleife um ihren Körper und fesselte sie mit jeder Schleife ein bisschen mehr. Gleichzeitig entlud sich ihre sexuelle Hitze. Je eingeschränkter sich ihr Oberkörper fühlte, desto freier und entblößter empfand sie von der Taille an abwärts. Sie spürte, wie es zwischen ihren Schenkeln immer feuchter wurde.

Was für ein Widerspruch! Da beugte sich der Mann über sie, dem sie hilflos ausgeliefert war und der sie in enge Fesseln legte, und der doch so behutsam und rücksichtsvoll vorging, als wollte er sie beschützen.

Während er arbeitete, lauschte sie seinem Atem. Sein Mund war nah bei ihren Ohren, sein Herz an ihrem Busen. Und seine Hände erst – sie spürte seine Finger überall, sie berührten ihre Haut durch den Seidenmantel, und Maggie zuckte, wenn die kleinen elektrischen Pfeile ihre Pussy aufheizten.

»Sind Sie sicher, dass es nicht zu stramm ist?«, fragte er wieder und beugte sich zu ihr. Ihre Lippen berührten sich beinahe, als er auf ihre Antwort wartete.

»Nein, gut so«, sagte sie, und jetzt berührten sich ihre Lippen tatsächlich.

Maggie hatte nicht vorgehabt, ihn zu küssen, aber da saß sie nun, ihr Mund öffnete sich, und ihre Zunge focht mit seiner. Sie stieß ein Stöhnen aus und wollte ihn anfassen. Es war höchst frustrierend, ihn nicht umarmen zu können. Auf der anderen Seite war es eine neue Sensation, ihm hilflos ausgeliefert zu sein – er könnte sie anfassen, wo er wollte. Sie konnte sich nicht erinnern, jemals so verletzlich gewesen zu sein.

Sie zerrte an ihren Fesseln und ruckte ihm entgegen, wie das Stück Beute, das sie geworden war. Sie wollte ihn ermutigen, sie anzufassen, und es gab nur diese Möglichkeit, ihn wissen zu lassen, dass sie mehr von ihm erwartete.

Er nahm sich ihre Brüste zuerst vor, ließ die Fingerspitzen über die Seide gleiten, die ihre steifen Nippel kaum bedeckten. Wie er sie gefesselt hatte – eine Seilschleife über den Brüsten und eine darunter – stachen die Zwillingskugeln noch mehr hervor, sie schienen ihn anzubetteln, sie zu drücken, zu streicheln und zu quetschen. Sie wollte, dass er ihren Mantel teilte und über ihre bloße Haut strich.

Es dauerte nicht lange, bis er die Andeutung begriff. Maggie warf den Kopf in den Nacken, als er seine Zähne in die pochenden Spitzen ihrer Brustwarzen grub. Es war nicht richtig, dass er sie auf diese Weise und in diesem Zustand nahm, das wussten sie beide; aber sie wussten auch, dass ihr Einvernehmen vorlag und der Tumult in ihren Körpern nicht zu stillen war, wenn sie ihren Trieben nicht folgten.

Von wegen Einvernehmen – lüstern und schamlos spreizte sie die Beine so weit es ging; sie forderte ihn heraus, seinen Preis in Anspruch zu nehmen. Sie benahm sich wie die Hure, für die er sie gehalten hatte.

Maggies Unterwerfung war eindeutig, aber er nutzte ihre hilflose Position nicht aus. Er war so zärtlich, wie er hungrig nach ihr war. Ihr einsamer, gereizter Einbrecher hatte so viel Angst vor ihr wie sie vor ihm – und er war ebenso geil wie sie.

Sie erschauerte, als seine Handflächen über ihren Bauch streichelten. Es war unmöglich, aber sie war dem Orgasmus schon ganz nahe, ohne dass er sie da unten berührt hatte. Sie sog geräuschvoll die Luft ein, und ihr Bauch wurde in wogende Bewegung versetzt.

Er hielt sich zurück, seine Lippen kosten ihren Hals, während eine Hand nach unten griff und leicht über den Slip und ihren Schamberg strich. Maggies Fäuste ballten sich, sie zog an den Fesseln ihrer Arme und wünschte, sie könnte sich weiter zurückfallen lassen, damit er sie besteigen konnte.

Nun geh doch unter das Gummiband des Höschens, flehte sie, denn da will ich deine Hand spüren. Er wusste genau, was er mit seinen kriechenden Fingern tun sollte. Jeder Mann wusste es, er brauchte nur seinem Instinkt zu folgen. Konnte er sie riechen? Wieso konnte ihm das entgehen?

Oh, Himmel, er nahm sich direkt ihre Klitoris vor. Dieser

elende Bastard, er wusste genau, was er tat, er würde sie zum Orgasmus bringen – gefesselt, das Opfer eines völlig Fremden, eines Kriminellen. Unglaublich: Sie musste ihr intimstes sexuelles Selbst mit ihm teilen, was nur wenige ihrer Liebhaber geschafft hatten, und es geschah hier in der Küche, die nicht einmal ihre eigene war.

In einem letzten verzweifelten Versuch bemühte sich Maggie, einen Fetzen Stolz zu behalten. Welche Frau würde sich derart manipulieren lassen? Welche Frau konnte aus dieser unwürdigen Behandlung ihre Lust beziehen? Das war doch schamlos.

Und doch konnte sie nicht widerstehen. Nicht jetzt, nachdem das alles schon geschehen war.

»Mehr!«, schrie sie ihn an. »Ich will mehr, du verdammter Bastard.«

Der Einbrecher erstarrte, seine Aufmerksamkeit plötzlich vom Geheul näher kommender Polizeisirenen abgelenkt.

»Nein«, stöhnte sie gequält, weil ihre Erlösung noch in der Schwebe hing. »Verdammt, nein!«

Der Rest war wie ein Schemen. Als Maggies Kopf wieder einigermaßen klar war und ihre Umgebung erkennen konnte, war der Einbrecher verschwunden. Ein paar Augenblicke später stürmten die anderen herein. Das Beste, das Mayberry an Gesetzeshütern zu bieten hatte.

Chief Grifford warf einen kurzen Blick auf sie, dann bedeckte er ihre entblößten, wogenden Brüste mit dem Tischtuch aus dem Wohnzimmer. »Suche das Haus gründlich ab«, sagte er stirnrunzelnd zu Officer Cosgrove.

Cosgrove drehte sich auf dem Absatz um.

»Sind Sie verletzt?«, fragte Grifford diskret und griff nach einem Messer unter seinem Gurt, um das Seil durchzuschneiden. Falls er ihre geröteten Wangen bemerkte und den Geruch ihres klatschnassen Slips, so behielt er das für sich.

Maggie schüttelte den Kopf. Sie war nicht in der Lage, auch nur ein Wort herauszubringen. Sie presste die Schenkel fest zusammen, als wollte sie verhindern, dass der Gesetzesmann ihren Erregungsduft wahrnahm. Ob es wohl gegen die ›Empfindsamkeiten der Insulaner‹ verstieß, wenn sie ihn oder Cosgrove bat, sie über Heeters echte Piratentruhe im Salon zu legen und sie kräftig durchzuziehen? Oder vielleicht auch beide gemeinsam, wie sie es sich im Jacuzzi erträumt hatte.

»Können Sie mir sagen, was passiert ist, oder brauchen Sie noch ein paar Minuten?«

»Ein paar Minuten, bitte«, sagte sie hastig, denn sie wollte ihrem geheimnisvollen Beinahe-Liebhaber einen so großen Vorsprung wie möglich geben.

Lauf schnell, dachte sie, als der Polizeichef die letzten Seilstücke von ihrem Körper zog. Lass dich bloß nicht erwischen. Nicht heute Abend.

Zweites Kapitel

Ketch würde es nicht schaffen. Das Schicksal hatte sich gegen ihn verschworen und entschieden, dass seine Mission scheitern sollte. Er sollte sich der Lächerlichkeit seiner Feinde aussetzen, und Calvin Heeter, der große Dieb und Traumzerstörer, war der Anführer seiner Feinde.

Es begann damit, dass eine Frau im Haus gewesen war, eine nackte Dryade, die ihn verführen und von seinem Ziel ablenken wollte. Dann war er von den Behörden verraten worden; die Sicherheitsbeamten der Insel waren irgendwie alarmiert worden, um diesen Akt der Gerechtigkeit zu torpedieren, was ihnen überhaupt nicht bewusst war. Und schließlich – und das war die größte Enttäuschung – seine einzige Fluchtmöglichkeit, das bereitstehende Sea Doo, das ihn vom Festland nach Osprey gebracht hatte, funktionierte nicht mehr. Folge eines Sabotageakts, denn jemand hatte Zucker in den Tank geschüttet.

Verdammt, wer würde so etwas tun?

Eigentlich war die Frage überflüssig. Es gab nur einen Menschen, der so tief sinken würde, und er konnte nur beten, dass er viele Meilen entfernt war, am liebsten in einem anderen Sonnensystem.

Den Strand entlangzurennen, war mit einem Steifen gar nicht so einfach. Seine Erregung, die jene Dryade ausgelöst hatte, war immer noch nicht abgeklungen. Sie war rothaarig und hatte durchdringende goldbraune Augen und die süßesten Aureolen, die köstlich schmeckten. Sie war ihm selbstbewusst, unbekleidet und süß duftend begegnet, denn ihre Säfte hatten schon zu fließen begonnen.

Wer sonst als der große Täuschergott Pan würde ihn einer

solchen Tortur aussetzen? Und sie war keine Närrin, dieses rothaarige Weib. Sie sprach mit der Zunge der Athena, und wann immer er sah, wie sich ihre Lippen bewegten, fühlte er sich unwiderstehlich zu ihr hingezogen, er wollte sie berühren und besitzen. Was konnte ein Mann denn tun, wenn er so einen feinen kupferfarbenen Pelz vor sich sah, der den verführerischen Schlitz umrahmte?

Er hatte sich ungeheuer bezähmen müssen, um nicht in sie einzudringen, denn damit hätte er seine Mission endgültig gefährdet. Die Fesselung war nicht nur zu seinem Besten gewesen, sondern auch zu ihrem. Wenn er sie nicht gefesselt hätte, wäre er über sie hergefallen, ungestüm und hemmungslos. Selbst bei der Fesselung hatte er seine Finger nicht bei sich halten können, dafür waren ihre phantastischen Kurven viel zu verlockend. Und all die schmutzigen Dinge, die er mit ihr angestellt hatte, waren von ihr gewünscht gewesen.

Wer war sie eigentlich? Ganz sicher nicht die Freundin des Mannes, dem das Haus gehörte. Es wäre ein zu grausamer Scherz, wenn eine so geschmeidige Frau in die Fänge des tyrannischen Verschwenders von Luft geriet, als der Calvin Leroy Heeter Junior bekannt war. Sie war eine Blume der Schönheit, eine Blüte der Begierde, ein frischer Atemzug im Frühjahr. War sie eine Verwandte von ihm? Eine unglückliche Nichte? Oder war sie irgendein Dienstmädchen?

Noch wichtiger: Ketch fragte sich, in welchem Zustand sie nach seiner hastigen Verabschiedung vorgefunden worden war. Er hatte mit ihrer Anatomie gespielt, und nachdem er geflohen war, würde sie nicht genug Zeit gehabt haben, sich zu beruhigen, bevor die Polizei eingetroffen war.

Dieses letzte Bild beunruhigte ihn, denn er hatte nicht gewollt, dass jemand sie so vorfand. Dabei spielte es keine Rolle, dass sie ihm völlig fremd war. Ketch hielt sich an die Prinzipien eines Gentlemans. Es war nicht sein Ding, Frauen nur zu seinem eigenen Vergnügen zu benutzen.

Er hatte dem schwachen Geschlecht eigentlich ganz abgeschworen, was auf eine gewisse höchst verrückte und verräterische Frau zurückzuführen war, die wahrscheinlich hinter der Attacke auf sein Sea Doo steckte und auch hinter dem unerwarteten Eintreffen der Polizei.

Sie hieß Stella Sawgrass, und sie war die süßeste, tödlichste Mischung aus irischem und indianischem Blut, die die Welt je gesehen hatte. Für Frauen wie sie riskieren Männer ihr Leben – wie Odysseus bei den Sirenen.

Er verfluchte seinen Steifen. Er holte mit den Armen aus, und seine Beine griffen immer weiter aus, da sollte man glauben, dass sich das Blut im ganzen Körper verteilte und sich nicht nur auf diese eine Stelle konzentrierte. Aber er gierte noch nach der rothaarigen Dryade, und er ärgerte sich immer mehr über die dunkelhaarige Hexe Stella, die wie Feuerwasser für die Seele eines Mannes war.

Die Polizei war nach seiner Flucht ziemlich schnell vor Ort gewesen, und wenn sie ihn im Haus nicht fanden, würden sie den Strand absuchen. Dazu standen ihnen die verschiedensten Fahrzeuge zur Verfügung. Autos, Boote und gelegentlich sogar ein Hubschrauber vom Festland.

Seine einzige Hoffnung war, die drei Meilen bis zur Brücke zu schaffen, um dann irgendwie auf die andere Seite zu gelangen. Aber das war nur eine vage Chance. Die einzige Alternative war, den Golf zu durchschwimmen, aber da gab es einige hässliche Beutejäger mit vielen langen spitzen Zähnen.

Ketch musste sich mit einer Hand über den Augen vor dem Fernlicht eines nahenden Fahrzeugs schützen. Waren das schon die Bullen? Nein, es war ein ganz normaler Van. Oder? Der Wagen wurde langsamer und hielt schließlich an.

»Steig ein«, rief Stella und lehnte sich aus dem Seitenfenster. Ihre unmöglich langen schwarzen Haare flatterten wie die Flügel von tausend Fledermäusen.

»Fahr zur Hölle«, knurrte Ketch. Er wollte sich einen letzten

Rest an Würde bewahren. »Lieber würde ich in ein Nest voller Skorpione kriechen.«

»Das kann ich dir besorgen«, sagte sie. »Oder soll ich dir lieber den Arsch verhauen? Du weißt, wie sehr es dir gefällt, wenn ich deine Hose hinunter ziehe und deinen knackigen Arsch mit dem Paddel versohle. Wir könnten ein paar Jungs auf dem Festland mitnehmen, die mir dabei helfen.«

»Stella, wenn es dir nichts ausmacht, lässt du mich bitte in Ruhe. Ich bin auf der Flucht. Die Polizei sucht mich wegen einer kriminellen Handlung.«

»Ich weiß.« Sie nickte zufrieden. »Ich war es, die die Bullen angerufen hat.«

»*Et tu, Brute*«, murmelte er, als sie seine Vermutung bestätigte.

»Oh, ich liebe es, wenn du Französisch sprichst.« Sie stieß die Beifahrertür des bizarr angemalten Minibusses auf. »Spring herein, dann kümmern wir uns um dein Baguette.«

»Ich steige nicht ein, Stella. Oder hast du schon vergessen, wie du mich das letzte Mal unter Drogen gesetzt, mein Geld gestohlen und meine ganze Habe auf dem Flohmarkt verhökert hast? Du hast mich am Turkey Lake liegen lassen, weil du glaubtest, ich wäre tot.«

»Okay, okay, wir hatten eine kleine Auseinandersetzung«, stimmte sie zu, was die größte Untertreibung war, seit Napoleon meinte, Waterloo wäre nur ein kleiner Rückschlag gewesen. »Aber das ist doch schon vier Monate her.«

Ketch sah Lichter, die sich vom Strand her näherten. Ein Streifenwagen mit einem Suchscheinwerfer. Noch war er ein gutes Stück entfernt, und er fuhr auch sehr langsam und hielt alle zehn Meter an und suchte den Strand ab. »Gute Nacht, Stella. Ich wünschte, ich könnte sagen, dass mir unser Treffen ein Vergnügen war.«

»Du solltest lieber meine Hilfe annehmen«, riet sie ihm. »Ich habe auch die Staatspolizei angerufen. Du brauchst einen fahrbaren Untersatz.«

Ketch kletterte auf den verschlissenen Lederimitatsitz und fluchte in jeder Sprache, die ihm einfiel, über die Frau. »Hier.« Er hielt ihr seine Handgelenke hin. »Warum beendest du dein Werk nicht mit einer Rasierklinge?«

»Du vergisst, wer für dich da ist, wenn du in der Scheiße steckst«, sagte sie, dann legte sie den Rückwärtsgang ein und drückte das Gaspedal bis zum Anschlag durch.

Ketch hielt sich verkrampft fest und fürchtete um sein Leben. »Und du vergisst, wer mich in die Scheiße geritten hat, Stella. He, pass auf, wohin du fährst, sonst bringst du uns beide um.«

»Siehst du, das ist dein Problem.« Sie wandte ihm ihr hageres und doch wahnsinnig schönes Gesicht zu und ignorierte die Tatsache, dass sie mit gut siebzig Stundenkilometern rückwärts raste. »Du suchst immer die Schuld bei anderen, wenn du in Schwierigkeiten steckst. Wessen Schuld ist es denn, dass du in das Haus des reichsten Mannes der Insel eingebrochen bist?«

»Ich bitte dich, Stella – warum habe ich das denn getan?« Er verrenkte sich den Hals, um durch das Heckfenster mögliche Hindernisse zu erkennen. Von allen möglichen Zeiten, eine Debatte über die lange, tragische Geschichte zu beginnen, wie diese Frau in all ihrer Grausamkeit seinen kostbarsten Besitz verschleudert hatte, der sich nun in Heeters Händen befand, war dies der denkbar falscheste Augenblick.

Was natürlich bedeutete, dass Stella nicht widerstehen konnte. Sie stieg auf die Bremse, wodurch der Van über die halbe Fahrbahn geschleudert wurde, bis er dicht vor dem Ende der Sackgasse zum Stehen kam. Jetzt war sie bereit, sich dem Thema intensiver zu widmen.

»Großartig, Stella«, sagte er und lachte trocken auf. Er zeigte auf die Bremsspuren im Sand, der fast immer handbreit auf der Straße lag. »Diese Spur könnte sogar ein Zweijähriger verfolgen. Aber in ein paar Minuten sind die Cops da, welche Rolle soll das also noch spielen?«

»Ich will mit dir nicht streiten.« Sie hielt ihm ihre schwarzen Krallen hin. »Nicht am Abend unserer Wiedervereinigung.«

Er langte hinüber, um den Schalthebel des stehenden Fahrzeugs auf ›Drive‹ zu stellen. »Da sei Hades vor. Fahre endlich los, Weib. Je eher ich wieder auf dem Festland bin und weg von dir, desto besser.«

Sie schob ihn mit überraschender Kraft vom Schalthebel weg. »Sprich solche albernen Götternamen nicht in diesem Fahrzeug aus«, warnte sie. »Außerdem bin ich die Fahrerin, also bestimme ich, wo es langgeht.«

Ketch wusste, dass es keinen Sinn hatte, ihr zu widersprechen. Er konnte nur darauf hoffen, dass sie sich irgendwann wieder abregte. Tatsächlich drehte sie ihren Van, nachdem höchstens dreißig Sekunden vergangen waren.

»Hier«, rief er und zeigte auf die Weggabelung. »Fahre nach rechts, die Straße bringt uns zur Brücke.«

»Ich will noch nicht zurück zur Brücke«, erklärte sie und bog auf einen Parkplatz ein, der zu Harry's Gulfview Inn gehörte. »Zuerst will ich dich vögeln.«

»Was?«

»Tu nicht so, als wüsstest du nicht, wovon ich spreche«, sagte sie und kroch in ihrem schlenkernden, mit Perlen besetzte Top und ihren hautengen schwarzen Jeans auf ihn zu. »Ich sehe doch, dass du eine ganze Ladung loswerden musst. Es ist okay, mein Schatz. Die Rothaarige sah wirklich toll aus. Ich vergebe dir, dass du versucht hast, sie flachzulegen.«

Ketch vergaß einen Moment lang, sie sich vom Leib zu halten. »Du hast uns beobachtet?«

Stella drehte seinen Sitz um neunzig Grad, sank zwischen seinen Beinen auf die Knie und griff in den Bund seiner Badehose. »Ja. Nun sage bloß nicht, das törnt dich nicht an – zu wissen, dass ich alles gesehen habe, du und diese bleichgesichtige Schlampe, wie ihr Räuber und Gendarm gespielt habt. Was hättest du denn getan, wenn die Cops nicht gekommen wären, he, Baby? Sie hatte es dringend nötig, als sie so hilflos gefesselt auf dem Stuhl saß. Keine Schuldgefühle, keine Verantwortung, nur eine anonyme Nummer, bei der sie einem großen gut aussehenden Hengst ausgeliefert war.«

Stella hatte den Schaft in ihrer Hand und schlürfte laut und heftig, als wäre sie gerade von einer Kobra gebissen worden, und das Gegengift, das sie brauchte, um zu überleben, befände sich am Ende dieses langen Fleischstabs.

Es gab keinen Zweifel: Niemand saugte so gut wie Stella Sawgrass. Sie saugte, wie sie lebte: Mit völliger Hingabe, ohne an irgendwas anderes zu denken als an die Aufgabe, die vor ihr lag oder in diesem Fall stand. Es war, als hätte der Schaft ein eigenes Leben, und als machte sie Liebe mit ihm. Sie spielte mit ihm, kaute und biss und lutschte.

»Wir können das nicht tun«, krächzte er mit seinem letzten Rest an Vernunft. »In ein paar Minuten wimmelt es hier von Cops, Stella.«

»Je mehr, desto lustiger.« Stella entspannte ihren Mund, und dann verschluckte sie den größten Teil des Schafts in einer kurzen flüssigen Bewegung. Ihre langen Haare bedeckten Ketch wie eine zweite Haut.

»Du forderst das Schicksal heraus«, stöhnte er und hörte sich wie ein Mann an, der von einem herumfliegenden Pfeil getroffen wird und nicht wie ein Mann, der mit einem Blowjob verwöhnt wurde. »Du verrückte Hexe.«

»Sage es mir nicht mit Worten, sondern zeige es mir mit deinem Schwanz.« Sie gab ihn frei, und die kühle Luft folterte sein pochendes Organ.

Stellas Lächeln zeigte ihr absolutes Triumphgefühl, als er eine Hand voll ihrer Haare packte, dunkel und verschlungen wie der Fluss Styx. Alles lief genau nach ihrem Plan. Sie wusste im Voraus, was er sagen und tun und wie alles enden würde.

»Geh nach hinten«, sagte er mit seiner dunklen Stimme, »und zieh dich aus.«

Ihr Atem beschleunigte sich, und ihre Augen leuchteten. In ihrer Beziehung wechselten die Rollen, mal war sie der bestimmende Teil, mal er. Diesmal wollte er das Kommando übernehmen. »Wie willst du mich haben, Ketch?«

»Auf allen Vieren, das Gesicht von mir abgewandt.«

»Diesmal bist du aber richtig wütend auf mich, was?«

Sie labte sich an seinen Anweisungen, wie sie sich auch an dem Wissen labte, dass sie sein Leben wieder einmal in ein völliges Chaos stürzte.

»Ich werde dir den Arsch versohlen«, kündete er an.

»Das Paddel liegt unter dem Sitz.«

Als ob er das nicht wüsste. »Zieh dich nur aus, Stella, und knie dich auf den Boden wie die kleine Hexe, die du bist.«

Stella war mehr als glücklich, auf die Matratze im Fond zu kriechen. Sie wackelte aufreizend mit dem Hinterteil. Das wirkte wie ein Aphrodisiakum auf ihn; alles an ihr wirkte wie ein Aphrodisiakum. Wenn sie nur nicht den Mund aufmachen würde, und wenn sie außerhalb des Betts nicht zu seinem Todfeind geworden wäre.

»Ich habe dir die Cops auf den Hals gehetzt«, erinnerte sie ihn, »vergiss das nicht.« Sie schälte sich aus den Jeans und zog auch den schwarzen Tanga mit nach unten.

»Nimm deine Position ein und hör mit dem Quatschen auf«, wies er sie streng an.

Sie war eine zierliche Frau, und wie sie da auf allen Vieren kniete, hätte sie jeden täuschen können: Sie sah hilflos und sehr verletzlich aus. Ein anderer Mann könnte davor zurückschrecken, ihr die kleinen Pobacken zu versohlen, bis sie rot leuchteten, und sie danach hart und hemmungslos zu nehmen, ohne jede Rücksicht auf die übliche Höflichkeit, die von einem Mann verlangt, sich so lange zurückzuhalten, bis die Partnerin befriedigt ist.

Tatsache war, dass Stella Sawgrass selbst für ihre Orgasmen sorgte. Sie inszenierte alle kleinen und großen Dramen in ihrer Welt, und es gab eigentlich nur eines, womit man sie auf die Palme bringen konnte – wenn man ihr sagte, dass man sie liebte. Das war sein Fehler bis vor vier Monaten gewesen.

»Was soll das, Stella? Das ist doch kein Paddel!« Ketch hielt die schlanke schwarze Reitpeitsche hoch, die er unter dem Sitz gefunden hatte.

»Ach? Vielleicht hat sie jemand vertauscht, als ich den Wagen letzte Woche in Inspektion hatte.«

»Hör mit dem Scheiß auf, Stella! Das ist eine richtige Peitsche!«

»Und vor dir siehst du einen richtigen Arsch«, sagte sie. »Nun musst du eins und eins zusammenziehen.«

Ketch knirschte mit den Zähnen. Ja, er war versucht, sie mit der Peitsche zu schlagen, aber ihm war wichtiger, sich in ihr auszutoben. »Du brauchst keine Peitsche, Stella, du brauchst einen richtigen Schwanz.«

»Dann beweise mir das.« Stella drückte den Kopf auf die Matratze und zog ihre Haare von Rücken und Po weg. »Du bist dran, Cowboy, steig in die Eisen. Zeige mir, was für eine Hexe ich bin. Und strenge dich an, denn wenn die Cops kommen, wirst du eine sehr lange Zeit keiner Frau mehr so nahe sein.«

Kannte die Bosheit dieser Frau keine Grenze? Er konnte sich nur vorstellen, dass sie ihn bis zur Weißglut reizen wollte, damit er sie voller Wut durchzog. »Ich werde es dir anal besorgen, Stella, also bereite dich darauf vor.«

Sie wackelte den Hintern in sein Gesicht. »Und was ist, wenn ich nicht will?«, neckte sie ihn.

Er packte ihre Hüften fest an, um sie in Position zu halten, wobei ihm seine kräftigen Arme und Hände zugute kamen, die er sich in dem Jahr als Mitglied der Box-Crew von Bobby

Joe Sutherlands Nascar Team erworben hatte, und natürlich auch in den sechs Monaten beim Rodeo sowie bei seinem Dienst in der Marine.

»Fester«, drängte sie ihn. »Du musst mich noch fester packen.«

Unwillkürlich wurde er an die rothaarige Nymphe erinnert, die er mit dem Strick so fest verschnürt hatte. Diese ersten Berührungen waren delikater als alles, was er bisher erlebt hatte. Was für ein Paradox! Die kupferfarbene Frau war stark und frech, hart wie ein Schildkrötenpanzer, aber in ihrem Innern hatte er ihre Sanftheit gespürt. Sie hatte sich ihm freiwillig ausgeliefert; er hätte alles mit ihr anstellen können. Noch nie war er so versessen darauf gewesen, eine Frau zu besitzen.

»Du bist ein verdammter Trottel, Ketch. Deshalb habe ich dich auch verlassen«, stachelte sie ihn an, als sie ahnte, dass er sich in seiner Phantasie verlor. »Du lebst in deinem Kopf. Du hast keinen einzigen gescheiten Knochen in deinem Körper. Sieh doch nur, in welches Chaos du dich geritten hast. Einbruchdiebstahl wegen eines idiotischen ...«

»Sag's nicht.«

Stella schrie auf, als er tief in sie eindrang und sie zum Schweigen brachte. Stella hatte ihre linke Pobacke mit einem weiblichen Dämon tätowieren lassen. Sie stieß einen langen Fluch aus, aber dann forderte sie ihn auf, sie noch härter zu nehmen.

»Jetzt bist du ein starker Mann, was? Treibst die kleine Stella in diese unterwürfige Haltung. Du stellst dir bestimmt vor, du hättest auch die rothaarige Hure so nehmen können, was? Sie wäre zu dir gekrochen, wenn du sie auf den Geschmack gebracht hättest. Aber ich glaube eher, dass in Chicago ein gut bestückter Freund auf sie wartet.«

»Stella, halt endlich deinen Mund«, grunzte er und fragte sich, ob die rothaarige Frau wirklich einen Freund hatte. »Oh, ja, ich komme«, ächzte er. »Komm mit mir!«

Stella konnte nicht mehr reagieren und sich auch nicht länger zurückhalten. Ihr Po ergab sich ihm, und ihre Pussy war dem Erbarmen der eigenen Finger ausgeliefert. Die erste Welle des Orgasmus erwischte sie genau in dem Augenblick, in dem er in ihr explodierte. Sie teilten ihre Hitze und die süße, dunkle Intimität, die sich aus ihren Konflikten ergab.

Ihre Flüche waren eine unheilige Sammlung von Schimpfworten; seine bestanden aus klassischen griechischen Beschimpfungen, die er sich angeeignet hatte, als er bei einem Dichter und Fischer aus Korfu die Netze geflickt hatte, und ihre klangen im Gälisch ihrer Mutter, gemischt mit Ausdrücken der Sprache der Seminolen, die ihr Vater ihr beigebracht hatte.

»Baby, du bist der Beste«, keuchte Stella und schmiegte sich an ihn, als er sich auf den Rücken gelegt hatte. »Weißt du, ohne dich könnte ich nicht leben.«

»Danke.« Er rieb über ihren Hinterkopf, während sie flüchtige Küsse auf seinen Brustkorb hauchte. »Vielleicht bringt mir das zusätzliche Punkte im Bewährungsausschuss.«

»Wenn nicht, könnte ich die einzigen Mitglieder des Ausschusses so lange vögeln, bis sie für dich stimmen«, bot sie grinsend an.

»Ich glaube, das schaffst selbst du nicht.«

»Ich sterbe vor Durst. Wie ist es mit dir?«

Widerwillig ließ er sie aufstehen, damit sie zum großen Werkzeugkasten gehen konnte, in dem sie ihren Wein aufbewahrte. Sie öffnete eine Flasche Rotwein und schenkte in zwei Pappbecher ein. Sie hielt ihm beide Becher hin, damit er sich einen aussuchen konnte. Er griff nach dem Becher in der linken Hand.

»Du trinkst zuerst«, sagte er voller Misstrauen.

»Schäm dich«, sagte sie. »Ich leere meinen Becher in einem Zug.« Sie lächelte ihn süß an.

Er wartete ab, ob sie umkippte, dann nahm er einen Schluck

aus seinem Becher. Es war billiger Chianti, und er brannte Schluck für Schluck. »Nicht schlecht.« Er streckte den Arm aus, und sie füllte wieder den Becher.

Als er den Inhalt des zweiten Bechers zur Hälfte getrunken hatte, fühlte er, wie der Schwindel einsetzte.

Oh, dieses verdammte Weib. Sie hatte es wieder getan. Aber wie hatte sie das geschafft? Die beiden Becher waren gleich, und er hatte gesehen, wie sie den Wein aus der Flasche eingeschenkt hatte. Und wie sie aus dem Becher getrunken hatte, den er nicht genommen hatte.

Sie beugte sich über seinen am Boden liegenden Körper, und ihre Haare bedeckten sein Gesicht wie ein Regenwald. Sie beantwortete die Frage, die nicht mehr über seine gelähmten Lippen kommen konnte. »Ich habe die Substanz in den Rand der Becher eingerieben«, erklärte sie. »Man findet das Kraut in den Everglades, und der Saft daraus wird sehr schnell von den Lippen absorbiert – es sei denn, man hat vorher einen dicken Glossstift benutzt, weißt du, einen von der kusssicheren Sorte.«

Er sah, wie sie ihm mit den schwarzen Lippen einen Kussmund zuwarf, zwei Stellas in seinem getrübten Sichtfeld, zweimal der Schmerz, zweimal die Agonie. Was für ein Narr er doch gewesen war, dass er geglaubt hatte, sie könnte ihn nicht noch einmal mit irgendeiner Droge ausschalten.

Als Medizinfrau der Seminolen wusste sie Dinge über die Flora der Sümpfe von Florida, die kein weißer Mensch je erfahren würde. Es hieß, dass man jede Krankheit mit den Kräutern heilen konnte, die in den schwarzen Wassern wuchsen. Und auch jedes Gift herstellen.

Er wollte ihr antworten, aber die Worte kamen nicht heraus. Sie strich über seinen Kopf. »Ich weiß, Baby«, tröstete sie. »Ich habe es schon wieder getan und benehme mich wie die herzloseste Hexe, die man sich nur vorstellen kann, stimmt's? Wenn es dir hilft, sage ich dir, mein Schatz, dass ich nicht gelogen habe, wenn ich dir versichert habe, dass du der beste Liebhaber bist, den ich je hatte. Und genau das ist der Grund, warum ich das tun muss, was ich jetzt tue.«

Noch während Ketch spürte, dass seine Sinne schwanden, wollte er noch eine Frage stellen. Nicht an Stella, denn sie war erschreckend vorausschaubar in ihrer sadistischen Art, sondern an die andere Frau. Die Frau im Haus.

Er hatte sie berührt und geküsst, aber er hatte sofort gespürt, dass zwischen ihnen eine Bande geknüpft war. Auf eine sehr reale Weise waren sie einander so intim, so vertraut geworden, wie das zwischen Menschen nur möglich war. Und doch kannte er nicht einmal ihren Namen.

Wer bist du, fragte er, und warum trittst du gerade in diesem bizarren Moment in mein Leben?

»Adieu«, murmelten die verräterischen schwarzen Lippen. Es war das Letzte, was er in dieser Nacht sah.

Drittes Kapitel

Maggie lehnte über dem Balkon und nahm einen lebensrettenden Zug aus der fünften Nach-Einbruch-Zigarette in zwei Stunden. Sie hatte die Leichtmarke in einer Schublade in der Küche gefunden, als sie nach *spatulas* für ein spanisches Omelette gesucht hatte. Chief Grifford hatte ihr empfohlen, die Nacht in einem Hotel zu verbringen, aber sie wollte das Haus nicht verlassen.

Jetzt hatte sie jedes Interesse an Omelettes verloren. Sie wollte rauchen. Seit einem Monat war sie nikotinfrei, weil Dr. Luchenko sie dazu gedrängt hatte, der einzige Mann in ihrem Leben – von den Kunden abgesehen –, auf den sie zu diesem Zeitpunkt ihres Lebens hörte. Ein Flüchtling aus dem früheren Ostblock, war Wladimir Luchenko seit ihrem dritten oder vierten Lebensjahr ihr Hausarzt, und auch heute nannte er sie noch seine kleine *latke.* Aber es gab natürlich Dinge, die sie dem sanftmütigen alten Mann nicht erzählte, und dazu würde auch ihr Erlebnis mit dem Eindringling gehören.

»Sind Sie sicher, dass Sie kein Omelette wollen?«, rief sie über die Schulter dem jungen Cop zu, der sich über den Kaffeetisch beugte und Fingerabdrücke sicherstellte. »Ich muss sie sonst alle wegwerfen.«

»Nein, danke, Ma'am«, bekräftigte er in seiner sexy Baritonstimme.

Alles kam ihr so unwirklich vor, dachte sie, als sie den Polizisten betrachtete. Sie hatte ihre Haare zurückgekämmt und im Nacken zusammengefasst. Sie hatte sich längst wieder angezogen, Shorts, Sport-BH und ein warmes Sweatshirt gegen die Abendkühle.

Beinahe kam es ihr so vor, als hätte sie die ganze Geschichte nur geträumt, aber die Anwesenheit des Officers und seines Beutels mit schwarzem Printpulver sprachen dafür, dass der Einbruch tatsächlich stattgefunden hatte. So himmlisch Officer Cosgrove mit seinen breiten Schultern, seinem Schnauzbart und den kurzen Hemdsärmeln auch sein mochte, er war keine Schöpfung ihrer Phantasie.

Wie genau war es passiert? Das war es, was Maggie wissen wollte. Kein Mann hatte sie je auf diese Weise an den Rand des Orgasmus gebracht, so geschwind und scheinbar mühelos. Himmel, es hatte Männer gegeben, die hunderte Dollar für Essen und Wein ausgegeben hatten und nicht einmal die Hälfte der Reaktionen in ihr auslösen konnten wie der Unbekannte mit seinen Stricken. Stand sie auf Gefahr, oder fuhr sie heimlich auf Fesselungsspiele ab?

Auf diesem Gebiet hatte sie bisher keine großartigen Erfahrungen sammeln können, mal abgesehen von Kurt, Mitglied der Rudermannschaft ihres Colleges, der eine Schwäche für Handschellen hatte, besonders in der Öffentlichkeit. Einmal hatten er und einige seiner Freunde sogar einen Bondage Wettbewerb veranstaltet, bei dem die Teilnehmer Fotos von ihren Freundinnen vorlegen mussten, gefesselt an verschiedenen öffentlichen Orten, am besten während des Sexaktes selbst.

Ihr Lieblingsfoto zeigte sie beim mitternächtlichen Blasen ihres Freundes auf dem Campus, direkt unter den bronzenen Augen von D. Hiram MacGruder, Gründer des Colleges. Sie kniete da, nur mit BH und Höschen bekleidet, die Hände gefesselt, während Kurt wie ein Geisteskranker in die Kamera grinste.

Es war nicht so sehr das Fesseln gewesen, was sie angemacht hatte, sondern die Gefahr, erwischt zu werden. War das auch gestern Abend die Ursache für ihre starke Erregung gewesen? Wenn das zutraf, fragte sie sich, warum sie immer noch an den geheimnisvollen Fremden denken musste, denn der Moment der Gefahr war ja längst vorüber. Und warum hatte sie sich alle zehn Minuten ins Bad geschlichen? Während sie masturbiert hatte, war ihr sein Bild nicht aus dem Kopf gegangen.

Maggie starrte hinaus auf den atemberaubenden Ausblick und hoffte auf eine Inspiration. Die ferne blaue See des Golfs von Mexiko, gerade erst von den frühen goldenen Strahlen der Sonne erwacht, schien ihr aber keine Hilfe zu bringen; im Gegenteil, sie hörte die sanften rhythmischen Wellen raunen: *Willkommen in den letzten Kapiteln deines dauernd verpfuschten Liebeslebens, Magdalene Quinton.*

Der schlimmste Aspekt des Falles war (neben der Peinlichkeit, dass der strenge Polizeichef sie wie eine gefesselte Schlampe vorgefunden hatte), dass sie den Insulanern weitere Munition für ihren Kampf gegen Heeter und seine Erschließungskampagne in den Schoß gelegt hatte.

Es war kein Geheimnis, dass viele Menschen auf Osprey keine Verwendung für Calvin Heeter Jr. und seine Hotels hatten. Sie waren noch in der Minderheit, aber sie sprachen mit lauten Stimmen, und wenn es nach ihnen ginge, hätten sie eine Berieselungsanlage gebaut und Platz für zwei Schweinezuchtfarmen geschaffen. Lieber eine Kolonie der Hölle sein als Heeter den Grund und Boden für seine hochtrabenden Pläne zu überlassen.

Der Chief hatte keinen Zweifel daran gelassen, dass er die Geschehnisse der letzten Nacht aufklären wollte. Es war nicht überraschend, dass er nach den Hintergründen suchte, denn das, was diese Straftat dem Anschein nach war, konnte keinen Kriminalisten zufrieden stellen: Eine junge Frau, anscheinend unverletzt, in der Gewalt eines Einbrechers, der aber nichts stiehlt und auch die Frau unbehelligt lässt. Dass Maggie ihm gesagt hatte, sie könnte sich an sein Aussehen nicht erinnern, schürte seinen Argwohn noch, schließlich waren sie sich einige Minuten sehr nahe gewesen.

»Es war dunkel, ich konnte nur einen Teil von ihm sehen«, hatte sie insistiert, obwohl ihr bewusst war, dass ihr diese Haltung eine Anklage wegen Behinderung der Polizei bei der Verfolgung einer Straftat einbringen konnte. Aber es war doch nur eine kleine lässliche Sünde, oder? Und schließlich war sie das Opfer gewesen, und wenn sie nicht wollte, dass der Kerl geschnappt wurde, dann war das ihre Sache.

»Und welcher Teil von ihm war das genau, Miss Quinton?« Er sah sie mit durchdringenden Augen an.

Bei all seinem umständlichen Gehabe, seinen Pfadfindershorts und dem schleppenden Tonfall der Floridaner hätte er durchaus auch ein Cop zu Hause in Windy City sein können. Es gab was Gemeinsames bei allen Polizisten auf der Welt, und das war ihr kühles, zynisches Verhalten. Ganz zu schweigen von seiner Fähigkeit, auf ihre Knöpfe wie bei einer Radiouhr zu drücken. In weniger als fünfzehn Minuten hatte er Maggie zu einem dunkelrot angelaufenen Nervenbündel gemacht.

»Halten Sie sich zur Verfügung«, hatte er zum Abschluss gesagt und ihr eine Kopie seines Berichts in die Hand gedrückt. »Wir gehen der Sache weiter nach.«

Er war dann gegangen und hatte den jungen Officer zurückgelassen, um weiteres Beweismaterial zu sichern. Maggie war dankbar, dass Officer Cosgrove nichts gesagt hatte, außer, sie um ein Glas Wasser zu bitten. Jetzt brauchte sie die Stille und die Ruhe. Sie musste nachdenken.

Es war mehr als nur ein wenig beunruhigend, wie sie auf diesen Mann reagiert hatte, diesen potenziell gefährlichen Eindringling. Magdalene Quinton war kein naives Mädchen vom Lande; sie war in Chicago geboren und aufgewachsen, und man hatte ihr beigebracht, auf sich selbst aufzupassen. Selbst wenn Fremde nett und selbstlos zu sein schienen, hatte sie gelernt, nach ihren Motiven zu fragen. Tatsächlich hatte ihr Vater, der Scheidungsanwalt, immer gesagt, dass es nichts

Verdächtigeres gäbe als einen Menschen ohne erkennbare eigene Interessen.

»Jeder ist hinter irgendwas her, Maggie, oder zumindest sollte er es sein. Je eher du das herausfindest, desto schneller kannst du ihnen auf Augenhöhe begegnen.« Richard Quinton hatte oft genug Gelegenheit gehabt, seine Lebensweisheiten an seine Tochter weiterzugeben, denn sie hatte sich oft genug vor Problemen gesehen. »Und vergiss nicht, wenn du nicht spielst, um zu gewinnen, dann spielst du, um zu verlieren.«

Gestern Abend hätte sie alles verlieren können. In ihrem Kopf spielte sie die Szene immer wieder durch, und jedes Mal fragte sie sich, warum sie keinen Fluchtversuch unternommen hatte. Sie warf sich vor, nicht mit kühlem Kopf reagiert zu haben. Stattdessen hatte sie sich von ihm vorführen lassen. Und warum? Nun, weil sie – um es grob und deutlich zu sagen – mit ihrer Pussy gedacht hatte.

Aber dieser Kuss – wie konnte sie leugnen, dass er nicht was ganz Besonderes gewesen war? Der Kuss passte zu dem, was sie gleich in den ersten Momenten in seinen Augen gesehen hatte. Hab keine Angst, hatte er ihr telegrafiert. Ich mache deine Träume wahr, oder wenigstens kannst du in dieser Nacht die Batterie für deinen Dildo sparen.

Maggie richtete den Blick auf den Strand, wo die Frühaufsteher schon bei ihrem Tagwerk waren. Ein einzelner Sandkran bewegte sich träge, und ein paar Winkerkrabben befanden sich auf den breiten Reifenspuren der Dünenbuggys auf dem Rückzug. Die Polizei hatte den Strand von oben bis unten abgesucht. Maggie konnte nur hoffen, dass er ihnen entkommen war. Er verdiente kein Gefängnis, ganz egal, was sein Problem war. Vielleicht sollte er eine Therapie machen, oder auch Tabletten gegen seine Impulsivität nehmen, aber er durfte nicht dem harschen Leben hinter Gittern ausgesetzt werden. Außerdem – warum sollte man einen solchen Körper an ein paar wilde Kerle im Knast verschwenden?

Sein Körper war geschaffen für die Liebe und Verehrung einer Frau. Ihn zu sehen hieß, ihn berühren zu wollen, ihn überall zu küssen, den salzigen Schweiß aufzulecken und ihn zu reinigen, bevor sie mit ihm Liebe machte.

Wie wäre es mit ihm gewesen, wenn sie mehr Zeit gehabt hätten? Was hätten sie im Bett alles angestellt? Ihr drängten sich Vorstellungen auf, die sie nass und lüstern zurückließen. Hätte ihr geheimnisvoller Mann sie auch auf der Matratze gefesselt? Hätte er ihr einen Knebel in den Mund gesteckt und ihre Arme und Beine an die Bettpfosten gebunden? Oder wäre er ganz lieb und sanft zu ihr gewesen? Wäre sie himmelhoch mit ihm geflogen, oder wäre er eine Enttäuschung für sie gewesen, genau wie all die anderen hübschen Jungs?

Nein, dieser Mann aus dem Meer war nicht wie der Rest von ihnen. Die Stricke banden zwar ihren Körper nicht mehr, aber ihre Seele schien immer noch gefesselt zu sein. Ihre Gedanken, und vielleicht auch ihr Herz.

Verdammt, sie kannte nicht einmal seinen Namen. Nun, Einbrecher stellen sich nur in den seltensten Fällen vor. Sie fragte sich, ob er ihren Namen kannte. Und ob sie ihm auch so gut gefallen hatte wie er ihr. Maggie fuhr mit der Zunge über ihre Lippen und mit den Fingern unter den Bund von Shorts und Höschen. Sie rieb einen Finger über die Klitoris und spürte schon den vertrauten Fluss der Säfte. Sie würde kommen, hier draußen an der frischen Luft, vor ihr das Meer und hinter ihr der Cop, und doch würde es keine Macht der Welt geben, um sie jetzt noch aufzuhalten.

»Oh, ja«, stöhnte sie und saugte an ihrer Unterlippe. »Oh, ja, verdammt, es ist gut ...«

Maggie hatte fast vergessen, dass sie ein Handy hatte, bis sie das nervende Geräusch in ihrer Handtasche hörte, die auf der Chaiselongue lag. Der Ton klang wie ein Einbruchalarm und zwang sie, ihre Finger schuldbewusst aus dem Höschen zu ziehen. Was hatte sie sich überhaupt dabei gedacht? Der

Officer hätte sie dabei erwischen können, und die Leute am Strand hatten sie vielleicht sogar beobachtet.

Sie sah auf das Display und rechnete damit, die Nummer ihres Büros zu sehen und Tanyas Stimme zu hören.

Oh, Himmel, es war Di. Warum hatte ihre große Schwester ein Radarsystem für solche Augenblicke? Beim ersten Anzeichen von Schwierigkeiten war sie da und holte Maggie heraus, ob Maggie das wollte oder nicht. Nun, diesmal würde sie ganz cool bleiben und nichts Außergewöhnliches berichten.

»Schau an, schau an, Di, du bist ja schon wieder so früh aus den Federn«, begann sie und ging sofort in die Offensive. Ihre Schwester war erst kürzlich geschieden worden und wieder auf dem Markt. »Oder hast du die Nacht gar nicht geschlafen?«

»Um es genau zu sagen, Mags, ich war um elf im Bett, und zwar allein, und ich lag im tiefsten Schlaf, als dein neuer Bullenfreund den Wecker für mich spielte.«

Maggie war, als bräche die ganze Insel über ihr zusammen. Plötzlich dachte sie nicht mehr an den verpatzten Orgasmus. »Ein Cop hat dich angerufen?«

»Einen schönen Polizeichef habt ihr da. Ich glaube, er sagte, er wäre der Chief von Haarspray oder so. Ich sage dir, Mags, wenn dein Gesetzeshüter halb so gut aussieht, wie er sich am Telefon anhört, dann werde ich selbst den Einbruch gestehen. Aber jetzt mal ernsthaft – ist alles in Ordnung mit dir, Kind?«

»Die Insel heißt Osprey, und es geht mir gut«, sagte sie patzig. »Eigentlich ist überhaupt nichts passiert. He, kann ich zurückrufen? Da kommt ein anderer Anruf an.«

Di wurde gleich wieder die große, bestimmende Schwester. »Versuch bloß nicht, mich abzuhängen. Ich komme runter zu dir, das habe ich beschlossen, und dabei bleibt's. Sei um eins am Flughafen von … wie heißt das? Tallahassee, nicht wahr? Himmel, Magdalene, wie kommen die alle an diese Namen?

Ich bin schon in einem Taxi auf dem Weg zum O'Hara Flughafen, deshalb hat es keinen Sinn, es mir ausreden zu wollen. Ciao.«

Maggie kam es so vor, als stünde sie im Nebel. Sie stand so lange reglos da, das Handy noch am Ohr, dass der hilfreiche junge Cosgrove sie fragte, ob alles in Ordnung wäre. Wieder nannte er sie Ma'am, wodurch sie sich viel älter fühlte, als sie war. Wie jung mochte Cosgrove sein? Auch der Einbrecher war wohl ein paar Jahre jünger als sie, obwohl er wegen seines gebräunten Gesichts schwer zu schätzen war. Falls er jünger war als sie, hatte ihn das aber nicht entmutigt. Eine Beule in der Badehose konnte nicht lügen.

»Mir geht es gut.« Maggie zwang sich zu einem Lächeln; sie übte schon für die Ankunft der Schwester.

»Vielleicht sollten Sie sich eine Weile hinlegen.«

»Das wird kaum möglich sein, weil ich meine Schwester am Flughafen von Tallahassee abholen muss.«

»Ich schließe ab, wenn ich hier fertig bin«, sagte er und fügte wieder das schreckliche »Ma'am« hinzu.

Mit ihrem gefrorenen Lächeln griff sie nach ihrer Handtasche und ging hinaus, wo ihr Mietwagen stand, ein vernünftiger Kombi, den sie lieber benutzte als einen der beiden exklusiven Sportwagen in Heeters Garage. Er hatte ihr die Schlüssel für beide Wagen gegeben. Sie hielt solche Fahrzeuge für eine kolossale Verschwendung und außerdem für ausgesprochen umweltunfreundlich.

Erst als sie über die Brücke fuhr, wurde ihr bewusst, dass sie zitterte wie ein Blatt im Wind. Mit ihrem Gehirn schien irgendwas nicht in Ordnung zu sein, denn sie fuhr so schnell, dass sie den Flughafen Stunden zu früh erreichen würde. Grinsend dachte sie an die Orgasmen, die sie sich in der Wartezeit auf einer der Toiletten des Flughafens beschaffen könnte, während ihre Ohren vom dumpfen Dröhnen der endlosen Lautsprecherdurchsagen attackiert wurden.

Es gab auch eine positive Seite: Wenn sie als Geisel genommen und gefesselt wurde, dann waren es bestimmt internationale Terroristen ohne grüne Augen, einem Grübchen im Kinn und den unverschämt gut küssenden Lippen.

Himmel, was sollte sie nur Diane erzählen? Alles, dachte sie, nur nicht die Wahrheit.

Officer Mike Cosgrove hatte sich mit einem Knie auf den dicken Teppich gestützt und hielt einen Daumen dicht vor sein Gesicht; ein Notbehelf, um eine unsichtbare Linie von der Schiebetür aus Glas zum Balkon zu ziehen. Es war das dritte Mal, dass er den vermuteten Weg des Einbrechers verfolgte und dabei gewissenhaft nach Spuren suchte, wie es ihm Chief Grifford beigebracht hatte, denn der würde seinen Bericht auf Herz und Nieren überprüfen. Jeder Millimeter des Bodens musste untersucht, jede Fläche nach Fingerabdrücken inspiziert werden.

Er hatte das ganze Haus nach diesen Prints abgesucht, und im Augenblick sah es wegen des schwarzen Pulvers chaotisch aus. Aber der Chief hatte ihm gesagt, jeden Stein umzudrehen – bildlich gesprochen.

Es war Mikes erster Auftrag, den Tatort eines Verbrechens ganz allein nach Spuren abzusuchen, deshalb durfte er nicht versagen. Drei Rollen Film hatte er schon verschossen, dazu lag auch eine Videokassette im Beutel mit den Beweisen. Auf dem Band hatte er genau geschildert, was er wo unternommen hatte, um Spuren zu finden.

Seine bisherige Theorie lautete, dass es sich um eine Bande handelte, vielleicht drei oder vier. Vermutlich Festländer, Punks aus Marston oder einer der anderen Wohnwagensiedlungen jenseits der Brücke. Mit seinen vierundzwanzig Jahren hatte Mike ein fest umrissenes Bild von der Welt; deshalb trug er die Uniform, und eines Tages würde er selbst der Chief sein.

Er ging ins Schlafzimmer der jungen Frau und überprüfte ihre Schuhe. Der Chief wollte wissen, ob Sand oder Teer an einem Paar ihrer Schuhe haftete, als glaubte er, dass sie irgendwo gewesen war, wo sie nicht hatte sein sollen. Er war ein misstrauischer alter Fuchs, dem man nichts vormachen konnte. Mike hockte sich hin und fuhr mit den Fingern über die kleine Sammlung von Sandalen und Pumps. Er stellte sie sich an den Füßen der knackigen Rothaarigen vor. Die Position, in der sie sie vorgefunden hatten, hatte die Rädchen in seinem Gehirn in hastige Bewegungen gebracht.

Sie hatte nichts dergleichen gesagt, aber Mike nahm an, dass sie von den Kerlen vergewaltigt worden war. Warum sonst sollte sie sich so merkwürdig verhalten und dann plötzlich unter dem Vorwand abhauen, sie müsste zum Flughafen? Wahrscheinlich hatte sie gar keine Schwester.

Aber was sonst hätte er annehmen sollen, nachdem er sie festgebunden auf dem Stuhl gesehen hatte, fast nackt und mit einigen Anzeichen auf ihrem Körper, dass es sexuelle Aktivitäten gegeben hatte? Als Mike dem Chief geraten hatte, sie wegen einer möglichen Spermienprobe ins Krankenhaus zu schicken, hatte der Mann sehr zurückhaltend reagiert.

»Überlassen wir die Sache sich selbst, mein Sohn. Das Puzzle wird sich schon zusammensetzen.«

Für ihn ergab das wenig Sinn, aber der Chief hatte ihn vor Ort gelassen, um Beweise zu sichten, und das war alles, was jetzt zählte. Er hatte Dutzende von Prints gesichert und alle Fotos geschossen, und jetzt gab es nur noch einige wichtige Details zu klären.

Das Klingeln seines Handys verdutzte ihn einen Moment lang und unterbrach seine Gedanken. Er warf einen Blick auf die Nummer. Verdammt. Katy Sue, seine gelegentliche Geliebte und Ehefrau von Jake Tregan, dem Mechaniker in der einzigen Autowerkstatt der Insel.

»Katy, ich habe dir gesagt, du sollst mich nicht anrufen,

wenn ich arbeite. Was? Nein, ich kann dich nicht auf dem Rücksitz des Streifenwagens vögeln. Der Chief hat mir eine wichtige Aufgabe in Heeters Haus übertragen.«

Oh, Scheiße, jetzt wusste sie, wo er war.

»Katy Sue, hör mir genau zu. Du kommst nicht hierher, verstehst du? Ich schwöre bei Gott, dass ich dich festnehmen werde, weil du einen Gesetzeshüter bei seiner Ermittlungsarbeit behindert und ...«

Sie hatte die Verbindung schon unterbrochen. Mike rannte hinunter zum Carport, um sie abzufangen. Sie lebte nur eine Meile entfernt, und er würde sein Jahresgehalt verwetten, dass sie nicht auf ihn hörte und bald schon hier auftauchte. Seine Absicht war, sie sofort zurückzuschicken, aber als die kurvenreiche Blondine in Jakes verbeultem Pick up vorfuhr, spürte er, wie seine Vorsätze schwanden.

Es gab keinen Zweifel – sie war eine außerordentlich gut aussehende Frau, die jetzt auf ihn zukam. Sie trug knappe Shorts, ein Halter-Top und Flip Flops. Ihr langes blondes Haar, fein wie Seide, fiel ihr über den Rücken.

»Hi, Baby«, schnurrte sie und warf sich in seine Arme. »Wie geht es meinem attraktiven Detektiv?«

»Ich bin nicht dein.« Er versuchte, sie von sich zu schieben. »Und ein Detektiv bin ich auch nicht.«

»Klar bist du einer.« Katy Sue legte seine Hände auf ihre festen runden Backen. »Du entdeckst immer wieder neue Sachen bei mir.«

Er gab ihr einen Kuss, weil er sie damit zum Schweigen bringen konnte, dann sagte er: »Geh zu Jake. Ich muss arbeiten.«

»Jake langweilt mich«, sagte sie und zog einen Schmollmund. »Er kümmert sich nur um seine Motoren. Ich will bei dir bleiben. Warum zeigst du mir nicht deine Arbeit?« Sie fuhr mit einem Finger an den Umrissen seiner Polizeiplakette entlang. »Ich lerne sehr schnell.«

Die junge Frau streifte einen Flip Flop ab und schlang ein Bein um Mikes. Im Gegensatz zum Chief trug Mike eine lange Hose, aber er fühlte trotzdem das Feuer auf seiner Haut.

»Das würdest du nicht verstehen. Es ist zu kompliziert.«

Sie griff mit der ganzen Hand an seine Erektion. »Du kannst es doch mal versuchen.«

Er schob ihre Hand zurück. »Da sind einmal die Fingerabdrücke. Auch deine werden genommen, wenn ich dich wegen Belästigung eines Officers anzeige.«

»Würdest du mir auch Handschellen anlegen?« Sie nagte an seinem Hals.

Visionen der kurvenreichen Stripperin, wie er sie nackt in Stahl gelegt hatte, füllten seine Gedanken und verdrängten alles andere, auch die präzisen Anweisungen des Chiefs. Es gab nur eine Sache, der Mike in diesem Moment fähig war: Seinen harten Schaft tief in sie hineinzutreiben. In einem letzten verzweifelten Versuch, die Kontrolle wiederzugewinnen, wollte er ein weniger verführerisches Thema beginnen.

Er drehte sie herum und schob sie durch die Tür ins Erdgeschoss des Hauses. »Also gut, Mädchen, vielleicht kann ich dir ja doch etwas beibringen. Siehst du das schwarze Pulver da?« Er zeigte ihr die vielen Stellen, an denen er Fingerabdrücke abgenommen hatte. »So sichern wir Prints.«

Sie betrachtete die hauchdünne Schicht des pechschwarzen Pulvers auf der Glasfläche eines Tischs, auf der weißen Ledercouch und auf den dazu passenden beiden Sesseln, auf den flauschigen Kissen, auf dem Läufer und sogar auf den weißen Marmorstatuen.

»Oh, Cos, mein Liebling«, rief Katy, »schau mal, was für einen Schmutz du hinterlassen hast. Dafür wirst du dich verantworten müssen.«

»Nein, muss ich nicht.« Er gab ihr einen Klaps auf die perfekten Pobacken, worauf sie mit einem schrillen Schrei reagierte. »Ich sagte dir doch, wir müssen diesen Pulverstaub auftragen, damit wir Fingerabdrücke sichern können. Hier, pass mal auf.«

Er sprenkelte Pulver aus einem Beutel über eines der Architekturbücher, die noch auf dem Kaffeetisch lagen. Er zeigte ihr den konzentrischen Kreis auf der Karte, den er auf den Buchdeckel gepresst hatte, und blies den Rest des Pulvers weg, der an der Karte haftete. »Das ist der Fingerabdruck von jemandem, der das Buch angefasst hat. Die Hand war feucht, das sieht man am Pulver.«

Katy Sue sah beeindruckt aus. »Ist dieser Print vom Einbrecher?«

Mike versuchte angestrengt, sich auf etwas anderes zu konzentrieren als auf den flachen Bauch der jungen Frau, der sich unter den kecken halterlosen Brüsten hob und senkte. Jake war ein Narr, dass er sie so herumlaufen ließ, obwohl es gerüchtweise hieß, dass er selbst auch für jeden Seitensprung zu haben war. Er ließ zu, dass seine junge heiße Frau sich jeden Abend im Club nackt auszog, denn die Bezahlung war so gut, dass ein Mann in diesem Teil der Staaten kaum widerstehen konnte.

»Ich hoffe es«, sagte er. »Aber wahrscheinlicher ist, dass die Prints vom Eigentümer sind. Oder von der Frau, die seit kurzem hier wohnt.«

»Wirklich?« Katy Sue legte den Kopf schief, wie sie es immer tat, wenn sie sich etwas Schalkhaftes ausgedacht hatte. Das letzte Mal, als er diesen Blick bei ihr gesehen hatte, hatten sie Sex auf dem Wasserturm in Tarvall Springs gehabt. »Warum probierst du es nicht mal mit diesen hier?«

Sie öffnete die Schnüre ihres Tops und entblößte ihre prallen Brüste.

»Katy, steck sie wieder weg. Hebe sie für deine Gäste bei Diamond Pete auf.«

»Ich stecke sie erst weg, nachdem du sie auf Fingerabdrücke untersucht hast. Komm schon, Mikey, nimm sie in deine

Hände, als ob sie dein Besitz wären, und dann staubst du mich für die Prints ein.«

»Mädchen, du bist verrückt. Kannst du dir vorstellen, in welche Schwierigkeiten ich geraten könnte?«

»Wer wird es je erfahren? Und viel versauen kannst du auch nicht mehr.«

Das stimmte; an einigen Stellen war er ein wenig üppig mit dem Pulver umgegangen und hatte den Teppich beschmiert.

»Vergiss es. Es würde sowieso nicht funktionieren. Die menschliche Haut ist zu porös, das bedeutet, sie ist nicht glatt genug, um Prints zu nehmen.«

»Das musst du mir beweisen.«

Er leistete keine Gegenwehr, als sie seine Hände auf ihre Brüste legte. Himmel, fühlte sie sich gut an. Wunderbar weich, gleichzeitig fest und elastisch.

»Komm schon«, raunte sie. »Fass mich an, markiere mich, schließlich bin ich dein Eigentum.«

Mike drückte so hart, dass sie das Gesicht verzog. Katy Sue liebte es manchmal ein bisschen rau, und es törnte sie an, dass er ein Cop war, quasi mit der Lizenz, Gewalt auszuüben.

»Mmm, ja, das gefällt mir. Reibe sie überall, Baby. Du musst ein paar gute Prints hinterlassen.«

»Wenn ich reibe, dann verwische ich die Prints. Ich muss meine Finger fest an einer Stelle halten.«

Oh, Hölle, was sagte er da? Jetzt spielte er ihr blödes Spiel sogar mit. Aber Katy Sues Vorlieben beim Sex fühlten sich gut und richtig an, und es war auch nicht zu übersehen, wie heiß sie durch dieses alberne Spiel wurde. Hinzu kam noch der Kitzel, dass sie erwischt werden könnten.

»Dann machen wir eben neue.« Sie begann, an seinem Gürtel herumzufummeln. »Wo hast du den Beutel mit dem Pulver? Das schmutzige schwarze Zeug?«

Er sah Bilder vor sich, wie sie sich über den Boden wälzten

und wie die Kaninchen zugange waren, während sich das schwarze Pulver in den Teppich fraß.

»Hier können wir es nicht tun«, sagte er. »Nicht auf dem Teppich.«

»Dann auf dem Balkon.«

»Oh, verdammt, Katy Sue. Was ist, wenn diese Yankee Frau zurückkommt? Oder der Chief?«

»Wenn der Chief kommt, kann er uns helfen.« Sie stellte sich auf die nackten Zehenspitzen und saugte sich in seinen Mund. Sie nutzte seine momentane Schwäche aus, nahm seine Hände und schob sie unter den Bund ihrer obszön kurzen Shorts, deren Knopf sie schon geöffnet hatte. Bevor Mike wusste, wie ihm geschah, hielt er ihre nackten Pobacken mit beiden Händen umklammert.

»Siehst du?«, hauchte sie. »Jetzt kannst du mir da hinten auch noch ein paar Prints hinterlassen.«

Er ließ sich wie ein kleiner Junge auf den gefliesten Balkon führen, obwohl seine Erektion ziemlich erwachsen wirkte. Er konnte nicht schnell genug aus seiner Khaki Uniform heraus, denn er lechzte danach, Katy Sues süßen kleinen Mund auf seinem harten Schaft zu fühlen. Aber wie er sie kannte, würde sie das Spiel bis zum Ende spielen, bevor er sich an oralen Freuden laben konnte.

»Hast du das Pulver?« Sie begann, sein Hemd aufzuknöpfen.

Ja, er hatte es bei sich, und einen kurzen Moment lang dachte er an die Entehrung seiner Uniform und des Eigentums der Polizeibehörde der Stadt und Insel Osprey. Zum Glück hielten solche Gewissensbisse in Katy Sues Gegenwart immer nur ein paar Sekunden an.

»Baby, weißt du eigentlich, wie heiß du bist?« Katy streifte sein Hemd und T-Shirt ab und fuhr mit den pinkfarbenen Kunstfingernägeln aus Acryl, mit denen man absolut keine Arbeit verrichten konnte, über seinen behaarten Torso.

Ja, er wusste, dass er auf Frauen wirkte. Seit der High School waren die Mädchen hinter ihm her. Er hatte immer Wert darauf gelegt, seinen Körper zu trainieren. Er liebte Surfen und Angeln und Jagen und vermied möglichst jedes überflüssige Fett und alle Arten von Zucker.

»Absolut köstlich«, fuhr sie fort, beugte sich über ihn und saugte einen steifen Nippel in ihren Mund. »Du hast in letzter Zeit wieder Gewichte gestemmt, nicht wahr?«

Mike pumpte mehr Luft in seinen Brustkorb. Selbst wenn er hundert Jahre alt würde, wollte er seinen Körper stählen, denn dadurch konnte man kleine Mädchen wie Katy Sue in den Wahnsinn treiben.

»Ich habe mir so ein Gerät gekauft«, verriet er ihr. »Dasselbe Gerät benutzt auch Chuck Norris.«

»Mmm.« Sie richtete ihre Aufmerksamkeit auf den anderen Nippel und fuhr mit der ausgestreckten Zunge über seine Brust. »Er ist auch ein Cop. In Texas, glaube ich.«

»Das ist er nur in der Fernsehserie, Katy Sue. In Wirklichkeit macht er Karate.«

»Ka-was?« Sie zog ihre Shorts und den winzigen purpurfarbenen String von den Hüften und enthüllte eine völlig unbehaarte Pussy mit lieblich kleinen Schamlippen, die mit goldenen Ringen gepierct waren. Sekunden später lag auch ihr Top auf dem Boden.

»Schon gut«, sagte er, denn er hatte keine Lust, über Chuck Norris zu sprechen oder daran zu denken, was wohl geschehen würde, wenn jetzt jemand das Haus betrat. »Genug geredet.«

Sie wollte sich nicht anfassen lassen. »Du verwischst die Prints«, sagte sie und klopfte ihm auf die Finger, die ihre braune Haut des herrlich flachen Bauchs berühren wollten und schon hinauf zu den festen Brüsten unterwegs waren. Dies war der perfekte Körper, der die Männer in Diamond Pete's All American Girl Emporium verrückt machte. Der Club lag gleich hinter der Brücke auf dem Festland.

Er sah in hilfloser Bewunderung zu, wie die irre zierliche Frau sich zu seinen Füßen auf die Fliesen niederließ. Wenn es ihm doch nur gelänge, sie für immer von Jake loszueisen und in sein Bett zu ziehen, würde er als glücklicher Mann sterben.

»Bestäube mich«, raunte sie kehlig, die Hände über ihrem Kopf, die Beine so weit gespreizt, dass er in ihren nass glänzenden Liebeskanal schauen konnte.

Mike rieb sich kurz über den Schritt, während er daran dachte, dass alle Männer im Club verzweifelt versuchten, sie anzufassen, was ihnen aber nicht möglich war. Sie war eine Erektionsfabrik mit dem kleinen Schmetterling, der auf einer Wade eintätowiert war und dem winzigen Schwan auf der linken Brust, der immer so aussah, als wollte er hinüber auf die andere Brust schwimmen, wenn sie ihn wild und hemmungslos ritt.

»Nun mach schon«, verlangte sie mit dem Selbstvertrauen einer Frau, die gewohnt war, alles zu bekommen, was sie wollte.

Was ja auch stimmte. Die Konkurrenz war groß, und Mike musste hart arbeiten, um ihr Interesse wach zu halten. Es war ein schmaler Grat zwischen der Gefahr, den besten Sex seines Lebens zu verlieren und der Bedrohung, seine polizeiliche Karriere abschreiben zu können. Er hoffte natürlich, beides behalten zu können.

Er kniete sich neben sie und öffnete den Beutel mit dem schwarzen Pulver. Er hielt ihn so, dass eine Prise über die Spitzen ihrer schön gebräunten Brüste rieseln konnte. Katy Sue, die im Schnitt zehn Stunden wöchentlich auf der Sonnenbank verbrachte, obwohl sie im Sonnenstaat lebte, leckte sich die Lippen. »Oh, das ist aber schmutzig, was? Kann man es leicht entfernen?«

»Wenn es feucht ist, wird es schmierig und klebrig«, erklärte Mike. Er nahm einen Pinsel aus dem Köfferchen und benutzte ihn, um das Pulver über ihren Brüsten zu verteilen. Bei jedem Pinselstrich der feinen Pferdehaare sog sie die Luft ein und stieß sie mit einem kleinen Seufzer wieder aus.

»Ich glaube, es wird schon feucht, besonders hier.« Sie fuhr mit einem ihrer aufgeklebten Kunstnägel zwischen die glänzenden Labien. »Ich bin ein böses Mädchen«, neckte sie ihn. »Ich werde alles versauen.«

Mike war jenseits aller Vernunft und verschwendete keinen Gedanken an die Arbeit, die auf ihn wartete, wenn er die Fliesen des Balkons schrubben musste.

»Fass das nicht an«, sagte er streng und zog ihre Hand von ihrer Pussy weg. »Das ist ein Beweisstück.«

Es war Zeit, die Utensilien seines Gewerbes einzusetzen. Die Augen der Stripperin wurden groß und schauten dankbar, als er die in der Sonne gleißenden Handschellen um ihre schlanken Gelenke zuschnappen ließ.

»Die Hände über den Kopf«, befahl er. »Und halte die Beine gespreizt. So weit wie möglich.«

»Ja, Sir.« Sie lächelte, und die Augen glänzten so verführerisch wie die Sünde.

Mike schüttete den Rest des Beutels über Katys Pussy. Er hatte jetzt das Kommando übernommen, und sie lag bereitwillig vor ihm.

»Wer sonst hat da schon alles hingelangt?«, fragte er und brachte eine Variante eines ihrer Lieblingsspiele vor, in dem er sie wegen Prostitution verhaftete.

»Niemand, Sir. Das beschwöre ich.«

Er wischte mit dem Pinsel über die Pussy, unermüdlich hin und her. »Was zahlt man denn heutzutage für eine gute Pussy?«

»Nichts.« Sie schüttelte unschuldig den Kopf. »Ich bin keine Hure, Mr. Officer, Sir.«

»Aha.« Er stocherte mit dem hölzernen Pinselgriff zwischen den Labien herum. »Du gibst also zu, es gratis zu machen.«

Katy Sue krümmte den Rücken. Mit geschlossenen Augen bot sie sich ihm an. »Ich will es nur mit Ihnen treiben, Sir. Sie wissen, dass ich Ihnen gehöre.«

Er strich mit dem Pinsel über ihre Wangen. »Lügnerin. Öffne den Mund mal weit. Ich muss mal ein wenig Höhlenforschung betreiben.«

Katy gehorchte, hilflos, ihr Körper ihm ausgeliefert. Ihr Herz raste, und sie atmete schwer. Mike stand über ihr, und sie beobachtete jede seiner Bewegungen. Man sah ihm deutlich an, wie sehr er die Szene genoss, sie schaffte es, dass er sich wie der wichtigste Cop auf der Welt fühlte.

»Du würdest jemanden erschießen«, flüsterte sie, als er das breite schwarze Halfter neben ihren bebenden Körper legte, »wenn du dadurch mein Leben retten könntest.«

»Aber immer, Baby, an jedem Tag der Woche.« Seine Erektion sprang heraus, als er den Reißverschluss öffnete. »Ich würde es wegen dir mit einer ganzen Armee aufnehmen.«

»Darf ich mich bewegen?«, fragte sie leise.

»Nein.« Das war die Antwort, auf die sie gewartet hatte. »Du bist meine Gefangene. Du bleibst da liegen, wie ich es dir gesagt habe.«

Der nackte Mike Cosgrove fiel zuerst über ihren Mund her, er war groß und feucht. Katy Sue nahm ihn tief in sich auf und protestierte auch nicht, als er sich auf ihren Busen setzte. Sie liebte seinen Schaft, liebte ihn zum Frühstück, zur Mittagszeit und zum Abendessen. Besonders, wenn sie ihn zur falschen Zeit an einem falschen Ort haben konnte.

»Oh, ja«, stöhnte er und genoss die Früchte ihrer Arbeit. »Ja, so ist es gut, Baby.«

Katy Sue verdoppelte ihre Anstrengungen, denn sein Lob spornte sie immer an. Sie liebte es, geliebt zu werden, und noch mehr liebte sie es, zu befriedigen und befriedigt zu werden. Das hieß, er würde sich bald in die Arbeit stürzen müssen.

»Hör zu, Katy Sue. Ich verrate dir jetzt einige Geheimnisse aus unserer Polizeiarbeit, aber du musst mir versprechen, dass du sie für dich behältst, okay?«

Sie nickte und stieß ein bestätigendes »Mmpf« aus. Sie war begierig, Geheimnisse zu erfahren.

»Vergangene Nacht ist eine Diebesbande in das Haus eingebrochen.« Ohne den harten Stab aus ihrem Mund zu nehmen, langte er mit einer Hand hinter sich und fand ihre geschwollene Klitoris. »Im Haus hielt sich eine Frau auf, wirklich sehr sexy, eine zierliche Rothaarige mit einem prächtigen Körper, fast so prächtig wie deiner. Sie muss wohl die Geliebte des Mannes sein, dem das Haus gehört. Er segelt zurzeit mit seiner Jacht in der Weltgeschichte herum, darum kann der Chief ihn nicht erreichen. Warum er das kleine hübsche Ding allein zurückließ, ist mir schleierhaft.«

Katy saugte intensiv weiter und wartete gespannt auf den Fortgang der geheimen Geschichte.

»Diese Bande findet die junge Frau also im Haus vor. Sie bittet und bettelt, dass man ihr nichts antue, und sie sagen ihr, dass ihr nichts passiert, wenn sie sich kooperativ verhält. Vier Kerle sind es, Biker, große schwere Typen, und sie sagen ihr, sie müsste es ihnen allen besorgen. Sie geben ihr dreißig Sekunden, dann muss sie ausgezogen sein und auf Händen und Knien zu ihnen kriechen.«

Katy stieß keuchende Geräusche aus, und er wusste, dass sie was sagen wollte. Er gab ihren Mund frei.

»Hat sie es getan?«, fragte sie außer Atem und schob mit der linken Hand seine reibenden Finger eine Idee weiter nach links und tiefer hinein.

»Ihr blieb keine Wahl.« Er setzte sich neben sie. »Sie hatten hässliche lange Messer bei sich.«

»Hast du sie gesehen? Ist sie wirklich so schön, wie du sagst? Schöner als ich?«

»Fast, aber nicht ganz«, sagte er, was ihrem Ego gut tat. »Ein

Blick auf ihren nackten Körper, und sie standen alle in Habachtstellung vor ihr, entschlossen, wie die Verrückten über sie herzufallen.«

»Haben sie das getan?«

»Nein. Sie haben ihr gesagt, wenn sie gehorcht, wird es ihr gefallen, aber sie muss ihre Sklavin sein und alles tun, was sie verlangen.«

Katy bäumte sich gegen seine Finger auf, wollte sie noch tiefer in sich spüren. Sie starrte wie benommen auf ihren schwarz verschmierten Körper, denn das Pulver war feucht und klebrig geworden. »Und hat sie ihnen gehorcht?«

»Sie hatte keine Wahl«, sagte Mike wieder. »Auf Händen und Knien ist sie zu ihnen gekrochen, nackt wie eine Schlampe. Sie spürt, wie sie gegen ihren Willen feucht wird, aber sie kann sich nicht dagegen wehren.«

»Sie muss eine kleine Hure sein«, keuchte Katy.

»Ja, schätze ich auch.«

»Erzähl weiter.«

»Der Anführer der Bande ist ein Typ namens Monk, gebaut wie ein Kleiderschrank und ...«

»Woher kennst du seinen Namen?«, unterbrach sie ihn.

»Wir haben seinen Stiefelabdruck auf dem Teppich sichergestellt«, antwortete er, ohne das Gesicht zu verziehen. »Wir haben sie im Zentralarchiv überprüfen lassen. Da sind alle Stiefel, die diese Typen tragen, registriert.«

»Interpol, richtig?«

»Genau«, stimmte er zu, denn diese Lüge hatte er ihr bei einer früheren Phantasie aufgetischt. Katy Sue mochte naiv sein, aber dumm war sie nicht. Sie erinnerte sich noch Monate später an unbedeutende Details seiner geschwindelten Geschichten. »Dieser Monk zieht also blank und befiehlt ihr, mit dem Saugen anzufangen. Ihn zuerst, dann die anderen. Sie stellen sich nebeneinander in einer Reihe auf, und sie muss sie alle mit dem Mund bedienen.«

»Ist es ihnen gekommen?«

»Nein, das haben sie sich für ihre Pussy aufgespart. Sie ist ja noch auf allen Vieren, und das ist die ideale Stellung. Einer nach dem anderen dringt in sie ein.«

»Hat es ihr sehr wehgetan?«

»Nein.« Er nahm ihre Klitoris zwischen Daumen und Zeigefinger und drückte immer kräftiger zu, während er seine Phantasie fortsetzte. »Sie war von der ganzen Sache immer schärfer geworden.«

»Das würde mir auch so gehen«, sagte sie heiser, obwohl Mike wusste, dass zwischen Phantasie und Wirklichkeit ein großer Unterschied klaffte. Der Chief hatte ihm von den schrecklichen Traumata vergewaltigter Frauen erzählt. »Ich würde auch bereitwillig mitmachen, weil ich wüsste, dass sie mich sonst schlagen oder sogar umbringen.«

»Das wusste sie auch. Und nachdem sie sich alle in ihr erleichtert hatten, trat Monk vor sie, und sie musste ihn wieder mit dem Mund bedienen, bis er hart geworden war.«

»Oh, ja«, murmelte Katy, als wüsste sie genau, wie es war, als Frau in der Gewalt einer Bande von kriminellen Bikern zu sein. »So machen sie das, diese Bastarde. Man muss ihnen mit allen Öffnungen zu Willen sein.«

»Genau«, sagte er und nahm ihr Stichwort auf. »Sie nahmen sie auch von hinten. Monk zuerst, dann die anderen.«

»Oh, Baby.« Katy wurde am ganzen Körper geschüttelt. Ihre Handschellen rasselten über ihrem Kopf. »Ich bin kurz davor, mach's mir, Mike.«

Mike ließ sie auf seiner Hand kommen, während er sich mit der anderen selbst streichelte. Er konnte nicht mehr länger warten, und bevor ihr Orgasmus abgeklungen war, fand sich die köstliche Katy Sue von ihrem wilden Officer gepfählt.

»Oh, ja, Baby, mein Liebster ...« Sie schlang die Beine um seinen Rücken und setzte die Fersen wie Sporen ein. »Härter,

Honey.« Es gelang ihr trotz der Handschellen, die Hände um seinen sehnigen Nacken zu legen. Jetzt waren sie eins, bereit für den galoppierenden Ritt.

»Du kleines Luder«, keuchte er. »Du verdorbenes kleines Luder.«

Katy ging ab wie die kleinen Feuerwerkskörper, die Kinder an jedem vierten Juli auf dem Asphalt knallen lassen. Jede noch so geringe Vibration ihres Körpers war ein kleiner Orgasmus, wusste Mike aus Erfahrung. Die junge Frau war einzigartig. Wenn er sie richtig in Stimmung gebracht, ihr eine Phantasie erzählt und sie mit Fingern und Zunge vorbereitet hatte, dann waren ein Dutzend Orgasmen keine Seltenheit.

»Ja, ja, Baby«, keuchte sie, »ich bin dein kleines geiles Luder, das du in Handschellen legen musst, damit es keine bösen Dinge tun kann.«

Mike schrie auf, als wäre das Ende der Welt gekommen. Er verströmte sich in ihr; seine weiße Milch schoss Schub um Schub in sie hinein. Er konnte nicht genug von dieser Frau haben; er war verrückt nach ihr.

»Siehst du?«, raunte sie, nachdem sie wieder zu Atem gekommen war und Mike sich von ihr gewälzt hatte. »Habe ich dir nicht gesagt, dass ich dir bei deiner Arbeit helfen kann?«

»Und hast du mir geholfen?«, fragte er.

»Ja. Weißt du, es müssen nicht vier Kerle gewesen sein, nicht, wenn die Frau freiwillig mitgemacht hat. Dann hätte auch ein Kerl genügt, genau wie wir es gerade getrieben haben.«

Cosgrove dachte einen Augenblick darüber nach. Oh, Mann. Was war, wenn Katy Sue Recht hatte?

Viertes Kapitel

Diane Quinton hätte an ihre arme Schwester denken sollen, wenn man bedachte, was Maggie vergangene Nacht hatte erleben müssen, aber stattdessen versuchte sie eine Liebesbeziehung – genauer: Lustbeziehung – auf dem Flug von Chicago nach Florida herzustellen.

Es lag daran, dass der Bursche so verdammt gut aussah. Und so groß war. Und so verwegen wirkte. Hellbraune Augen, deren Blicke sie zum Schmelzen brachten, lange braune Haare, die in einem Pferdeschwanz zusammengefasst waren. Wie ein junger Antonio Banderas. Wie hätte sie verhindern können, dass ihr Herz doppelt schnell schlug und die Wärme ihres Schoßes um ein paar Grad anstieg?

Für Maggie war es ohne Bedeutung, auf welche Weise Diane den Flug hinter sich brachte. Könnte sie ihrer Schwester nicht mehr helfen, wenn sie ihr völlig entspannt und befriedigt gegenüber trat?

Außerdem war Maggie nicht verletzt worden, und sie hatte nicht gewollt, dass Diane zu ihr kam, also musste sie mit Vorwürfen rechnen, sobald sie die Halle dieses Provinzflughafens betrat. Also konnte sie unterwegs ein bisschen Spaß haben, sagte sich Diane.

Sie leckte sich erwartungsvoll die Lippen, als ihr Zielobjekt den halblangen Sportmantel aus Kamelhaar auszog und darunter den schlanken Torso sehen ließ, der in einem dunkelblauen Seidenhemd steckte. Einige Knöpfe hatte er geöffnet, und Diane konnte einen kleinen Teil seines Brustkorbs mit dunkelbraunen Härchen sehen. Sehr verlockend, sich mit der Zunge einen Weg nach unten zu bahnen. Am besten gefiel ihr aber, dass er allein reiste. Jetzt drehte er ihr den festen Hintern zu, als er den Mantel im Gepäckfach verstaute.

»Ist dieser Platz besetzt?«, fragte Di, nachdem sie zwei leere Reihen ignoriert hatte.

Er drehte sich zu ihr um, und ihre Nüstern nahmen den Duft von Zimt und Java auf.

»Nicht sprechen Englisch«, sagte er in seinem schweren europäischen Akzent. Seine Sprache klang sanft wie Samt. Ihre Körper waren nur wenige Zentimeter voneinander entfernt.

»Du« – sie zeigte zuerst auf seine Brust und dann auf ihre und kam sich wie Jane und Tarzan vor oder auch wie Eva und Adam – »und ich sitzen zusammen, ja?«

Er sah sie verdutzt an, hob seine kräftigen Augenbrauen und verzog die Lippen zu einem unsicheren Lächeln. Diane zeigte auf den Platz neben seinem, und jetzt hatte er begriffen.

»Ah.« Er schenkte ihr ein strahlendes Lächeln, das sein ganzes Gesicht anknipste. »Setzen.« Der junge Banderas ließ sie an sich vorbei, damit sie den Fensterplatz in der ersten Klasse einnehmen konnte, was ihr Recht war, denn sie brauchte jede mögliche Deckung, die es für ihr geplantes Unternehmen geben konnte, sobald der Flieger in der Luft war. Sie zog ihren kurzen Rock nach unten und wusste, dass sie damit erst recht seine Aufmerksamkeit auf ihre Schenkel lenkte.

Wie vermutet, starrte der junge Mann auf ihre langen Beine. Diane, gerade sechsunddreißig Jahre alt geworden, war dankbar dafür, zu den Frauen zu gehören, die immer gut aussehen, ganz egal, ob sie legere Kleidung während des Fluges tragen oder sich zu einem festlichen Abendessen in Schale werfen. Sie war immer auf alles vorbereitet – man konnte ja nie wissen, wann man seinen zukünftigen Ehemann kennen lernte.

In ihrem Fall wäre es der dritte oder vierte; das hing davon ab, ob man die Heiratsurkunde des Fürstentums San Castillo anerkannte.

»Ich« – sie legte einen Finger in das Tal ihrer gut entwickelten Brüste – »Diane.«

Di glaubte zu schmelzen, als er ihre manikürten Fingerspitzen in seine Hand nahm und an seine Lippen führte. »Gregor Andel. Es ist mir eine Vergnügen.«

»Oh, nein«, schnurrte sie und überlegte, was diese dunkelroten Lippen an den verschiedenen Stellen ihrer Anatomie anrichten könnten. »Das Vergnügen ist ganz meinerseits.« Jedenfalls würde das so sein, wenn sie ihren Plan umsetzen konnte.

Diane ließ die obligatorischen Verkündungen des Bordpersonals über sich ergehen. Die kleine blonde Stewardess sagte zwar nichts, dass Diane den Platz getauscht hatte, aber sie schien ein wenig pikiert über die Konkurrenz um Gregors Aufmerksamkeit zu sein. Di starrte sie mit einem warnenden Blick an, Tigerin zu Tigerin, als das blonde Flittchen, sicher mehr als zehn Jahre jünger, dem jungen Mann beim Einschenken des Champagners beinahe in den Schoß fiel.

Gregor – auch höchstens fünfundzwanzig – schien unbeeindruckt von der uralten Brüste-ins-Gesicht-Routine der Stewardess. Um ihre eigene Position zu stärken, nahm Di eine lange feine Hand ihres Platznachbarn und legte sie auf ihren mit Nylon überzogenen Schenkel.

Sie hatte nicht mit der Hitze gerechnet, die von der Hand in die ganze Region strahlte, und auch nicht mit der Gier, die diese Hitze bewirkte. Sie wollte seine Hände an anderen Stellen spüren, und sie wollte mit ihren Händen über seinen geschmeidigen Körper streicheln. Sie wollte, dass sie beide nackt waren. Diese Einschränkungen waren der frustrierende Teil bei solchen Begegnungen über den Wolken. Man konnte sich nicht so gehen lassen wie auf einem Bett, aber das kitzelnde Gefühl, es vor anderen Passagieren – und der Stewardess – zu treiben, war einfach außerirdisch.

Gregor beugte sich zu ihr und flüsterte etwas in ihr Ohr. Sein Atem wehte heiß, und ihre Haut begann sofort zu jucken. Diane konnte kein Wort verstehen, was ihr einen hervorragenden Vorwand lieferte, ihre eigene Übersetzung vorzunehmen. Sie interpretierte das Flüstern so, als wollte der junge Mann, dass sie Strümpfe und Höschen auszog.

Das war vielleicht nicht das, was er gewollt hatte, aber sie wollte es ganz sicher, was bedeutete, dass wenigstens einer von ihnen im Verlaufe der nächsten Stunde glücklich sein würde. Das Flugzeug stieg auf seine Reisehöhe, und sie zupfte am Nylon. Sie trat die Pumps von den Füßen und befreite sich unauffällig und geschickt von Höschen und Strümpfen.

Ihre nackte Haut prickelte. Sich in der Öffentlichkeit zu entblößen, brachte eine Erregung, die auch nach dem hundertsten Mal nicht nachließ. Das blonde Flittchen in der Uniform der Stewardess stand nur ein paar Reihen vor ihr; Diane war bewusst, dass man ihre Blöße aus dem richtigen Blickwinkel sehen konnte.

Gregor murmelte wieder etwas, und zum Schluss sprach er ganz süß und sexy ihren Namen aus: »Di-a-ne.«

Oh, Mann, jetzt massierte er ihre Brust und versuchte, durch den Kleiderstoff ihren Nippel zu finden. Es war unmöglich, nicht auf ihn zu stoßen, denn in der Erwartung, gedrückt und gezwickt zu werden, hatte sich die Warze schon stolz aufgerichtet.

Di musste sich nach unten beugen, um Strümpfe und Höschen von den Füßen aufzuheben. Gregor zeigte, dass Lust keine Übersetzung brauchte; er nutzte ihre Position aus und glitt mit einer Hand unter ihren schwarzen Spitzen-BH.

Sie hielt die Luft an. Seine Berührungen waren bestimmt und unerschrocken. Gregor gab ihr unmissverständlich zu verstehen, dass sie zwar das Spiel begonnen hatte, er nun aber die Rolle des dominierenden Mannes übernehmen würde. Er fuhr fort, ihre Brust zu drücken.

Gregor sagte wieder etwas, aber sie verstand ihn auch jetzt nicht. Erst als er seine Hand ausstreckte und auf das Höschen neben ihr auf dem Sitz wies, dämmerte es ihr. Ihr potenzieller Geliebter wollte zum Andenken an sie ihre Wäsche mit nach Hause nehmen.

Diane fühlte eine tiefe, heiße Welle der Lust durch ihren Körper peitschen, als sie den winzigen String in seine Handfläche drückte. Der Symbolwert war ihr klar – sie hatte ihm den Besitz ihres intimsten Wäschestücks anvertraut, und sie saß mit nacktem Schoß neben ihm.

Mit einem Grinsen auf dem Gesicht, das teuflisch genug war, um selbst die erfahrene, mehrfach geschiedene Frau tief erröten zu lassen, ließ Gregor den String um einen hochgereckten Finger kreisen.

Diane schaute auf, ob die Stewardess das geschwenkte Höschen gesehen hatte. Hatte Gregor es darauf abgesehen, das blonde Luder in das Geschehen mit einzubeziehen? Nein, er verfolgte einen anderen Plan. Er wiederholte ihren Namen und drückte das hauchdünne Höschen, feucht und feminin, gegen seine Lippen. Ihre Pussy verkrampfte, zog sich zusammen und entspannte sich wieder, als er das Höschen küsste und dann tief den Duft in die Nase sog. Seine Nüstern blähten sich auf wie bei einem Löwen. Schließlich faltete er den String säuberlich zusammen und steckte ihn in die Tasche seiner schwarzen Jeans, direkt neben seine gewaltige, steinharte Erektion.

Diane leckte sich die Lippen und konnte den Fortgang des Spiels kaum erwarten. Aber sie ahnte, dass sie das Tempo bestimmen musste, deshalb lehnte sie sich an ihn, öffnete seine Jeans, zog den Reißverschluss hinunter, verzweifelt, endlich auf die versteckte Männlichkeit zu stoßen. Gregor half eifrig mit. Es schien sie beide nicht mehr zu stören, wer sie dabei beobachten konnte. Sie wollte ihn in den Händen halten und auch in ihrem Mund spüren.

Er trug Boxershorts aus Seide, und sie zerrte daran, um ihn endlich befreien zu können. Ihre Anstrengungen wurden belohnt, denn der voll erigierte Mast, neun Inches lang und mit dicken Adern versehen, sprang in ihre Hand. Er war gerade gewachsen und nicht beschnitten.

»Oh, was würde ich darum geben, dich jeden Abend auf meinem Nachttisch stehen zu haben«, flüsterte sie heiß zu dem Gerät des Mannes.

Gregor warf rasch eine Decke der Fluggesellschaft über ihren Kopf, als sie nach unten tauchte, um ihn zu schmecken, obwohl diese Aktion nicht wirklich verhüllte, auf welche Weise Diane gegen die Vorschriften des internationalen Luftverkehrs verstieß. Aber wenigstens waren sie keine Terroristen, darüber sollten sie sich eigentlich freuen.

Gewöhnlich liebte Diane es, einen Mann zu necken und hinzuhalten, aber sie war hungrig und gierig, und sie wollte ihn so tief in ihrem Schlund spüren, wie es nur möglich war. Seine Fingerspitzen unter ihrem Kleid streichelten über ihre Schenkel und dann höher zwischen ihre gespreizten, geschwollenen Labien. Schamlos hoppelte sie auf seiner Hand herum, während sie ihm das gab, was hoffentlich der Blowjob seines jungen Lebens werden sollte.

Seine Finger waren recht geschickt, und durch eine entsprechende Bewegung ihres Schoßes konnte sie ihm zu verstehen geben, wo sie seine Finger spüren wollte – direkt auf der Klitoris, die es am nötigsten hatte.

Es kam Diane in dem Augenblick, in dem die Stewardess forsch zu ihrer Reihe schritt, gerade als Diane ein gedämpftes gurgelndes Geräusch auf ihrem Höhepunkt ausstieß. Ihre Säfte flossen über die Hand des Mannes, und ihr Schoß bockte auf ihrem Sitz auf und ab. Nach zwei, drei Nachbeben war sie auf der Erde zurück, wenn auch in zehntausend Meter Höhe. Jetzt begann sie mit neuer Energie, dem Vulkan in ihren Händen die spuckende Lava zu entlocken.

»Sir, Ma'am, ich muss Sie dringend auffordern, das zu unterlassen, was Sie da tun«, sagte die junge Frau streng.

»Gregor Andel. Ist mir eine Vergnügen«, sagte Gregor der Stewardess.

Mitten in der saugenden Aktion musste Diane kichern. Der Junge war nicht leicht aus der Ruhe zu bringen. Gregor hätte wahrscheinlich nichts gegen einen Dreier einzuwenden. Die schweren Brüste der Stewardess schienen in seinen Mund zu wachsen.

Diane würde sich nicht wehren, allerdings wollte sie zuerst noch eine Weile auf diesem Prachthengst reiten, am liebsten, bis das Flugzeug auf der Landebahn aufsetzte. Sie wollte an seinen Brustwarzen saugen, ihre Fingernägel in seine Haut bohren und den Schweiß von seinem Brustkorb lecken.

»Ich muss das berichten«, sagte die Blondine spröde und begann den Rückzug.

Wenn sie glaubte, Aufmerksamkeit erheischen zu können, hatte sie sich schrecklich geirrt. Gregor war vollauf damit beschäftigt, tief aus der Kehle zu stöhnen, als er das Brodeln spürte, das seinen Orgasmus ankündigte. Er war wie ein Baby, völlig von ihrer Gnade abhängig.

Di richtete sich ein wenig auf, behielt die Finger aber um seinen pochenden Schaft. Ihr Kopf war unter der Decke immer noch verborgen. Sie wollte ihn zum Höhepunkt reiben, und am liebsten wäre ihr, wenn Blondie es sehen könnte. Besser noch – Blondie sollte es selbst tun.

Diane schob die Decke zur Seite und schnappte nach Luft. Die Stewardess befand sich einige Reihen von ihnen entfernt; ihr fester Po schwenkte in deutlicher Entrüstung. Diese jungen Leute mussten lockerer werden, dachte Diane und kam sich wie eine heiße Grandma vor.

»Entschuldigung, Miss«, rief sie unschuldig.

Die Frau kehrte zu ihnen zurück, die Miene streng professionell. Es war grausam von ihnen gewesen, sich gegenseitig vor ihren Augen zu masturbieren. Diane nahm sich vor, es wiedergutzumachen.

»Könnten Sie bitte ein bisschen näher kommen, Miss?«

»Ja?« Argwohn stand in dem hübschen Gesicht, als sie sich mit einem kleinen Schritt näherte.

»Sie heißen Lee Ann«, sagte Diane, als sie sich nach vorn beugte und das Namensschild auf der Uniform las.

Die Stewardess nickte. »Kann ich etwas für Sie tun, Ma'am?«

»Nicht für mich«, antwortete Diane. »Aber für ihn hier.«

Lee Anns Augenbrauen hoben sich ungläubig. Hatte die unverschämte, sexverrückte Passagierin in Sitz 7B tatsächlich ihren Kopf im Schoß des jungen Mannes gehabt, der neben ihr saß? Die Decke bildete jetzt einen unübersichtlichen Haufen und bedeckte offenbar den Penis, den diese Frau eben noch tief im Mund gehabt hatte. Sie schüttelte den Kopf.

»Ma'am, ich werde den Flugmarschall benachrichtigen müssen«, sagte sie.

»Wollen Sie wirklich so einen schönen Ständer vergeuden?« Diane zog die Decke weg. Die arme Lee Ann sah aus, als wäre sie einer Ohnmacht nahe. Gregor liebte die Aufmerksamkeit, die zwei attraktive Frauen ihm widmeten; er grinste nur und hob unschuldig die Schultern.

»Ma'am, bitte.« Sie zog an der Decke und wollte Gregor wieder bedecken. »Das ist gegen die Vorschriften.«

Diane rieb an dem langen Stamm auf und ab. »Sie sollten ihn mal probieren«, schlug sie vor. »Oder geben Sie ihm Ihr Höschen, das erhöht die Verständigung.«

Lee Ann wurde schwach; ihr Pflichtgefühl und ihre weiblichen Gelüste prallten aufeinander. Diane beobachtete fasziniert, wie sich der Konflikt auf Lee Anns Gesicht widerspiegelte. Sie hätte gern gesehen, wenn das böse Mädchen gegen das brave Mädchen gewann.

»Ich habe den Eindruck, dass nicht viele Passagiere an Bord sind«, sagte Diane, die des Teufels Advokat spielte.

Lee Ann leckte sich über die Lippen. »Ich werde meinen Job verlieren«, murmelte sie.

Gregor schaltete sich ein, er streckte eine Hand aus und rieb über den vom Rock bedeckten Schenkel der Flugbegleiterin. Sie schien nicht in der Lage zu sein, ihn daran zu hindern, mit der Hand unter den Rock zu fahren und nun beide Hände über die Innenseiten ihrer Schenkel gleiten zu lassen.

»Bitte«, sagte sie, während sich ihr Brustkorb hob und senkte. »Bitte nicht.«

Der junge Mann lachte und gab sie frei. In Lee Anns Erleichterung mischte sich auch Frustration. Ein Teil von ihr hätte sich gewünscht, dass er weitermachte.

»*Wrusch …*« Gregor schickte sie zurück an die Arbeit und unterstützte das fremde Wort mit einer entsprechenden Handbewegung.

Mit zitternden Lippen und Augen so feucht wie bei einem Welpen zog sich die unglückliche Stewardess zurück. Danach schien Gregor das Interesse an Sex verloren zu haben und ignorierte Dianes gut gemeinte Versuche, ihn zu einem verdienten Ende zu bringen. Er zog den Reißverschluss hoch, legte sich in seinem Sitz zurück und schlief ein. Di schaute zu, wie die Beule in seinen Jeans immer mehr schwand.

Dies schien das Ende der Unterhaltung auf diesem Flug zu sein, aber kurz nachdem die ›Fasten Seat Belt‹ Zeichen aufleuchteten und die Landung ankündigten, kam Lee Ann zurück. Sie gab vor, den Sitz des Gurts bei Gregor zu überprüfen, beugte sich über ihn und drückte etwas Weißes in seine Hand.

Diane fühlte einen neuen Schwall sexueller Hitze in sich aufsteigen. Es war das Höschen der Stewardess. Der Blick in Lee Anns Augen bestätigte die Aussage der Geste: Sobald sie gelandet waren, stand sie ihm zur Verfügung.

Diane seufzte zufrieden. Wieder einmal war es ihr gelungen, ein Paar erfolgreich zu verkuppeln. Und das, während sie ihre eigene Erfüllung gefunden hatte. Jetzt musste es ihr nur noch gelingen, ihre Schwester mit einem anständigen Mann zusammenzubringen, einer, der sie liebte und wenigstens so lange blieb, wie eine normale Ehe eben dauerte. Das, dachte Diane grimmig, müsste die Krönung ihres Lebenswerks sein.

Aber Maggie war eine Quinton, und die Quinton Frauen blickten auf eine lange, von ihrer Libido gesteuerte Geschichte zurück. Sie selbst hatte schon einige armselige Entscheidungen getroffen, was Männer anging. Der einzige Unterschied bestand nur darin, dass Diane es auf Männer mit Geld abgesehen hatte, während Maggie auf Männer hereinfiel, die ihr Geld ausgeben wollten.

Ihre Schwester wirkte wie ein Magnet auf Pechvögel und andere Verlierer. Und wenn Diane an den seltsamen Ton in Maggies Stimme dachte, beschlich sie das ungute Gefühl, dass an dieser Einbruchgeschichte mehr war, als Maggie sagen wollte.

Hielt sie es für möglich, dass Magdalene sich mit einem hartgesottenen Kriminellen eingelassen hatte? Wenn er gut aussah – ja. Das defensive, emotionale Timbre in Maggies Stimme klang immer noch in Diane nach. Wenn Maggie nicht wollte, dass ihre Schwester sie besuchte, konnte das nur einen Grund haben: Die kleine Schwester war verliebt.

»Bitte, bleiben Sie solange angeschnallt auf Ihren Sitzen, bis das Flugzeug seinen endgültigen Stillstand erreicht hat«, dröhnte die Stimme des Piloten durch die Lautsprecher.

Sie gab Gregor einen letzten flüchtigen Kuss auf die Wange und wappnete sich gegen die Welt da draußen. In wenigen Minuten musste sie diese wunderbar kühle Kabine verlassen und in die dampfenden Sümpfe des ländlichen Südens treten. Sie besprühte ihren Hals mit Parfum und hoffte, dass es sich gegen die Gase aus den Sümpfen durchsetzen konnte, und überhaupt gegen alles, was einen in einer Stadt mit dem bizarren Namen Tallahassee erwartete.

Ketch wachte auf dem Festland auf, Sand auf der Zunge, und ein Käfer krabbelte kitzelnd auf seiner Nase herum. Instinktiv wollte Ketch sich aufrichten, aber er torkelte und fiel wieder in den Sand. Als er aufschaute, sah er Stellas Beine.

»Langsam, Cowboy«, riet sie. »Du bist noch unsicher auf deinen Füßen.«

»Ich habe keine Zeit«, sagte er. »Ich bin auf einer Mission.«

Stella stand über ihm und hielt die Peitsche in der Hand, die er gestern Abend hatte benutzen sollen. Sie trug nur die hohen schwarzen Stiefel sowie ein breites schwarzes Band um den Hals, mit dicken silbernen Nieten verziert. »Ich auch«, sagte sie lächelnd. »Du willst mich doch glücklich machen, nicht wahr, Liebling?« Sie schaute ihm in die Augen, beugte sich hinunter und ließ ihre langen Haare über sein Gesicht und den Brustkorb wischen. Ketch stöhnte auf.

»Ja«, ächzte er.

»Leck meine Stiefel«, befahl sie.

Er richtete sich in eine sitzende Position auf, rutschte nach hinten, legte sich auf den Bauch und starrte auf die glänzenden schwarzen Stiefel. Stellas Spiele trieben ihn in den Wahnsinn, aber es war ihm noch nie gelungen, ihr zu widerstehen.

»Lass dir Zeit, mein Schatz«, sagte Stella und klopfte mit der Peitsche warnend auf seinen nackten Rücken. »Wir haben es nicht eilig.«

Da aber irrte sie. Ketch hatte seine Mission zu erfüllen. Er musste zurück zu Heeters Haus und wieder eine Gelegenheit finden, in das Innere zu gelangen, damit er endlich das an sich nehmen konnte, was ihm gehörte. Bis dahin musste er mehr über die Frau erfahren, über seine gefangen gehaltene Prinzessin mit den roten Haaren.

»Du konzentrierst dich nicht«, beschwerte sie sich.

Der Peitschenschlag brachte ihn in die Realität zurück. »Au, Stella!«, rief er. »Das hat wehgetan.«

»Tatsächlich? War der Schmerz so groß wie meiner, als ich mit ansehen musste, wie du mich mit der kleinen rothaarigen Hure gestern Abend betrogen hast? Ich wollte mich nicht darüber aufregen, aber ich kann nicht vergessen, dass du sie besitzen wolltest. Du hast sogar an sie gedacht, als du mit mir zusammen warst. Ja, ich weiß es.«

Bei allen Göttern – sie machte ihn wieder scharf. Gegen seinen Willen regte sich sein Penis, während er seiner Herrin – zumindest war sie das zum jetzigen Zeitpunkt, denn sie hatte volle Kontrolle über ihn – die Stiefel leckte.

Es war dieser geheime Zauber gewesen, der ihn sofort angezogen hatte, als er sie vor eineinhalb Jahren das erste Mal gesehen hatte. Er hatte schlafend unter einem Baum gelegen; obdachlos in Key West. Er hatte ihr Gesicht nicht vergessen können, und wie ihre Augen gestrahlt hatten, als sie sich ihm vorgestellt hatte. Bis zum heutigen Tag behauptete sie beharrlich, dass sie ihn bei der Geburt verhext hätte, und das Einzige Gegenmittel gegen den Zauber bestünde darin, sich ihr bedingungslos hinzugeben.

»Du kannst mir nichts vormachen«, sagte sie drohend. »Ich kenne sogar deine Gedanken.«

»Ich hasse dich«, zischte er, packte ihre Beine und riss sie um. Sie stürzte in den Sand, und er warf sich auf sie. »Ich hasse dich, Stella Sawgrass.«

Sie schaute ihn triumphierend an, als er in sie eindrang. »Ja, besorg es mir, du Weichei.«

Noch einmal schrie er ihren Namen und schaute himmelwärts, als er sich in ihr verströmte. Er war im Hades mit dieser Frau, oder genauer – wegen dieser Frau. Und er wusste nicht, wie er sich befreien konnte.

»Steh auf, Ketch. Wir ziehen weiter.«

Ihre Stimme kam wie aus weiter Ferne. Stella stand bereits auf den Füßen. Er sah sie an und staunte über ihr dunkles, launisches Gesicht.

»Du hast mich nicht verdient«, sagte sie. »Und du wirst dein Halsband nie zurückerhalten, ganz egal, wie oft du in Heeters Haus einbrichst, um es zu suchen.«

Wieso nicht? Wusste sie etwas über das Amulett, was er nicht wusste? Diese hinterlistige Hexe.

Einige Zeit später, als er endlich zu sich gekommen war und feststellte, dass er allein war, fand er einige Einhundert-Dollar-Scheine zwischen neuen Anziehsachen, die sie für ihn zurückgelassen hatte. Erst jetzt erinnerte er sich wieder an sein Schicksal.

Er befand sich auf der Flucht.

Fünftes Kapitel

Auf dem Schild stand ›Willkommen auf Osprey Island, 847 Einwohner‹, aber Diane Quinton glaubte, sie wäre irgendwo in der Einöde gelandet. Heute Morgen war sie sicher in der Zivilisation aufgewacht, und nun fand sie sich gestrandet in tropischer Wildnis wieder. Es war wie in einem dieser alten Filme, aber statt der Kannibalen sah sie Männer in schmierigen T-Shirts faul an Palmen lehnen und Tabak kauen. Ihre T-Shirts wurden von der Flagge der Südstaaten geziert.

Konnte dies das Florida sein, in dem Miami lag und zu dem die Keys und Disney World gehörten?

»Maggie, sage mir bitte, dass wir uns auf einer Schnitzeljagd befinden und dass wir unser eigentliches Ziel noch nicht erreicht haben.«

Diane wartete, während ihre Schwester genug damit zu tun hatte, eine weitere Haarnadelkurve zu meistern. Die Straße war zweispurig, aber es war schon übertrieben, so etwas Straße zu nennen, denn der Sand hatte beide Fahrspuren zugeweht. Dabei handelte es sich um Ospreys Hauptverkehrsweg.

Der Florida Turnpike, flankiert von Palmen und Zahlhäuschen für die Straßengebühren, in denen zahnlose Männer und Frauen mit Nacken saßen, die roter waren als ein frisch verhauener Po, war schon schlimm genug gewesen, aber dies hier spottete jeder Beschreibung. Die so genannte Brücke, die sie vom Festland auf die Insel gebracht hatte, schien schon mit einem Eselskarren überlastet zu sein, von einem Automobil ganz zu schweigen.

»Tut mir leid, Schwester, aber besser wird es nicht«, antwortete Maggie schließlich. »Oh ... warte mal, Di. Da vorn sehe ich eine Straßensperre.« Maggie stieg mit dem Fuß auf die Bremse, und Diane musste sich am Armaturenbrett des peinlich kleinen Mietwagens festhalten, in dem ihre Schwester sie am Flughafen abgeholt hatte.

»Straßensperre? Wovon redest du?«

»Schau doch nach vorn«, sagte Maggie und tippte mit den Fingern im Takt zu einem Country and Western, der im Radio gespielt wurde; aufs Lenkrad.

Diane starrte ungläubig auf die riesige Kreatur, grün und schuppig, die vor ihnen über die Straße rutschte.

»Ist das ein ...?«

»Ja, ein Alligator.« Maggie vollendete den Satz, als wäre es das Selbstverständlichste auf der Welt.

Di griff verkrampft in die Sitzenden und hob ihre Füße auf den Sitz. Ihre frisch manikürten Hände sahen jetzt schon entsetzlich aus, fast alle Nägel waren abgebrochen. »Das kann nicht dein Ernst sein. Alligatoren, das sind Handtaschen und Stiefel, aber sie laufen doch nicht einfach über die Straße.«

Maggie sah sie an und lachte. »Nun stell dich doch nicht wie ein Baby an. Bist du hungrig?«

»Ein bisschen«, gab Diane zu, obwohl sie wusste, dass sie diese Antwort noch bereuen würde.

»Gut. Ich kenne da ein Lokal, in das alle Einheimischen gehen.«

»Ich kann es kaum erwarten.«

Sobald der Alligator im Schneckentempo die andere Straßenseite erreicht hatte, konnten die Autos weiterfahren. Diane schaute sich argwöhnisch um, als Maggie auf einen Parkplatz vor einer Wellblechbaracke fuhr, an der ein Schild hing, das besagte: ›Gutes Essen bei Barnacle Bills Esserei‹.

»Ich hoffe, Bills Kochkünste sind besser als seine Sprachkenntnisse«, nörgelte Diane.

»Ha! Bill macht die besten Barsch-Sandwichs auf der Insel!«

»Ich wette, für sein *steak au poivre* könnte man sterben.«

»Und sei nicht so ein Snob. Du musst versuchen, deinen Horizont zu erweitern«, schalt die Schwester.

»Wenn man seinen Horizont erweitern will«, sagte sie, während sie die Beifahrertür öffnete und einen Fuß auf den staubigen Boden setzte, »muss man aufpassen, dass man nicht hinten runterfällt. Laufen hier auch Eidechsen herum?«

»Nö. Bill fängt sie alle ein. Besonders an Dienstagen.«

»Darf ich fragen, was an den Dienstagen so besonders ist?«

Maggie hielt ihr die verbeulte Eingangstür auf, die rot, weiß und blau angemalt war. »Das willst du nicht wirklich wissen, Di, glaube mir.«

Das Innere sah wie nach einer Naturkatastrophe aus. Von der Decke hingen mehrere gebrochene Ventilatoren, die Wände waren mit Farbe beschmiert, und zur Dekoration gehörten drei schrecklich mumifizierte Fische, ein Dutzend verbeulte und verzogene Nummernschilder und eine Statue aus Treibholz, die vage an die Krähe aus *The Wizard of Oz* erinnerte. Eine Frau mittleren Alters im grauen T-Shirt und Jeans führte sie zu einem Tisch in einer Ecke des Lokals.

»Haben Sie eine Weinkarte?«, erkundigte sich Di, als die Kellnerin ihnen zwei mit Fettflecken versehene Speisekarten reichte.

»Zwei Bier vom Fass«, übersetzte Maggie, »und eine Vorspeisenplatte.« Ihr Handy klingelte. Tanya rief aus dem Büro an der South Side von Chicago an. Es gab Probleme mit irgendwelchen Röhren.

Diane nutzte die Gelegenheit, ihre Umgebung genauer zu betrachten. Zwei Männer mit Rennfahrerkappen saßen an einem Tisch und nippten an ihrem Bier, und in einer anderen Ecke saß eine alte Frau, die höchstens noch einen Zahn im Mund hatte und schräg vor sich hin pfiff. Ein ausgestopfter Schwertfisch mit gewaltigen Dimensionen zierte eine der Wände, und daneben hingen vergilbte Zeitungsausschnitte, die von vergangenen Erfolgen bei Autorennen kündeten.

»Nun?«, fragte Di, als Maggie das Gespräch beendet hatte. »Wirst du mir jetzt berichten, was passiert ist? Bisher warst du verschwiegen wie ein Modedesigner, wenn er eine neue Kollektion entworfen hat.«

Maggie wich dem Blick ihrer Schwester aus, was kein gutes Zeichen war. »Ich habe dir doch schon am Telefon gesagt, dass die ganze Sache halb so wild war. Du hättest wirklich nicht kommen müssen.«

»Papperlapapp«, kommentierte Diane. »Rück schon raus damit, Schwester, sonst zwingst du mich dazu, jedem auf dieser verdammten Insel zu erzählen, welchen Spitznamen du als Kind gehabt hast.«

»Das würdest du dich nicht trauen.«

»Nun, lass es nicht auf einen Versuch ankommen.«

Die Kellnerin brachte das Bier, und Maggie leerte ihr Glas in einem Zug bis zur Hälfte. Der kleine Schaumschnäuzer auf ihrer Oberlippe sah zwar süß aus, aber nicht gerade glamourös. »Wenn du es genau wissen willst«, sagte sie und leckte den Schaum von der Oberlippe, »es war kein richtiger Raub.«

»Ich kann mir auch nicht vorstellen, dass in dieser Gegend irgendetwas richtig ist.«

Maggie leerte die zweite Hälfte des Bierglases. Diane schaute genau zu und wusste, dass dies nur eine Deutung zuließ: Männer.

Maggie nahm einen tiefen Atemzug und legte los. »Ich sollte dir das nicht erzählen, Diane. Ich habe mir geschworen, es nicht zu tun, denn ich kenne dich, und später werde ich bereuen, dass ich es getan habe, ich meine, dass ich es dir erzählt habe.«

»Aber du wirst es mir trotzdem erzählen, meine Liebe, denn das hast du immer getan.«

Himmel, dieses Bier sah ja scheußlich aus. Wo war die Flasche? Und warum war das Bier so blass und warm? Niemals würde sie so etwas schlucken können, das eher wie Spülwasser aussah und nicht wie ein annehmbares Getränk.

Eine Zigarette. Diane brauchte eine Zigarette. Sie zog ein schlankes Silberetui mit ihren Initialen aus der schwarzen Handtasche und bereitete sich auf eine kleine Dosis Normalität in einer ansonsten völlig verrückten Welt vor.

»Eh, Diane?«

»Ja, Magdalene?«

Sie hatte einen dümmlichen Ausdruck im Gesicht, dachte Diane. »Dies ist ein Nichtraucherstaat.«

Di blinzelte. Maggie machte Scherze. »Der ganze Staat? Was machen sie denn bei einem Waldbrand? Verhaften sie dann alle Bäume?«

»Nur in den Restaurants. Wegen der Gesundheit.«

Diane starrte sehnsüchtig auf die halb volle Zigarettenschachtel. Jeder Glimmstängel versprach ein paar Minuten Erlösung von diesem Irrsinn.

»Du musst mich wirklich hassen«, seufzte sie theatralisch. »Ist das deine Rache dafür, dass ich die Haare deiner Puppen abgeschnitten und die verbliebenen Haare mit Dads Schuhcreme schwarz gefärbt habe? Sie sahen alle wie Punks aus.«

»Hör auf, mir Schuldgefühle einzureden, Diane. Vergiss nicht, dass du dich selbst eingeladen hast, um mir zu helfen.«

Di glaubte, sie hätte für einen Moment etwas in Maggies Augen gesehen. »Schau mich an, Magdalene.«

Maggie wandte den Blick. »Nein, und du kannst mich nicht zwingen.«

»Jetzt sofort«, sagte sie mit einer Stimme, die sich von Jahr zu Jahr immer mehr der Stimme ihrer Mutter anglich.

Maggie gab nach. Die Arme vor der Brust verschränkt, der

Blick ein einziges Schmollen, sah sie wie ein verwöhntes Kind aus. Sie konnte nicht verbergen, was in den feuchten grünen Tiefen ihrer Augen lag, und es hatte nichts mit einer kriminellen Tat zu tun.

»Oh, nein, du Luder. Du hast den Einbrecher gevögelt, nicht wahr?«

Maggie zischte ihre Schwester an, sie sollte leiser sprechen, und natürlich hätte sie das nicht getan, und sollte die ganze Welt wissen, was die eigene Schwester ihr unterstellte?

Diane lehnte sich zurück, zufrieden mit sich selbst. Ihre Vermutung kam der Wahrheit sehr nahe. »Also gut, du hast ihn nicht gevögelt, aber du wolltest es tun.«

»Absolut nicht.«

»Du lügst. Deine Nase wirft Falten, wie immer, wenn du nicht die Wahrheit sagst.«

Maggie fuhr mit einer Hand über ihre Nase, als wollte sie den verräterischen Körperteil verstecken. »Ich weiß nicht, wovon du redest, aber wenn du es unbedingt wissen musst: Ja, in der Nacht ist etwas geschehen. Ich wurde angegriffen.«

Also, das war eine Überraschung. Bisher hatte nichts darauf hingedeutet, weder in Maggies Bericht noch im Anruf des Polizeichefs. »Ich wünschte, du hättest mir das sofort gesagt, Mags. Das verändert doch alles.«

»Nun, es war kein richtiger Angriff.« Sie ruderte sofort wieder zurück. »Eher wie ein Beinahe-Angriff.« Ihre Nase tanzte wieder Samba.

»Er hat versucht, sich dir aufzudrängen?«, hakte Diane nach. »Sexuell?«

»Sexuell ... ja.« Maggies Augen schienen weit in die Ferne zu schauen. Sie sah eher wie eine Frau aus, die einem Schwarm nachhing und nicht wie das Opfer, das beinahe vergewaltigt geworden wäre.

»Der Polizeichef hat gesagt, der Einbrecher hätte dich gefesselt«, sagte Diane. »Der Mann hätte dich erwischt, als du gerade aus dem Bade gekommen warst.«

»Ich war nackt«, bestätigte Maggie. »Er ... er hat mich gezwungen, einen langen Strick zu holen. Er sagte, er würde mir nichts tun, wenn ich ihm gehorchte.«

»Aber er hätte dir zu diesem Zeitpunkt alles Mögliche antun können.«

»Ja, alles Mögliche«, antwortete Maggie heiser. »Aber das hat er nicht getan. Er war freundlich. Ich durfte mir sogar etwas überwerfen, bevor er mich mit dem Strick festband.« Maggies Atem ging schwer. »Ich habe einen dünnen Bademantel angezogen und ein Höschen, sonst nichts.«

Diane konnte die Erregung in den Augen der Schwester sehen. Diese Neigung Maggies kannte sie gut. Sie liebte die Gefahr, was man der sonst so properen jungen Frau nicht zugetraut hätte. Während der ganzen Zeit auf der Highschool hatte sie dem Bikerganoven hinterhergehechelt, bis sie am Abend ihres achtzehnten Geburtstags ihre Unschuld auf dem schmierigen Boden der Werkstatt seines Onkels verloren hatte.

»Das war aber sehr gewagt, kleine Schwester. Du wolltest nichts dem Zufall überlassen, was?«

»Ich weiß nicht, warum ich es getan habe«, antwortete sie. Ich weiß nur, dass ich für ihn so nackt wie möglich sein wollte. Geiler als nackt, wenn das einen Sinn ergibt. Als ich mich auf den Stuhl setzte und er anfing, mich mit dem Strick festzubinden, verlor ich meinen Verstand. Ehrlich, ich wurde heißer als bei jeder Nummer, die ich je geschoben habe. Wenn er gewollt hätte, wäre es mir allein vom Fesseln gekommen.«

»Aber er wollte nicht?«

»Nein, ich glaube nicht. Aber ich bin mir nicht sicher. Er wirkte so traurig, fast tragisch. Aber er war ein richtiger Mann. Ich sah seine Erektion, und ich wusste, dass ich sie verursacht hatte. Diese Tatsache allein genügte schon, um mich ihm hilflos ausliefern zu wollen. Es war, als hätte er jetzt das Recht, mich zu haben und alles mit mir anzustellen, was er wollte. Allein dadurch, dass er da war, so stark und herrisch, so ganz der Macho. Er konnte sich alles aus dem Haus Heeters holen, was er haben wollte – mich eingeschlossen. Verrückt, ich weiß, aber so tickte mein Verstand eben zu diesem Zeitpunkt.«

»Frauen brauchen nicht logisch zu denken, wenn es um ihre Pussys geht, meine Liebe. Das ist doch die Entschuldigung, die Männer seit Jahrtausenden vorbringen, wenn es um ihren Schwanz geht. Aber erzähle mir mehr. Was genau hat dein Traummann, der Einbrecher, denn von dir gewollt?«

Maggie leckte sich die Lippen, die sehr trocken geworden waren. »Er hat mit meinen Brüsten und den Nippeln gespielt. Er hat sie in den Mund genommen und durch den dünnen Stoff des Bademantels gesaugt. Bis sie anschwollen und brannten.«

»Und was ist unterhalb des Gürtels gelaufen?«

»Ja, er ging mir zwischen die Beine«, bestätigte sie.

»Hast du dich gewehrt?« Es war eine gefährliche Frage, aber sie musste sie stellen.

Maggie errötete. »Nein«, gestand sie, die Stimme nur ein schwaches Flüstern. »Ich habe nur vor ihm gesessen und mich weit für ihn geöffnet, damit er leichteren Zugang hatte. Ich begann sofort zu stöhnen. Di, es war, als würde er mich mein ganzes erwachsenes Leben schon kennen. Er wusste genau, wie er mich streicheln und wohin er gehen musste. Und als er meine Klitoris rieb, schickte er mich in den Kosmos. Mein Oberkörper war eingeengt, die Arme konnte ich nicht bewegen, aber ich war bereit, ihm alles zu geben und ihm noch mehr zu versprechen. Ich wäre bereit gewesen, die Kinder des Mannes auszutragen, wenn er mich darum gebeten hätte. Es war, als gehörte ich ihm, als wäre ich dafür geschaffen, ihm Lust zu bereiten.«

Diane presste ihre eigenen Schenkel zusammen, denn sie spürte, dass ihre Säfte zu fließen begannen. Sie kannte solche Gefühle, wie Maggie sie beschrieb. Sie war eben eine Quinton, und in ihr steckte das überaktive Sex-Gen. Wenn überhaupt, dann gab es nur wenige Männer, die es mit Quinton Frauen aufnehmen konnten.

Hartsley, der letzte von Dianes Ehemännern, war bei dem Versuch gestorben. Die Umstände seines Herzschlags, besonders die Position, in der die Leichenstarre eingesetzt hatte, hatten seine drei erwachsenen Kinder entsetzt. Ihre Rache konnten sie später auskosten, als der Letzte Wille des alten Herrn verlesen wurde. Er hatte sein ganzes Vermögen den Kindern hinterlassen, und für Diane war nur das kleine Stadthaus geblieben, in dem sie jetzt wohnte.

C'est la guerre. Dank der Großzügigkeit eines früheren verstorbenen Ehemanns, Roderick, der Bauunternehmer, war sie finanziell ganz gut ausgestattet, wenn auch nie so gut, wie es sein müsste, um sich all den Spaß zu kaufen, den sie haben wollte. Oft musste sie ihre Kreativität spielen lassen, wie auf dem Flug hierhin mit Gregor Andel.

Ob der junge Mann gerade seine Flugbegleiterin genoss? Sie bezweifelte, dass die beiden es bis ins Motel schafften. Sie würde wetten, dass Gregor sie längst in eine Toilette des Flughafens gezogen hatte. Oder sie trieben es auf der Rückbank eines Mietwagens. Sie war ein hübsches junges Ding, und sie und Gregor gaben ein prächtiges Paar ab. Mann, sie hätte ihn gern nackt gesehen, am liebsten nackt auf ihrem Körper, fügte sie schmunzelnd hinzu.

Die Kellnerin kehrte mit einer Keramikplatte zurück, hoch beladen mit seltsam geformtem Gemüse und darüber eine überbackene Eierkuchenschicht. Di identifizierte die runden Formen als Zwiebelringe und die gekrümmten Dinger mit den Schwänzchen als Garnelen. Der Rest war ihr derart fremd, dass sie nicht einmal zu raten wagte.

»Die Polizeisirene hat ihn also vertrieben«, schloss Diane die Geschichte ab und schwor sich, niemals wieder etwas in den Mund zu nehmen, was aus Bills Küche kam.

»Ja. Ich habe keine Ahnung, was passiert wäre, wenn er geblieben wäre.«

Diane hatte so ihre Vermutung, aber sie ließ sie unausgesprochen. »Dann haben die Cops dich in diesem Zustand vorgefunden«, sagte sie, »immer noch gefesselt und fast nackt auf dem Stuhl.«

Maggie fuhr sich mit den Händen durch die wilden Locken. Ihre Frisur war das genaue Gegenteil zu Dianes glatten Haaren. »Ja, ich weiß, es hört sich schrecklich an, nicht wahr, Di? Es waren zwei Polizisten. Der eine von ihnen, der Jüngere, war ziemlich diskret, aber der Ältere, der Chief, stellte sich so an, als hätte ich eine ansteckende Krankheit.«

»Was erwartest du denn, Schwester? Er findet dich festgezurrt auf einem Stuhl vor, das muss ein Bild wie auf dem Umschlag eines Bondage Magazins gewesen sein, und du sprudelst die Geschichte über einen Eindringling heraus, der wie ein Wunder nichts gestohlen hat außer deiner Schicklichkeit. Was soll er davon halten? Was ich allerdings noch nicht verstehe: Wieso war die Polizei überhaupt zu dir unterwegs, wenn du sie nicht gerufen hast?«

Maggie legte den Kopf schief und sah ihre Schwester an. »Das weiß ich auch nicht. Vielleicht hat ein Nachbar unten am Strand etwas gesagt, weil ihm ein fremder Mann aufgefallen ist. Oder vielleicht hat jemand gesehen, wie jemand sich Zugang zum Haus verschafft hat. Hier weiß jeder alles vom anderen, erst recht vom Nachbarn.«

Diane spießte einen langen dünnen Fleischstreifen mit ihrer Gabel auf und betrachtete ihn eher mit wissenschaftlicher Neugierde als mit Hungergefühlen. »Magdalene, bitte sage mir, dass dies Hühnchen ist.«

»Ja, klar.«

»Deine Nase kräuselt sich wieder, Mags.«

»Wenn du es unbedingt wissen musst, es ist Alligator. Der Rest vom Spezialgericht am Dienstag.«

»Wie süß. Und was sind diese kleinen runden Dinger?« Sie schob einen kleinen runden Ball, überbacken mit dem Eierkuchenteig, zu ihrer Schwester hinüber.

»Gebratene Okra.«

»Gebratene Oprah? Wie die Gastgeberin in der gleichnamigen Talkshow?«

»Nein. Okra ist ein grünes Gemüse. Hier im Süden wird das oft und gern gegessen. Oh, Gott, Di, da ist er.«

»Wer?«

»Der Cop von gestern Abend.« Sie fasste ihre Schwester fest am Arm. »Derjenige, der mich nicht ausstehen kann. Chief Grifford.«

»Mhm«, murmelte Diane und musterte den prima aussehenden Mann, der in seiner Khaki-Uniform an der Theke stand. »Dem gehört also die Stimme, die mich geweckt hat. Du hast mir nicht gesagt, dass sie den Pfadfindern hier unten Steroide geben. Oder liegt es am Wasser?«

»Wir müssen hier raus, Schwester.«

»Raus? Sei nicht albern, Mags. Ich finde endlich was Essbares auf dieser Insel, und jetzt willst du mir sagen, dass du mich ihm nicht einmal vorstellen willst?«

»Du machst Scherze, nicht wahr?«, fragte Maggie verzweifelt und versuchte, ihren Kopf tief gebeugt über der Platte mit gebratenem Alligatorenfleisch zu halten. »Was soll ich ihm denn sagen?«, raunte sie. »›Oh, Sie erinnern sich bestimmt an mich. Ich bin das sexverrückte Ding, das Sie gestern Abend nackt auf einen Stuhl gefesselt vorgefunden haben. Und das hier ist übrigens meine Schwester, die extra aus Chicago eingeflogen ist, weil sie scharf auf Sie ist.‹ So ungefähr, Di?«

Maggies Versuch der Ironie kam bei ihrer dunkelhaarigen Schwester nicht an. »Nein, nein, du darfst ihm nicht sagen, dass ich deine Schwester bin, denn sonst wird er nicht mit mir ins Bett gehen, weil er annimmt, ich könnte eine Komplizin des Verbrechens sein.«

»Eine Komplizin?«, fragte Maggie erschrocken. »Aber ich habe doch nichts Schlimmes getan.«

»Das war dein Fehler. Ich selbst würde mich von ihm verhaften lassen und den Schlüssel der Zellentür wegwerfen.«

Diane sah zu, wie der Chief, dessen dunkle Haare mit silbernen Fäden durchzogen waren, zu einer Nische ging. Schamlos starrte sie auf den festen runden Arsch des Cops. Kein Zweifel, er füllte seine Uniform gut aus, sowohl das Khakihemd wie auch die weit geschnittenen Shorts.

»Oh, Mags, er ist ganz sicher ein Kandidat«, raunte Diane heiser, als sich der Gesetzeshüter mit den Adleraugen in die Ecknische setzte. Die beiden Kellnerinnen stritten noch darum, wer ihn bedienen durfte.

»Nein, ist er nicht«, widersprach Maggie. »Er ist der Feind, das dürfen wir nicht vergessen.«

»Und wer ist ›wir‹? Meinst du damit du und ich, oder meinst du dich und deinen sensiblen Einbrecher?«

»Nein, ich meine uns. Dich und mich. Wir stecken zusammen in dieser Sache.«

»Oh, jetzt sind wir schwesterlich, weil es dir gerade in den Kram passt, was? Sage mir ehrlich, meine Liebe, wenn dein unbekanntes Juwel jetzt hier wäre und dir anböte, dich ans nächste Bett zu fesseln, wie viele Sekunden würde es dauern, bis du mich allein hier sitzen lässt?«

Maggie wandte schuldbewusst den Blick.

»Genau das habe ich mir gedacht. Okay, ich bin dir nicht böse, wenn du mir behilflich bist. Zum Beispiel, indem du mir alles über die Insel erzählst, was sich zu wissen lohnt. Es scheint, als müsste ich eine Weile hier bleiben, dann sollte ich lernen, wo ich eigentlich bin. Du kannst damit anfangen, indem du mir was über unseren feinen Chief erzählst.«

»Er ist nicht verheiratet, wenn du das meinst. Es heißt, dass er sich ab und zu mit einer Frau trifft, einer wilden Hexe, die auf der anderen Seite der Insel lebt. Mit einer Herde von Katzen. Einige Leute erzählen sich auch, dass sie die verschiedensten Zaubertränke herstellt. Abgesehen von ihr trifft er sich mit keiner Frau. Er geht nicht in Bars, wo man Frauen aufreißen kann, und er legt sich auch nicht fast nackt an den Strand. Das ist auch schon alles, was ich über ihn weiß. Reicht das?«

»Vielleicht.« Diane schürzte die Lippen. Sie fühlte dieses Kribbeln im Bauch, das sie beide schon in heikle Situationen gebracht hatte, wie damals beim Hochzeitsempfang ihres Vetters Bobby, als sie ihren Spaß mit den Zwillingskellnern gehabt hatten. »Er ist auch dafür zuständig, die Raser auf der Insel einzufangen, nicht wahr?«

»Das kann nicht dein Ernst sein. Was ist denn mit dem Zahnarzt, mit dem du seit einiger Zeit zusammen bist?«

»Sein Bohrer entsprach nicht meinen Erwartungen, und sein Bankkonto auch nicht.«

»Wie auch immer. Di, ich möchte nach Hause fahren, mich aus den Klamotten schälen und zwei Stunden in der Sonne liegen. Hört sich das nicht verlockend an?«

»Nun, ich hatte eher gehofft, dass du mich zu einer Autovermietung bringen kannst, denn ich will mir einen schnellen Wagen mieten.«

Maggies Augen verengten sich. »Du willst das wirklich durchziehen, was? Du hast es auf diesen Cop abgesehen, obwohl du weißt, dass du wahrscheinlich nichts ausrichten wirst?«

»Ich bekenne mich schuldig.«

Maggie schüttelte den Kopf. »Unglaublich. Mit Mom wäre ich besser dran. Bei ihr hätte ich wenigstens eine Schulter zum Ausweinen gefunden.«

Das sollte ein Vorwurf sein, aber an Diane prallte an diesem Tag alles ab.

»Glaubst du? In welcher Parallelwelt lebst du eigentlich? Oder hast du dir die Geschichte der Familie Quinton neu entworfen, wie du auch ganze Inseln neu gestaltest? Wann war einer von unseren Eltern zuletzt für uns da? In der Zeit des Windelnwechselns? Oh, nein, ich habe ganz vergessen, dass wir dafür Kindermädchen hatten.«

Maggie seufzte und bereute schon, die beiden Frauen miteinander verglichen zu haben. »Entschuldige, Di, das war nicht fair von mir. Ich weiß nicht, was in mich gefahren ist.«

»Deshalb werde ich dir zeigen, wie man sogar hier unten seinen Spaß haben kann. Ich meine, schau dich doch mal um. Das kann doch nicht das ganze Leben sein. Vertrau mir, ich werde dir deine Grübeleien über deinen Einbrecher schon vertreiben. Aber du musst mir ein bisschen Freiraum lassen, wenn ich ihn brauche. Und ein schnelles Auto. Einverstanden?«

Maggie lachte, obwohl ihr nicht danach zumute war. »Wir sind keine normale Familie, was?«

»Zum Glück nicht.« Diane schüttelte sich bei dieser Vorstellung.

»Aber geh zuerst ein paar Stunden mit mir nach Hause, ja? Ich bin nicht konzentriert genug, um zur Arbeit zu gehen, und ich könnte es auch nicht ertragen, jetzt allein im Haus zu sein. Wir können uns in die Sonne legen.«

»Also gut, zwei Stunden. Danach beginnt unsere andere Vereinbarung.«

»Komm.« Maggie warf einen Zwanzig-Dollar-Schein auf den Tisch. Der sollte für das Bier und die Alligatorplatte reichen. »Wir müssen hier raus, solange er seine Nase noch in die Speisenkarte steckt.«

Ungesehen schlüpften sie aus der Wellblechbaracke. Sobald ihre Zehen sich in den mit Sand bedeckten Parkplatz gruben, hielten sie sich umarmt und lachten ausgelassen wie zwei Schulmädchen.

»Katy Sue, bist du da drinnen?«

»Das ist Jake«, flüsterte sie dem großen Cop zu, der im Bett in Heeters Gästezimmer auf ihr lag.

»Oh, Mann«, krächzte Mike, der vor wenigen Minuten die zweite Runde eingeläutet hatte und nun tief in Katys Pussy steckte. »Er muss deinen Truck vorm Haus gesehen haben. Ich wusste es ja, du hättest ihn auf der Rückseite parken sollen.«

»Das hätte auch nichts gebracht«, stöhnte Katy, »ich habe ihm nämlich gesagt, wohin ich fahre.«

»Du hast was getan?«

»Ich wollte nicht, dass er misstrauisch wird. Deshalb habe ich ihm gesagt, dass ich dir bei einem Fall helfe.«

Sie spannte ihre inneren Muskeln an und hielt seinen Schaft umschlungen. Es war ein kleiner Geniestreich gewesen, Mike zu einem zweiten Gang verführt zu haben, nachdem sie den Schmutz des schwarzen Pulvers aufgewischt hatten. Jetzt erlebte sie vielleicht den zusätzlichen Kick, von ihrem eigenen Mann erwischt zu werden.

Viele Frauen nannten Katy Sue eine Schlampe, weil sie so rücksichtslos mit den Männern umsprang, aber Tatsache war, dass sie sich schnell langweilte, und außerdem hasste sie es, dass Männer viel mehr Möglichkeiten zum Seitensprung hatten und auch wahrnahmen.

»Hör nicht auf«, stöhnte sie. Ihre Hände rieben über seinen muskulösen Rücken.

»Lass mich los, Katy, oder willst du, dass Jake uns in dieser Pose sieht?«

Sie schlang ihre Tänzerinnenbeine um seinen Hintern. »Warum denn nicht?«

Die Vorstellung ließ Katy Sue schwach und heiß werden. Zwei knackige Männer, die mit Hauen und Stechen aufeinander losgingen, und ihr zierlicher Körper war der Preis des Siegers. Heiß und nackt würde sie im Bett auf das Ende des

Kampfes warten und wissen, dass der Sieger sie haben und mit ihr anstellen konnte, was er wollte.

»Jake ist nicht halb der Mann, der du bist.« Sie nagte an den Sehnen seines Halses und strich mit den Fingernägeln über die breiten Schultern. »Du weißt genau, dass er mich nicht verdient hat.«

Mike stieß wieder kräftiger zu. Er konnte ihr nicht widerstehen. Niemand konnte das.

»Katy, du bist eine kleine Hexe.«

»Ist das alles? Ich dachte, dir wären ein paar schlimmere Schimpfworte eingefallen.«

»Lass uns das zu einem Ende bringen«, sagte er und knirschte mit den Zähnen.

Katy Sues Gesicht verdunkelte sich. »Ich mag es nicht, wenn man mich auf die Schnelle wie eine Gummipuppe benutzt, Cos. Dann werde ich wütend.«

Sie beschloss, ihn zu bestrafen. Und Jake auch. Sie hob den Kopf und rief laut: »Ich bin hier oben, Jake, und Mike und ich fi ...«

Cosgroves Hand hielt ihr gerade noch den Mund zu, bevor sie den Rest rufen konnte. »Du musst draußen warten, Jake«, rief er und versuchte, ganz unaufgeregt zu klingen. »Du kannst nicht nach oben kommen. Dies ist ein Tatort.«

Katy Sue biss auf seinen Finger und zwang ihn, die Hand von ihrem Mund zu nehmen. Er verzog das Gesicht und ignorierte den Schmerz.

»Du hast schnell reagiert«, flüsterte sie und leckte mit der Zunge über seinen Nippel, damit er den Schmerz besser ertragen konnte. »Aber wie willst du ihm die Lustschreie erklären, die ich in spätestens dreißig Sekunden ausstoßen werde?«

»Katy, wann kommst du nach Hause?«, wollte Jake wissen.

»Sobald der Officer mich nicht mehr braucht, Liebling.«

Katy Sue bäumte sich aus den Hüften heraus auf und stieß gegen Mikes Hüften. Seine Augen verdrehten sich, eine Reaktion auf die Mischung aus Geilheit und Schmerz. Katy Sue spürte verstärkt das Prickeln in ihrem Bauch, das tiefer nach unten zog. Sie wollte mehr.

»Mach mich fertig.« Sie klatschte eine flache Hand gegen seine Wange. »Ich will, dass ich noch einmal komme.«

»Wozu braucht er dich überhaupt?«, rief Jake.

»Oh, er braucht mich eben«, rief sie zurück und spürte, wie der Dialog sie zusätzlich erregte. »Ich unterwerfe mich dem Gesetz, wenn du verstehst, was ich meine.«

Mike begann jetzt ernsthaft zu pumpen. Mit den Händen drückte und quetschte er ihre Brüste, wie Katy Sue es gern hatte. Die Anstrengung sah man seinem Gesicht an. Wenn er nicht aufpasste, würde das Bett unter ihnen zusammenkrachen. Oder er würde schreien wie ein wildes Tier. Es war Zeit, ihr den Orgasmus zu besorgen, nach dem sie lechzte.

»Mike, warum sagst du Jake nicht, wie sehr ich dir geholfen habe?«, rief sie laut genug, dass ihr Ehemann sie hören konnte. »Bin ich gut oder nicht, Mike?«

Er starrte sie an, als wollte er sie umbringen, aber ihm blieb nichts anderes übrig, als sich auf ihr Spiel einzulassen. Außerdem brauchte er die Befriedigung, die sie ihm verschaffen konnte. »Ehm, ja, stimmt, Jake«, grunzte er. »Katy Sue ist gut.«

»Und eng«, flüsterte sie dem Cop ins Ohr.

Mike stieß wieder ein Stöhnen aus. Die Bettfedern quietschten unter seinen heftigen Bewegungen.

»So ist es gut, Baby. Besorg es mir. Zieh mich richtig durch, während mein Mann unten auf mich wartet.«

Dieser letzte Satz war es, der ihn ins Ziel katapultierte. Für eine zweite Ladung war sie ziemlich üppig. Katy Sue kam mit ihm und rief immer wieder: »Ja, ja.« Die ganze Szene musste auch für Jake eindeutig sein, aber sie kannte ihren Mann gut genug, um zu wissen, dass er am liebsten seine Ruhe hatte.

Wenn das hieß, dass er sich über die Untreue seiner Frau selbst belügen musste, würde er das tun, ganz egal, wie überwältigend und erdrückend die Beweise waren.

»Das war ausgezeichnet, mein Liebster.« Sie küsste ihn auf die roten, geschwollenen Lippen und schob ihn dann von sich. »Jetzt solltest du dich beeilen, sonst rufe ich Jake, dass er hochkommen soll.«

Sie unterdrückte ein Kichern, als der Mann mit einem Satz aus dem Bett sprang und in seine Hose stieg. »Ich bin jeden Augenblick fertig«, rief er Jake zu und ging zur Tür. Katy Sue zog sich langsam an und folgte ihm dann zur Haustür. Da stand Jake und wartete brav auf seine Frau, wie Mike Cosgrove es ihm aufgetragen hatte.

»Hi, Baby.« Katy Sue schmiegte sich an ihren Mann. Sie war barfuß und hatte sich auch nicht die Mühe gemacht, ihr Höschen wieder anzuziehen. Sie schlang einen Arm um Jakes schlanke Taille und barg ihr Gesicht an seinem dichten Bart. Sie gab ihm einen heißen, nassen Kuss, der weitere Aktionen im Schlafzimmer versprach – falls sie es bis dahin schafften.

»Ich will, dass du mich festbindest«, flüsterte sie ihm ins Ohr. Sie stellte sich auf die Zehen und drückte seine männliche Härte gegen ihren Schoß. »Ich will, dass du mich fesselst, und wenn ich absolut hilflos bin, will ich, dass du deine ganzen Freunde anrufst, die mich alle haben können.«

Jakes Erektion zeichnete sich in seinen Shorts ab. Dies war eine gemeinsame Phantasie, an der sie in vielen Nächten strickten, aber bisher hatte niemand von ihnen den Mut gehabt, sie auch auszuleben.

»Reg dich ab, Frau. Wir sind nicht allein.« Jake versuchte, sie sanft von sich zu schieben. Schon aus Respekt dem Gesetzeshüter gegenüber.

Katy Sue ließ sich nicht einschüchtern und fuhr fort, sich an Jake zu reiben, um Mike eifersüchtig zu machen. So wie sie es sah, war es ein Dauerjob, die Männer in ihrem Leben zu kontrollieren und zu manipulieren, aber die Ergebnisse ihrer Bemühungen waren es mehr als wert. An jedem beliebigen Tag könnte sie mit einer ganzen Reihe von Männern durchbrennen. Ärzte, Anwälte und Geschäftsleute ließen nichts unversucht, sie für sich einzunehmen.

Wenn sie ihrer Spiele mit Mike überdrüssig war, würde sie das lukrativste und aufregendste Angebot der wohlhabenden Kerle annehmen. Sie konnte es sich gut vorstellen, in einem geräumigen Ranchhaus außerhalb von Tallahassee oder in einem Apartment auf einem Hügel in Jacksonville zu wohnen und das süße Leben einer Geliebten zu führen.

»Wer, glaubst du, hat das getan?«, fragte Jake, der sich bemühte, Katy Sues heiße Hand auf seinem Hintern zu ignorieren.

Katy Sue grinste in sich hinein. Der fünfundvierzigjährige Mechaniker, zweimal geschieden, wusste, was für ihn gut war, deshalb legte er sich nicht mit seiner zweiundzwanzigjährigen Frau an. Er sollte sich verdammt glücklich schätzen, dass sie ihn überhaupt geheiratet hatte.

Es waren seine coole Art und sein regelmäßiges Einkommen, die sie überzeugt hatten. Außerdem hatte er sich nicht um sie bemüht wie so viele andere Männer. Für sie und Jake war es so etwas wie eine Zweckheirat gewesen. Er hatte eine junge schöne Frau zum Vorzeigen, und sie fand bei ihm die Schulter, an der sie sich gelegentlich ausweinen konnte, und den Beschützer, wenn sie mal einen brauchte.

Inzwischen hatte sie ihr eigenes Einkommen bei Diamond Pete, und in mancher Woche verdiente sie mehr, als er nach Hause brachte. Katy Sue ließ ihn in dem Glauben, dass sie ihr ganzes Geld auf den Tisch legte. In Wirklichkeit hatte sie zwei Bankkonten, von denen er nichts wusste, und sie entwickelten sich prächtig.

»Ich glaube, es war ein Verbrechen aus Leidenschaft, bei der unser Unbekannter gestört wurde.« Mike legte seine Hände auf den Waffengurt. »Deshalb glaube ich, dass es sich nur um einen Täter handelt«, führte er aus und machte sich Katy Sues Theorie zueigen. »Ex-Freund, eifersüchtiger Liebhaber, irgendwas in dieser Größenordnung. Weißt du, es wurde im Haus nichts gestohlen, deshalb ...«

Mike Cosgrove brach mitten im Satz ab; wahrscheinlich fiel ihm jetzt erst ein, dass er mit niemandem über den Fall reden sollte.

»Mike hat mir alle Fingerabdrücke gezeigt, Liebling«, sagte Katy Sue zu ihrem Mann.

»Ja?« Jakes Augen verengten sich. Dämmerte es ihm allmählich? Wenn schon sonst nicht, dann hätte Jake seinen Geruch an ihr wahrnehmen sollen und ihren bei Mike. »Wieso bist du heute allein hier, Cos? Wo ist der Chief?«

»Er hat mir den Fall übertragen«, antwortete Cosgrove voller Stolz. »Unter uns gesagt, ich glaube, er denkt über seine Pensionierung nach.«

Griff in Pension? Also, das war eine heiße Nachricht. Katy Sue würde dafür sorgen, dass die Gerüchteküche zu brodeln begann. Gleich nachher im Schönheitssalon.

»He, da sehe ich die Frau«, sagte Cos. »Sie war im Haus, als der Eindringling einbrach. Sie hat ihre Schwester kommen lassen. Das muss die Frau neben ihr sein.«

Katy Sue sah zu, wie der Mietwagen mit den beiden Frauen in die Einfahrt fuhr. Sie waren beide hübsch – ein bisschen zu hübsch für ihren Geschmack.

»Officer Cosgrove«, sagte die leger gekleidete Rothaarige. »Das ist meine Schwester Diane.«

Cosgrove hob seinen Hut. »Ma'am.«

»Erfreut«, sagte die dunkelhaarige Frau, und als sie strahlend auf Mike zuging und ihre Hand ausstreckte, sah sie wie eine Frau aus einer Modezeitschrift aus. »Ich habe schon viel von Ihnen gehört.«

Die Rothaarige bedachte ihre Schwester mit einem Blick,

der in jeder Sprache als ›Halt den Mund‹ übersetzt werden konnte. Katy Sue beschloss, die Rothaarige zu mögen, aber nicht den Snob im schwarzen Kleid.

»Das sind Jake und Katy Sue Tregan«, sagte Mike und stellte das glückliche Paar vor.

»Erfreut«, äffte Katy Sue die arrogante Schwester nach, deren Interesse an Mike nicht zu übersehen war.

»Ach?« Diane lächelte zurück, aber es war ein dünnes, listiges Lächeln, das Katy sagen sollte, sie würde sich später für ihre Frechheit revanchieren.

»Nett, Sie kennen zu lernen«, sagte Jake freundlich, nahm die ölverschmierte Baseballkappe ab und streckte seine schwielige Hand aus.

Die Rothaarige schlug ohne zu zögern in die Hand ein und fürchtete sich nicht vor dem Motorenöl. »Ich bin Maggie. Ich habe schon gehört, dass Sie alles reparieren können. Sobald ich mal in Schwierigkeiten gerate, komme ich zu Ihnen.«

»Immer für Sie da, Ma'am.«

Katy Sue konnte sich ihr unfreundliches Grinsen nicht verkneifen, als Jake nun Dianes Hand schüttelte. Diese arrogante Zicke wollte sich nicht schmutzig machen, das konnte man ihr deutlich ansehen.

Oh, was würde Katy darum geben, sie in einem billigen Bikini, zwei Nummern zu klein, oder besser noch pudelnackt, zu sehen, wie sie sich an Dienstagabenden in Diamond Petes Schlangengrube im Matsch wand und mit den anderen untalentierten Amateuren um den Sieg rang, denn die beste und gemeinste Ringerin erhielt die Siegprämie, die Pete ausgesetzt hatte – fünfzig Dollar.

Katy Sue konnte sich auch den Blick auf Dianes Gesicht vorstellen, wenn sie den Preis tatsächlich errungen hatte und dann erfuhr, welche Bedingung Pete an die Aushändigung des Preises geknüpft hatte.

Würde sie jemals so verzweifelt sein, auf die Bedingung einzugehen? Vor dem Mann knien, während der sich gegen die Bar lehnte, seine fleischigen Hände auf den schönen grünen Geldscheinen, und darauf wartete, dass sie ihm den Reißverschluss der Hose aufzog, seinen harten Schwanz herausholte und ihn zwischen die feinen Yankee-Lippen steckte?

»Es tut mir sehr leid, was gestern Abend hier geschehen ist«, sagte Jake zu der Rothaarigen. »So etwas ist eine verdammt schlimme Sache. Gewöhnlich gibt es bei uns solche üblen Geschichten nicht.«

Katy Sue beobachtete die Frau genau, um zu erkennen, ob sie versuchte, etwas Kriminelles zu verbergen.

»Ich möchte das lieber hinter mir lassen«, sagte Maggie, und damit bestand sie Katy Sues visuellen Lügendetektortest mit fliegenden Fahnen.

»Das werden Sie auch können, sobald wir den Fall gelöst haben«, verkündete Mike Cosgrove. Er setzte den breitrandigen Hut wieder auf seinen gut geschnittenen Kopf. »Jake, Ladys, wenn Sie nichts dagegen haben, mache ich mich auf den Weg.«

»Später«, sagte Katy Sue und legte so viel Zucker in ihre Stimme, dass alle sich zu wundern begannen.

»Ich muss zurück in die Werkstatt«, sagte Jake.

»Nun, zuerst hast du noch etwas zu Hause zu tun«, teilte Katy Sue ihm mit, und allen wurde allzu deutlich, worauf sie anspielte.

Die dunkelhaarige Frau rümpfte ihre Nase, die sie ohnehin viel zu hoch trug, während die rothaarige wieder lächelte.

»Es war nett, Sie kennen zu lernen«, sagte Maggie.

»Werden wir uns wiedersehen?«, wollte Diane wissen.

Katy Sue steuerte ihren Mann auf die beiden Trucks zu. »Darauf können Sie sich verlassen«, sagte sie spitz.

Sechstes Kapitel

Ketch hatte sich so lange wie möglich dagegen gesträubt, seine Shorts hinunter zu ziehen und sich zu reiben. Verdammt, er wurde immer noch gesucht, und er wollte kein Perverser sein, aber die Rothaarige war einfach zu schön, um ihr lange zu widerstehen. Ihr fast nackter Körper war mit Öl eingerieben, und der winzige Stringbikini hatte keine Chance, ihre atemberaubenden Kurven zu verschleiern, als sie sich auf dem Balkon in ihrem Liegestuhl ausstreckte.

Natürlich fühlte er sich schuldbewusst. Dass er Heeters Nachbarhaus mit einem Fenster in der dritten Etage leer vorgefunden hatte, war ein Glücksfall gewesen, und er sollte Apollo oder Athena dafür danken, statt durchs Fernglas zu geifern und sich sein bestes Stück zu reiben, das in seiner Hand wie verrückt pochte. Er stellte sich vor, in die Pussy der Rothaarigen zu pumpen.

Beim Hades, er konnte sogar die Nippel durch den dünnen Stoff erkennen, der ihre vollen Brüste bedeckte. Und wie dieser flache Bauch bei jedem Atemzug und bei jeder kleinsten Bewegung zitterte, das ließ seine Hand nicht ruhen. Er wollte sie auf den entzückenden kleinen Nabel küssen, der ihm zuzurufen schien: Hier bin ich, eine sexy Göttin, komm her und besorge es mir.

Ketch ging näher ans Fenster heran, blieb aber hart an der Seite stehen, halb vom Rahmen verdeckt. Seine Hand pumpte, als läge er dort auf dem Liegestuhl mit ihr, direkt zwischen ihren leicht gespreizten Beinen.

Einen kurzen Moment lang versuchte er sich zu rechtfertigen, indem er sich sagte, sie müsste mit so etwas rechnen, da sie so gut aussah und ihre Schenkel auseinander fielen, dass die Phantasien ihn fast von selbst überfielen. Er träumte vom Berühren und Streicheln und Erforschen. Und diese Strings an den Seiten von BH und Höschen – was konnten sie denn ausdrücken außer komm, zieh an mir und mach, was du willst? Ich bin ein Geschenk, pack es aus.

Aber dann setzte die Vernunft wieder ein, und er erkannte, dass er in ihre Privatsphäre einbrach und dadurch auch seine eigene Integrität in Frage stellte. Ganz egal, wie verführerisch diese kleine kupferfarbene Nymphe auch war mit den winzigen rosa Zehennägeln und dem kleinen Grübchen im Hals, das er so gern mit der Zunge schlecken würde, er musste aufhören, sich an ihr aufzugeilen.

Wenn er seine fünf Sinne beisammen hatte, würde er die elastischen Shorts, die Stella ihm gegeben hatte, wieder nach oben ziehen und seine Kraft sparen. Da draußen fuhren Cops herum, die ihn suchten. Früher oder später würden sie ihn schnappen, deshalb war seine Zeit begrenzt, in der er erneut in ihr Haus eindrang, um das Amulett zu finden. Der geheiligte Talisman, Quelle seiner Reinheit, kostbares Elixier des Lebens, das ihm nicht einmal, sondern zweimal genommen worden war.

Er sah die vielfarbigen Steine des gerundeten Amuletts am goldenen Halsband vor sich, vor allem den herrlichen Elefanten aus Jade, der sein Mittelstück war. Zweimal hatte es sein Leben gerettet und seine Schritte auf den wahren Pfad des Schicksals gelenkt.

Als er das Ding für weniger als zehn Dollar in Bangkok gekauft hatte, war ihm der wahre Wert nicht bewusst gewesen. Der wurde ihm erst deutlich, als die Wahrsagerin das Amulett in die Hand genommen und ihm Dinge darüber gesagt hatte, die niemand wissen konnte.

»Dies ist die Quelle deiner Kraft«, hatte sie ihm gesagt. »Lass es nie aus den Augen.« Daran hatte er sich strikt gehalten, bis Stella es mit allem anderen, was er besaß, in einem ihrer rachsüchtigen Anfälle an sich genommen hatte.

Kein Wunder, dass er so unentschlossen und zappelig war. Ohne seinen Talisman konnte er nicht mal geradeaus denken. Er musste ihn wieder an sich bringen. Niemand durfte sich ihm in den Weg stellen, nicht Stella und erst recht nicht der gefühllose Dummkopf Calvin Heeter Junior.

Rache. Gerechtigkeit. Das waren seine Schlagworte. Keine Gedanken mehr an flammend rote Frauen, die frisch aus dem Bad kommen, die Labien feucht und geschwollen, der Körper nass vom Wasser und noch nasser von den eigenen Säften.

Hatte sie gestern Abend in der Wanne masturbiert und an einen bestimmten Mann gedacht? Ketch wollte dieser Mann sein; sein Bild sollte sich unauslöschlich in ihrem rotgoldenen Kopf eingeprägt haben; sie sollte es in ihrem geheimnisvollen Herzen tragen.

Oh verdammt, warum hatte er sie nicht nach ihrem Namen gefragt?

Alle Gedanken von Nymphen, Elefanten-Amuletten und Orgasmen verdampften, als die zweite Frau auf den Balkon trat. Bei den drei Köpfen des Zerberus – er erstarrte mitten in der Bewegung – wer war denn diese neue Dryade?

Unterschiedlicher hätten sie nicht sein können. Im Gegensatz zur Rothaarigen hatte die neue Frau schwarze Haare, die mit einem Kamm oder einer Klammer gehalten wurden. Sie war ein bisschen größer und vielleicht auch ein bisschen weniger kurvenreich, aber das fiel nur auf, wenn man sie nebeneinander sah. Es war, als könnte man auch ihre Beine nur in Meilen messen, und der Bauch war flach und lenkte die Aufmerksamkeit des Betrachters auf die mittelgroßen Brüste. Sie trug einen schwarzen Bikini, sehr winzig, sehr enthüllend. Ketch schätzte, dass sie fünf Jahre älter war. Höchstens.

Er fluchte still vor sich hin, als er sah, wie sich die Schwarze auf den Liegestuhl der Rothaarigen setzte, die sich prompt auf den Bauch legte. Die größere der beiden drückte das Öl direkt aus der Flasche auf die Haut der Rothaarigen und ließ es über ihren Körper rinnen, vom Nacken bis hinunter zu den kaum bedeckten Backen. Die beiden Frauen sprachen miteinander, dann lachten sie. Ob sie ein Paar waren?

Als wollten sie Ketchs stumme Frage beantworten, lehnte sich die Schwarze vor und öffnete die Schnüre, die das Bikini-Top der Rothaarigen zusammenhielt. Er sah gebannt und neidisch zu, wie die Hände der Frau über den Rücken der Rothaarigen kneteten. Sie erbebte unter den Berührungen, und die Pobacken wackelten unruhig.

Nach ein paar Minuten drehte sich die Rothaarige auf den Bauch, und die Schwarze befreite sie vom Bikini-BH und ließ ihn auf den Boden fallen. Ketch schluckte schwer. Was für ein Anblick. Aber er sah keinen sexuellen Kontakt zwischen den beiden Frauen. Sie redeten wieder, und es hatte den Anschein, als wären sie seit langem befreundet.

Seltsam.

Er wusste nicht genau, warum er so erleichtert war, dass sie offenbar nicht in einer lesbischen Partnerschaft lebten, aber er war es. Er sollte sich eigentlich gar nicht um die Frauen kümmern. Für ihn bedeutete die neue Situation, dass er es nun mit zwei Frauen zu tun hatte. Zwei Frauen, die zwischen ihm und seinem Lieblingsobjekt standen. Das war keine gute Nachricht, denn mit jeder verrinnenden Minute erhöhte sich die Gefahr seiner Festnahme. Ganz zu schweigen davon, dass auch die Rückkehr des Hausbesitzers bevorstand, des Mannes, der das Eigentum anderer nicht respektierte und nicht einmal vor der Zerstörung der Natur zurückschreckte.

Ketch seufzte schwer, als er sich mit der neuen Realität konfrontiert sah. Bis zu einem gewissen Punkt konnte er abwarten und auf eine Gelegenheit lauern, noch einmal ins Haus einzudringen. Entweder gingen die Frauen ganz, oder sie würden wenigstens zum Abendessen ausgehen. Wenn nicht, musste er sich was Drastisches einfallen lassen. Vielleicht sollte er sich noch ein paar Stricke kaufen.

Chief John Grifford, von allen bis auf seine Ex-Ehefrau und seinem Finanzbeamten Griff genannt, verschluckte sich fast an der Hand voll Sonnenblumenkerne, auf denen er kaute. Der Zweisitzer, der an ihm vorbeirauschte, musste mit rund einhundertfünfzig Sachen unterwegs sein, wie er aus dem aufgerichteten Gefieder des Eichelhähers schloss, der seine Zwischenmahlzeit am Nachmittag mit ihm teilte. Der verrückte Raser musste schon Glück haben, wenn er bei diesem Tempo nicht ins Wasser stürzte.

Er warf den Rest der Sonnenblumenkerne auf den Boden, damit der kleine Vogel und seine Freunde sich daran laben konnten, dann sprang er in den aufgemotzten Jeep, den die Stadt ihm zu Weihnachten gekauft hatte. Vierradantrieb und eine tolle Beschleunigung, die er gern einsetzte, wenn er verrückt gewordene Touristen überführen konnte.

Griff schaltete weder Rotlicht noch Sirene ein; dies war schließlich nicht Tallahassee oder Tampa, sondern Osprey Island, wo er aufgewachsen war und vor ihm schon sein Vater. Vor all diesem Mist der neuen Baulanderschließung. Vor den Millionen-Dollar-Strandhäusern und den Diebstählen und Raubüberfällen. Wie gestern die Sache in Heeters Haus.

Das war niemals ein normaler Einbruch gewesen. Er würde die Hälfte seiner erbärmlichen Pension verwetten, dass es ihr Freund war, der sie gefesselt hatte; ein Coup, wahrscheinlich schon vor Wochen geplant, komplett mit Hehler, der bereitstand, alles zu verhökern, was sie aus dem Haus schon gestohlen hatten, ohne dass die Frau das angezeigt hatte.

Eigentlich hatte er damit gerechnet, dass sie längst das Weite gesucht hätte. Stattdessen tauchte sie mit der Schwester im Schlepptau auf.

Beim Anblick der dunkelhaarigen Frau hatte es in seinen Lenden gekribbelt. Schon am Telefon hatte ihre sexy Stimme ihn fasziniert, aber seit er sie *in natura* gesehen hatte, war er doppelt begeistert von ihr. Sie sah völlig fehl am Platz aus und wirkte so, als stünde sie über allem, was um sie herum geschah, und das hatte ihn amüsiert. Stadtfrauen waren sonst nicht sein Ding, aber wenn es eine Ausnahme gab, dann war sie eine.

Griff hatte keine Ahnung, was die beiden im Schilde führten, aber in seinen Augen lief alles auf Betrug hinaus. Vielleicht war es eine Versicherungssache. Oder ein Streit unter Liebenden, bei dem Heeter irgendwie involviert sein mochte. Aber ausgerechnet er war definitiv nicht erreichbar, deshalb konnte auch keine Vernehmung stattfinden. Als ob er nicht einmal ein Handy bei sich hätte. Ein Arschloch seines Kalibers.

Da war noch eine Sache, die seinen Argwohn nährte: Der so genannte Einbruch war von einer anonymen Frau gemeldet worden, die behauptet hatte, dass sie am Haus vorbeigefahren war und durch das Fenster ›ein Handgemenge‹ gesehen hatte. Sie hatte sich nicht an die Aufforderung der Polizei gehalten, in der Nähe des Tatorts zu bleiben. Nachbarn hatten erzählt, dass eine verdächtige Frau in einem VW Van mit Kennzeichen aus South Carolina den ganzen Nachmittag das Heeter-Haus beobachtet hatte.

Nein, es war was faul im Staate Dänemark, und das waren nicht die vertrockneten dänischen Pasteten, die er zu Mittag gegessen hatte. Es war fast zum Lachen gewesen, wie die beiden Yankee-Frauen so taten, als hätten sie ihn nicht bemerkt und tuschelten und irgendwas ausheckten. Glaubten sie, er würde Dianes Stimme nicht wieder erkennen? Wahrscheinlich hielten sie ihn für einen Trottel, der gar nicht bemerkte, dass sie vor seiner Nase aus dem Restaurant schlichen.

Nun, sie sollten sich auf eine Überraschung gefasst machen. John Grifford III mochte zwar ein Südstaatler sein, den die aus dem Norden stets für etwas einfältig hielten, aber er ließ sich von niemandem zum Narren halten.

Er griff zum Funkgerät, als er dem Zweisitzer so nahe gekommen war, dass er das Kennzeichen beinahe lesen konnte. »Einheit eins«, meldete er sich, »bereite dich darauf vor, mir die Angaben zu einem Kennzeichen durchzugeben.«

Noch zehn Meter näher, dann würde er die Buchstaben und Ziffern lesen können. Hoffentlich war es eine Privatadresse. Nein, es war ein Mietwagen. Das passte.

»Vergiss es«, sagte er ins Funkgerät. »Aber halte eine Zelle für diesen verrückten Raser bereit. Allein schon, weil er mir den Nachmittag versaut hat.«

»Alles klar, Chief«, rief Nadine Hawkins zurück, die Griffs Vetter dritten Grades geheiratet und deshalb eine Lebensstellung bei der Polizei auf der Insel hatte. »Geht das klar mit dem Dinner bei uns am Sonntagabend, Chief?«

»Keine Privatsachen über den Polizeifunk«, nörgelte Griff und drängelte hinter den Zweisitzer, bis sie fast Stoßstange an Stoßstange fuhren. »Roger«, sagte er und unterbrach die Verbindung.

Griff sah inzwischen, dass der Raser kein ›er‹, sondern eine ›sie‹ war. Nun, es war eine neue Generation herangewachsen. Aber wer auch immer diese Frau war, diese Jagd war eine Nummer zu groß für sie. Ein kurzes Lichtsignal, und schon fuhr sie an den Rand des einzigen zweispurigen Highways der Insel.

Er ließ seinen Chief-Stetson im Wagen zurück, denn er hasste ihn noch mehr als Nadines Hackbraten mit Zuckerrüben. Dann stieg er aus dem weiß-blauen Jeep, während er die Situation abschätzte.

Verdammt, selbst von hinten sah die Frau wahnsinnig attraktiv aus. Lange dunkle Haare, die sie auf dem Kopf zusammengefasst hatte, anmutiger Nacken, nackte Schultern, deren Elfenbeinhaut nur von schmalen roten BH-Trägern unterbrochen wurde. Ein wenig zu mondän für die Insel, dachte er, aber er wollte sich nicht beklagen.

Griff zog sein Protokollbuch unter seinem Gürtel hervor, bevor er der Gesetzesbrecherin entgegentrat. »Ma'am, ich weiß nicht, woher Sie kommen, aber hier bei uns gibt es etwas, was wir Geschwindigkeitsbegrenzung nennen.«

»Bei Ihnen gibt es etwas, was Sie Geschwindigkeitsbegrenzung nennen?«, wiederholte sie mit einem leisen Kichern. »Komisch, davon habe ich noch nie etwas gehört.«

Griffords Zähne knirschten. Sie war es. Die Schwester aus Chicago. Sie musste sich umgezogen haben, denn jetzt sah sie noch verführerischer aus als im Restaurant. Griff blinzelte und wusste nicht, wohin er zuerst schauen sollte.

Da waren zuerst einmal ihre Lippen. Sie waren kardinalrot und taten Dinge, von denen er gar nicht wusste, dass Lippen dazu imstande waren. Sie musste Model oder Schauspielerin sein. Hölle, vielleicht war sie sogar eine der Frauen in den Magazinen, die er als Vorlage benutzte, wenn Star Shine, seine gelegentliche Geliebte, sich in einer ihrer Meditationsphasen befand.

Und dieser Körper! Wie das kurze rote Kleid ihre Figur umschmiegte. Sein Blick starrte in das Tal ihrer Brüste und dann zum flachen Bauch. Aber das war erst der Anfang. Die Raserin zeigte ihre langen nackten Schenkel unter dem Saum des roten Kleids. Wenn es noch ein wenig höher rutschte, sah es wie ein T-Shirt aus. Griffs Mund wurde trocken. Er musste sich zusammenreißen.

»Habe ich was Schlimmes getan?«, gurrte sie und öffnete ihre Schenkel wie zufällig ein bisschen mehr.

»Zeigen Sie mir Ihren Führerschein und Ihre Fahrzeugpapiere.« Es fiel ihm schwer, sich an den vorgeschriebenen Text zu erinnern.

Griff sah zu, wie sie ins Handschuhfach langte. Mann, diese Beine! Glatt, schön geformt, muskulöse Waden. Herrlich geschwungen von den Hüften bis zu den Füßen, die in den dünnen Riemchen ihrer hochhackigen Schuhe steckten.

Er stellte sich vor, vor ihr zu knien und an ihren roten Zehen zu lutschen. Das Rot der Zehennägel war intensiver und leuchtender als das Licht auf dem Dach seines Polizeiwagens. Was für eine Frau! Könnte er doch nur ihren Sitz in ein Bett verwandeln und auf sie steigen, er würde ihre Tänzerinnenbeine öffnen und seinem Steifen eine neue Heimat bieten.

Warum sollte er dieses Glück nicht haben? Auf dem Festland erlebten viele Cops Abenteuer dieser Art mit Frauen, die einen Cop-Fetisch hatten. Es würde ihn nicht wundern, wenn die rasende Städterin auch zu dieser Sorte gehörte.

Einmal war ihm ein solches Glück mal beschert gewesen, damals in den verrückten Hippietagen der Siebziger, als er sich mit seinem Vater, dem damaligen Chief auf der Insel, überworfen hatte und zum Gegner übergelaufen war, zur Highway Patrol auf dem Festland. Er hatte einen schwarz-braunen Streifenwagen gefahren und eine Verkehrssünderin verfolgt, eine junge Studentin aus Gainesville, die vor Angst bibberte, dass Daddys Versicherung nun durch ihre Tempoüberschreitung teurer würde.

»Kann ich Sie nicht irgendwie überreden, mir die Anzeige zu ersparen?«, fragte sie und schnurrte wie eine Katze, während sie sich in ihren kurzen Shorts auf dem Autositz wand und ihre Nippel gegen das leichte T-Shirt drückten.

Griff hatte sich auf dem nächsten Parkplatz zu einem Blowjob breitschlagen lassen. Die kraushaarige Blondine war mit großem Eifer bei der Sache gewesen; endlich konnte sie einen Sternträger blasen. Als sich sein Orgasmus ankündigte, war sie auch so weit. Sie kamen zusammen; ihre Hand im Schritt ihrer Shorts, seine Hand auf ihrem Hinterkopf.

Das Hippiemädchen hatte sich mit einem süßen Lächeln bedankt und gewartet, bis er den Reißverschluss hochgezogen und zurück zum Streifenwagen gegangen war, ehe es die

Frucht ihrer Bemühungen ausgespuckt und die Fahrt fortgesetzt hatte. Am nächsten Tag hatte Griff den Dienst bei der Highway Control quittiert und war nach Osprey zurückgekehrt.

»Officer? Sie wollen das sehen?«

Grifford zuckte zusammen und fand sich in der Wirklichkeit wieder. Oh, verdammt, diese verrückten Erinnerungen. Hatte er sich zu lange in der Sonne aufgehalten? Seine Erschöpfung war eher darauf zurückzuführen, dass er wegen des angeblichen Einbruchs zu wenig geschlafen hatte.

Gib's zu, Griff, du bist nicht mehr der Jüngste. Sicher, du warst clever genug, Diane Quintons Telefonnummer herauszufinden, die auf einem Zettel stand, neben einigen anderen an die Kühlschranktür geklebt. Damit hatte er Maggies Identität bestätigen können. Trotzdem, eines nicht allzu fernen Tages musste er die Arbeit in die Hände eines Jüngeren legen. Zum Beispiel in die Hände von Mike Cosgrove, obwohl ihm dieser Gedanke zuwider war. Aber daran würde wohl kein Weg vorbeiführen, es sei denn, er zeugte noch schnell einen Sohn, der dann die Familientradition fortsetzen konnte. Und die Frau, auf die er hinabblickte, die würde ein paar sehr gesunde Kinder gebären können.

»Stellen Sie den Motor ab und händigen Sie mir den Schlüssel aus«, sagte er bissig, während er die Papiere annahm. Er wollte das Risiko vermeiden, dass sie plötzlich abhaute.

Die dunkelhaarige Schönheit lächelte scheu und streckte ihre Arme aus. »Stehe ich unter Arrest, Sir?«

Der Duft ihres süßen, femininen Parfums, der zu ihm waberte, raubte ihm fast den Verstand. »Bleiben Sie, wo Sie sind, Ma'am«, giftete er sie an.

Nur mit Schwierigkeiten schaffte er es, zurück zum Jeep zu gehen. Er konnte nur hoffen, dass sie seine Erektion nicht gesehen hatte. So ein heißes Ding.

»Einheit eins an Zentrale«, bellte er ins Funkgerät. »Ich brauche die Überprüfung einer Fahrerlaubnis des Staates Illinois, Nummer ...«

»Chief, bist du das?«

Grifford knirschte mit den Zähnen und rang um Geduld. Seit zehn Jahren saß sie auf ihrem Platz, und sie hatte es immer noch nicht geschnallt. »Ja, natürlich bin ich das«, blaffte er in das Gerät. »Wer soll denn sonst hier draußen herumlaufen? Elliot Ness vielleicht?«

»Du brauchst nicht zu schreien«, sagte Nadine. »Sag mal, Chief, möchtest du lieber Roastbeef statt Hackbraten am Sonntag?«

Es war ein zähes Stück Arbeit, aber schließlich holte er das aus ihr heraus, was er wissen wollte. Es gab auch kein Vorstrafenregister, nur Anzeigen wegen Falschparkens und zu schnellen Fahrens. Einige waren dank eines teuren Anwalts niedergeschlagen worden. Am meisten interessierte Grifford, dass Diane Quinton mehrfach ihren Namen geändert hatte. Diesmal hieß sie Diane Quinton Rostov, aber davor hatte es schon einige andere Anhängsel gegeben. Es schien, dass Heiraten zu ihren Hobbys gehörte. Und schnelles Fahren. Steckte einer ihrer verflossenen Ehemänner in der Sache mit dem angeblichen Einbruch drin?

Mit der Zeit würde er das herausfinden. Bis dahin würde er sich so wenig in die Karten schauen lassen wie sie.

»Wir sehen es gar nicht gern in unserem Staat Florida, dass gegen unsere Verkehrsgesetze verstoßen wird«, informierte er sie und reichte ihr die Fahrerlaubnis und die Fahrzeugpapiere der Mietwagenfirma zurück. »Unterschreiben Sie hier«, sagte er und hielt ihr die Anzeige hin.

»Ich bin ein böses Mädchen gewesen.« Sie strich mit ihrer Hand über seine. »Ein sehr böses Mädchen.«

Grifford runzelte die Stirn, und hinter der undurchdringlichen Sonnenbrille wurde sein Blick misstrauisch. Hielt sie ihn für so töricht, Hand an sie zu legen, damit sie ihn wegen sexueller Belästigung am Haken hatte? »Achten Sie in Zukunft besser auf die Verkehrszeichen«, knurrte er und nahm den Kugelschreiber wieder an sich.

»Das werde ich, wenn Sie in Zukunft auf das da achten.«

Grifford schluckte. ›Das da‹ war ihre blanke Pussy, umrahmt von sorgsam getrimmten schwarzen Haaren. Die geschwollenen Lippen zog sie mit den langen roten Fingernägeln auseinander. Oh, verdammt, dieses verrückte Luder hatte ihr Kleid hochgeschoben und trug kein Höschen.

Bilder schossen durch seinen Kopf, wie diese Atem beraubende Raserin über der Kofferraumhaube lag, das Kleid bis zu den Hüften hochgezogen, und von seiner rechten Handfläche das erhielt, was sie verdient hatte. Für einen solchen Po war ein Mann bereit zu sterben. Und die Züchtigung mit der Hand war erst der Anfang. In Griffs Phantasien malte er sich aus, wie er in sie eindrang. Oder sollte er sie nach der Züchtigung auf die Knie zwingen und sie heran nehmen wie damals die kleine blonde Raserin aus Gainesville?

»Ich werde so tun, als wäre das nicht geschehen, Mrs. Rostov.« Er redete sie mit dem Namen ihres letzten Ehemanns an, um eine Reaktion aus dieser Frau herauszuholen, aber sie zuckte mit keiner Wimper.

»Quinton, bitte. Ich bin geschieden. Aber Sie können mich Diane nennen. Ich bin frei wie ein Vogel.«

»Nun, dann sollten Sie hier bei uns eine schöne Zeit erleben. Von nun an treffen die Frühlingsurlauber bei uns ein. Einen guten Tag wünsche ich Ihnen, Ma'am.«

»Officer, noch eine Frage«, rief sie ihm zu.

Griff blieb stehen. »Ma'am?«

»Sie sprachen von einer schönen Zeit. Wo könnte eine Lady so eine Zeit erleben?«

»Nun, für Muldoon's sind Sie ein wenig zu städtisch gekleidet. Ich kann Ihnen die Bar des Continental Hotels empfehlen. Direkt hinter der Brücke.«

»Ich danke Ihnen, Officer. Ich werde um sieben Uhr da sein. Wollen Sie mir nicht Gesellschaft leisten?«

Griff antwortete nicht. Er setzte sich in den Jeep, drehte kurz und fuhr die Straße hinunter, die zu Star Shines Haus führte. Er blickte auf seine auffällig gewölbten Shorts und hoffte, dass ihre Lebenskräfte miteinander in Einklang standen.

Maggie wusste, dass er da draußen war und ihr beim Sonnenbaden zuschaute. Sie hatte seine Gegenwart die ganze Zeit schon gespürt, aber jetzt war sie sicher. Gerade als Diane aufgestanden war und sich auf ihre lächerliche Mission begab, den Chief mit ihrem kurzen roten Kleid einzufangen, hatte sie ein Blitzen hinter dem Fenster des Nachbarhauses gesehen. Vermutlich hatte sich die Sonne in seinem Fernglas gespiegelt.

Die Besitzer des Nachbarhauses waren verreist, und eigentlich sollte niemand im Haus sein. Sie konnte nicht sagen, warum sie sicher war, dass es *ihr* Einbrecher war und nicht irgendein Spanner, der es auf sie abgesehen hatte. Eine Intuition, eine Eingebung. Oder vielleicht waren sie jetzt miteinander verbunden nach allem, was sie zusammen erlitten hatten – um genau zu sein: was er ihr angetan hatte.

Nun, jetzt konnte sie es ihm zurückzahlen. Sie hätte Diane über ihren Verdacht Bescheid sagen oder, noch praktischer, die Polizei anrufen können. Stattdessen hatte sie beschlossen, die Sache allein und auf eigene Faust zu regeln.

Sie und Heeters Revolver. Sie hatte ihn in einem Schrank gefunden, als sie nach Strandtüchern gesucht hatte. Es war eine Achtunddreißiger Police Special, und sie hatte auch Munition gefunden, um sie zu füttern. Sie hatte nicht vor, auf ihn zu schießen, aber sie wollte ihm eine Lektion erteilen, falls er noch einmal zurückkam.

Ja, der Herr Einbrecher würde eine kleine Überraschung erleben. Aber bis dahin hatte sie noch etwas anderes im Sinn.

Da der junge Mann offenbar gern spannte, wollte sie ihm eine Show bieten. Sollte er doch ruhig ihren Körper sehen, den er nie besitzen würde.

Sie lag auf dem Rücken, hielt die Flasche mit der Sonnencreme hoch und ließ den dicken Strahl der weißen Flüssigkeit aus der Höhe auf ihren Bauch klatschen. Die Creme fühlte sich kühl und nass auf ihrer heißen Haut an, und sie sah wie Sperma aus. Sie hoffte, dass ihn dieses Bild in den Wahnsinn trieb.

Sehr langsam rieb sie die klebrige Creme in ihre Haut, sie krümmte den Rücken und hielt die Luft an. Stellte er sich vor, wie seine Hände über ihren Körper streichelten? Sie legte die Finger unter ihre Brüste und hob sie an. In ein paar Minuten würde er noch eine Menge mehr von ihr sehen.

Maggie setzte sich auf und schüttelte ihre Haare, dann nahm sie sich ihre Schenkel vor. Ein bisschen mehr Sonnencreme, einen Klecks auf den einen Schenkel, einen weiteren auf den anderen. Sie verrieb sie und berührte einige Male wie aus Versehen ihr Dreieck.

Sie knetete ihre Haut und zeigte ihm, wie athletisch ihr Körper war. Maggie hatte Schenkel, mit denen sie die Hüfte eines Mannes in die Zange nehmen konnte. Aber es musste der richtige Mann sein. Verdammt, es war schon viel zu lange her, dass sie einen Mann im Bett gehabt hatte.

Wie lange lag ihr letztes Treffen mit Bruce zurück? Zwei, drei Monate? Also, da hatte sie einen Mann, der wusste, wie er eine Frau zu nehmen hatte. Bruce ging den Sex an wie seinen Beruf – er war Broker an der Börse. *Kill or get killed.* Man legte sich nicht mit einem Mann wie Bruce an. Bleib auf seiner Seite und genieße den Orgasmus deines Lebens, oder widersprich ihm, und du bist Geschichte.

Die meisten Frauen würden eine solche Beziehung hassen, aber Maggie nicht. Er war intensiv, und was am besten war: Er hatte kein Interesse an einer richtigen Beziehung. Niemals würdest du seinen Arsch am anderen Morgen in deinem Bett finden, nein, Ma'am. Und er erwartete natürlich, dass er deinen Po am anderen Morgen auch nicht mehr in seinem Bett vorfand.

Es war die perfekte Beziehung für eine Frau, die ihre eigene Karriere verfolgte und ab und zu ihre böse Seite zum Klingen bringen wollte. Wenn Bruce nicht zur Verfügung stand, konnte sie masturbieren und von Hank träumen, dem Bauarbeiter, den sie bei einem ihrer letzten Aufträge im Norden kennen gelernt hatte. Er war ein unverfrorener Kerl mit zerzausten rotbraunen Haaren, er lief nur mit einem Drei-Tage-Bart herum und hatte das Tattoo einer heißen Braut auf seinem steinharten Bizeps.

Maggie war es gewohnt, dass Männer sie beobachten und ihr nachschauten, aber die meisten taten es heimlich, während Hank sie von Anfang an so angestarrt hatte, als hätte er ein Recht dazu. Als ob ihm ihr schön gerundeter Po bereits gehörte. In seinen braunen Augen blitzte eine wache Intelligenz.

»Kann ich Ihnen irgendwie helfen?«, hatte sie ihn an einem Morgen wütend gefragt, als er sie wieder so ungeniert betrachtet hatte.

Er hatte sie nur angegrinst und sich auf seine Schaufel gelehnt, überhaupt nicht besorgt oder peinlich berührt, dass sie ihn erwischt hatte. »Das kommt darauf an«, antwortete er, und sein Grinsen wurde breiter und unverschämter. »Fragen Sie mich als Boss oder als Frau?«

Maggie wusste nicht, was sie sagen sollte. Dann, ohne nachzudenken: »Als beides.«

»In diesem Fall«, begann er und schob seinen breitrandigen Hut in den Nacken, »können Sie mir sehr helfen, denn ich möchte unbedingt wissen, wie es sich anfühlt, wenn Sie sich nackt unter mir winden, während ich Ihnen einen Orgasmus nach dem anderen besorge.«

Maggies Knie wurden weich. »Wegen dieser Unanständigkeit muss ich Sie feuern.«

»Das geht nicht«, antwortete der Mann, immer noch grinsend. »Ich bin Mitglied der Gewerkschaft.«

Fünf Minuten später lag sie auf dem Schreibtisch des Baustellenbüros. Ihr mit Rüschen besetztes Höschen hing um einen Knöchel, während er mit seinem gewaltigen Schaft in ihre nasse Pussy stieß. Er roch nach Schweiß und Schmutz, und es war das beste Aphrodisiakum, das sie je eingeatmet hatte.

Sie musste in seine Schulter beißen, um ihre Schreie zu ersticken, während er in sie hinein pumpte und mit seinen kräftigen, schwieligen Händen erbarmungslos ihre nackten Brüste quetschte. Es war der aufregendste Sex, den sie je gehabt hatte; jeden Augenblick konnte jemand hereinkommen und sie in dieser Situation überraschen, wie ihre nackten Pobacken über den metallenen Schreibtisch rutschten, die Beine weit gespreizt, ihre Jacke auf dem Boden, ihre Bluse aufgeknöpft, der BH in aller Hast nach oben geschoben.

Als er sich über sie beugte und auf ihren Nippel biss, musste sie ihre Lustschreie zurückhalten. Sie hätte es in dieser Verfassung mit hundert Männern aufgenommen, mit der ganzen Mannschaft an diesem Bau.

»Das wird nicht das letzte Mal sein«, stöhnte er in ihr Ohr. »Sage mir, dass es nicht das letzte Mal war.«

Der Bastard hatte sie in der Hand.

»Nein«, keuchte Maggie und drückte ihre Handflächen gegen seinen nackten muskulösen Oberkörper. »Du kannst mich nicht als Freundin haben.«

»Wer sagt denn, dass ich eine Freundin haben will?« Er stieß wieder tief in sie hinein.

In ihr rumorte es. Er beanspruchte den Sex mit ihr, nicht mehr und nicht weniger. Er wollte es wieder und wieder mit ihr treiben, er wollte das Recht, seine Lust in ihrem Körper austoben zu können. »Ich bin keine Hure«, gab sie zurück, und dann spürte sie, wie tief in ihr der Orgasmus einsetzte. Unmöglich, ihn zurückzuhalten.

»Nein«, sagte er. »Du bist eine Frau. Die schärfste Frau, in die ich je meinen Willy reingeschoben habe.«

Das brachte es. Maggie war über den Berg und schrie auf, und es war ihr egal, wer sie hören konnte. Als die Schockwellen allmählich abklangen, tropfte ihr der Schweiß vom Körper. Zitternd rieb sie sich an ihm, ehe sie sich langsam erhob.

Gewöhnlich sind die Dialoge nach einer solchen Zufallsnummer von Verlegenheit geprägt. Aber es war Hank, der auf seine einschüchternde Art die Dinge klarstellte und bestimmte. Irgendwie erregte es sie immer wieder, sich der Dominanz eines Mannes zu unterwerfen.

»Morgen. Dieselbe Zeit wie heute«, sagte er, während er seinen breiten Hosengurt zuschnallte.

»Gib mir einen guten Grund, warum ich das tun sollte«, trotzte sie, um ihn von seinem hohen Ross zu holen.

»Weil«, sagte er und setzte den Schutzhelm wieder auf, »weil ich einen Wochenlohn darauf verwette, dass es der beste Sex deines Lebens war.«

Maggie musste die ganze Nacht an ihn denken. Am nächsten Morgen zog sie sich viermal um, und dann entschloss sie sich, überhaupt nicht zum Bau zu fahren. Schließlich zog sie eine enge Hose an, die sex-sicherste Kleidung, die ihr einfiel, und lief zur Baustelle.

Als sie sah, dass er nicht da war, hätte sie am liebsten geheult. Dann wurde sie wütend, weil sie das Gefühl hatte, missbraucht worden zu sein. Und schließlich überließ sie sich dem Gefühl der Erleichterung. Es hielt an, bis sich von hinten eine Hand vor ihre Augen legte.

»Rate mal, wer ich bin«, sagte er in seiner rauen Stimme.

Sie drehte sich um und wollte ihn schelten, aber dann sah sie diese Lippen und sein selbstsicheres Lächeln, und sie konnte nur daran denken, ihn zu küssen. Und viele andere Dinge mit ihm zu tun.

»Wenn ich Feierabend habe«, sagte er, »nehmen wir uns ein Hotelzimmer.«

»Und wovon träumst du nachts?«

Er lachte und drückte seine Hände gegen ihre Wangen, dann presste er seine Lippen auf ihren Mund. Fünfzehn Sekunden dieses festen Drucks seiner Lippen, und jeder Widerstand war aus ihrem Körper gewichen.

»Ich werde dir zeigen, wovon ich nachts träume.«

Sie wusste, dass ihre Pussy nass geworden war, und sie spürte auch, wie sich ihre harten Brustwarzen gegen den Stoff ihrer Bluse rieben. Maggie war heiß und bereit, wie sie es jedes Mal sein würde, wenn der Mann sie rief.

»Halb sechs«, sagte er, »und verspäte dich nicht.«

In dieser Nacht hatten sie fünf Mal Sex; die Laken waren durchweicht von ihren gemeinsamen Säften. Maggie glaubte, sie würde an der Fülle der Sensationen sterben, die er in ihrem Körper auslöste, ganz zu schweigen vom Schlafmangel. Aber am anderen Morgen konnte sie arbeiten, als wäre nichts geschehen.

Zwei Monate lang trieben sie es auf diese Weise, und wenn sie nicht bis zum Abend warten konnten, verkürzten sie sich tagsüber die Wartezeit mit riskantem Sex auf der Baustelle. Das neue Conover Building würde stets einen besonderen Platz in Maggies Herz behalten, allein schon, weil es so viele Stellen gab, an denen sie es getrieben hatten.

War es Liebe? Das glaubte sie, jedenfalls bis zum letzten Tag. Gleich nach der offiziellen Eröffnung hatten sie sich verabredet. Sie trug ihr bestes Kleid und hatte ihm Blumen mitgebracht. Aber Hank ließ sich nicht sehen, und er reagierte auch nicht auf ihre Anrufe. Sein Vermieter sagte ihr, dass er ausgezogen war und keine Adresse hinterlassen hatte. Aber der Bauleiter gab ihr einen Brief, den er ihr geschrieben hatte.

»Liebe Maggie,

ein Danke wäre nicht genug. Ich bin nicht sentimental, deshalb ist es mir lieber, dass es so endet. Alle guten Dinge hören mal auf, nicht wahr?

In lieber Erinnerung

Hank

PS: Du konntest tatsächlich nicht genug von mir bekommen, nicht wahr?«

Mehr als einmal fischte sie das verdammte zerknüllte Ding zurück aus dem Papierkorb, bevor sie es in ihr Tagebuch klebte, und zwar unter ihre Überschrift: *Wieder ein Grund, warum Magdalene Quinton sich nie ernsthaft auf einen Mann einlassen sollte.*

Aber im Moment hatte sie einen anderen Mann im Kopf. Es war Zeit, ihren knappen BH auszuziehen, damit der Dieb seine Augen auf etwas lenken konnte, was nun wirklich einbruchsicher war. Maggie langte hinter sich, fuhr sich kurz mit der Zungenspitze über die trockenen Lippen und zupfte am schmalen Band in ihrem Nacken. Der BH löste sich von ihren Halbkugeln und gab sie frei. Mit neckender Langsamkeit zog sie die Körbchen von den Brüsten und betrachtete ihre überraschend harten Nippel. Jetzt blieb nur noch das Bikinihöschen, und sobald sie sich dessen entledigt hatte, würde sie sich erneut mit Sonnencreme einreiben.

Sie änderte ihren Plan und ließ die Creme wieder aus großer Höhe auf ihre Scham klatschen. Weil sie den Rücken gekrümmt hatte, rann ein Teil der sämigen Flüssigkeit hinauf zu ihren Rippen. Es machte viel mehr Spaß, den Unbekannten als Zuschauer zu haben statt Diane. Sie seufzte zufrieden und ließ die Finger durch die glitschige Masse gleiten.

Sie schloss die Augen und stellte sich vor, dass Männer um sie herumstanden und masturbierten. Die Jungs, die ihren Frühjahrsurlaub auf der Insel verbrachten. Sie standen um sie herum und feuerten sie an oder verlangten einen Blowjob von Maggie.

Oh, verdammt, sie war scharf. Sie zupfte an dem Band des Höschens und entblößte ihren Schoß. Er war der komplizierteste Teil ihrer Anatomie und gleichzeitig der einfachste: Er wusste, was er wollte und wie er es kriegen konnte. Im Gegensatz zu ihrem Herzen, was nie wusste, was es wollte.

Die Creme fühlte sich so kühl an in ihrer Spalte. Sie drückte die Fersen in die Matratze und stemmte ihren Unterleib hoch. Sie ließ den Inhalt der ganzen Flasche vom Schoß in die Spalte und von dort in die Kerbe ihrer Backen fließen. Ihr war egal, wer sie dabei beobachtete. Im Gegenteil, es erregte sie noch mehr zu wissen, dass sie beobachtet wurde.

»Ja«, stöhnte sie ihrem unsichtbaren Geliebten zu. Mit den Fingern einer Hand spreizte sie die Labien, damit die Lotion sich besser verteilen konnte. Sie wollte von der klebrigen Creme gefüllt werden, als wäre sie die Essenz aller Männer, die sie je begehrt hatten.

Diane hielt Maggie für verrückt, weil sie so planlos mit ihren Männern verfuhr. Das mochte schon zutreffen, aber sie wusste, wie sie sich schützen konnte. Zum Beispiel durch ihre Arbeit. Sie bewahrte sie davor, eine Nymphomanin zu werden. Leider bestand durch ihre Arbeit aber auch die Gefahr, dass ihr Sexleben wie das einer Nonne enden würde. Aber wenigstens war sie noch nie vor dem Scheidungsrichter aufgetreten, was man von ihrer Schwester nun wirklich nicht behaupten konnte.

Gierig und offen schob sie einen Finger in sich hinein. Sie wollte es schnell und hart haben, so wie ein Einbrecher es ihr machen würde. Ob er sich ihr gewachsen fühlte? Er hatte sie schon einmal in der idealen Position gehabt, aber beim ersten Anzeichen von Schwierigkeiten hatte er sie im Stich gelassen. Nein, das war nicht fair. Es musste auch in ihrem Interesse liegen, dass er der Polizei entkommen konnte.

Ich masturbiere für einen von der Polizei gesuchten Mann, dachte sie, als ihr Daumen über die Klitoris huschte. Was fällt mir wohl als Nächstes ein? Sie setzte die zweite Hand ein, aber sie ahnte, dass es ihr nicht genug sein würde.

Ketch Walker grunzte, als der Druck den Explosionspunkt erreichte. Die Frau konnte nicht mehr bei Verstand sein. Hatte sie eine Ahnung davon, dass er im Haus nebenan stand und alles beobachtete? Es war nicht richtig, mit ihr zu masturbieren, aber ein Mann hätte schon tot sein müssen, um sich zurückhalten zu können.

Sie war wie Aphrodite, eine Sexgöttin, der reinste Geist der Lust. Stella, so intensiv sie auch war, konnte diese Art der Leidenschaft nicht erreichen. Deshalb war sie auch immer so eifersüchtig, und deshalb hatte sie seinen Talisman gestohlen, das Halsband mit dem kleinen Elefanten. Sie hatte ihn nie ausstehen können, was vermutlich der Grund war, dass sie ihn beiseite geschafft hatte.

Ohne das Amulett war er nur ein halber Mann. Aber konnte es sein, dass diese Rothaarige die Energie zurück zu ihm leitete? Das lag doch auf der Hand. Das Halsband lag irgendwo im Haus, wo der Oberarsch Heeter es versteckt hatte. Er musste es nur wieder in seine Hände bekommen, dann würde alles seinen guten Weg gehen.

Es war keine gute Idee, in diesem Moment zu schreien, aber er war längst jenseits der Vernunft. Er beugte sich zur Fensterbank vor und drückte seine glühende Erektion gegen die Scheibe. Noch ein paar pumpende Züge, dann würde er seine große Erleichterung erleben.

»Deinen Namen«, schrie er, als es aus ihm heraussprühte und die Scheibe versaute. »Ich kenne nicht einmal deinen Namen!«

Siebtes Kapitel

»Verdammt, Star!«, rief Griff in die dicht stehenden Bäume hinein, eine Ansammlung von alten Pinien und vom Wetter gebeutelten Palmen. »Ich habe keine Lust auf solche Spiele.«

Falls die Frau ihn hörte, so antwortete sie nicht. Wahrscheinlich versteckte sie sich irgendwo. Sobald sie sein Auto gehört hatte, würde sie sich aus dem Staub gemacht haben, ein breites Grinsen über dem ganzen Gesicht. Er hatte ihr in den Wald folgen können, weil sie eine Spur aus ihren Kleidern gelegt hatte, aber diese Spur war jetzt kalt geworden – keine Kleider mehr. Er kam sich wie ein Narr vor: stand da, hielt ihr Höschen in der Hand, und sein Schwanz war härter als chinesische Arithmetik.

Er drückte ihr Höschen gegen sein Gesicht.

Star Shine war eine phantastische Frau. Mit ihren fünfundvierzig Jahren hatte sie kein Gramm Fett zu viel an ihrem schlanken Körper, und ihre Brüste waren noch so elastisch wie vor zwanzig Jahren. Die weißen Fäden, die ihr sonst hellbraunes Haar durchzogen, ließen die Frau in Griffs Augen noch charmanter wirken. Sie hatte immer noch die Figur eines Cheerleaders, und er würde sie lieben bis zu dem Tag, an dem er den Löffel abgeben musste – und das seit der Junior High School.

»Miau?«, fragte eine Katze an seinem Fuß. Sie war eine von etwa zwanzig Wildkatzen, die in der Nähe von Stars kleinem, verwittertem Haus ein Refugium gefunden hatten, eine Insel für sich im Innern von Osprey.

»Ich habe einen *Reefer* in deinen Shorts gefunden«, sagte Griff neckend, denn er wusste, dass sie ganz in der Nähe war.

»Ich werde dich wegen Rauschgiftbesitzes festnehmen, wenn du nicht auf der Stelle herauskommst.«

Er hörte das Knacken eines Asts. Sie rannte weg, laut und unvorsichtig, eher darum bettelnd, dass er sie einfing. Dass er die Zigarette aus Marihuana erwähnt hatte, musste ihre Säfte zum Fließen gebracht haben. Star liebte die Räuber- und-Gendarm-Spiele. Besonders, wenn sie damit endeten, dass sie in Handschellen lag. Griff ging in die Hocke und lauschte auf ihren Atem.

Aus den Augenwinkeln sah er, wie sie blitzschnell davonrannte. Er starrte auf ihren nackten Po, weiß wie Alabaster. Der schönste Anblick auf der ganzen Insel. Er würde doppelt so gut aussehen, wenn sich die Backen noch ein wenig röteten.

»Oh, verdammt«, rief er, als er über einen gefallenen Baumstamm stolperte und aufs Gesicht krachte. Himmel, er wurde zu alt für solche Spielchen. Er kam sich wie ein Narr vor, als er sich aufraffte und die Jagd fortsetzte.

Es schien, dass er sein ganzes Leben damit verbracht hatte, Star hinterher zu laufen. Damals, als sie noch Lisa May Evans war, wäre er zehn Meilen gerannt, nur um diese köstlichen Lippen zu schmecken.

Sein Problem war, dass er sich nie gut genug für sie hielt. Bis es zu spät war. Als aus Griff, dem Tölpel schließlich Griff, der wilde Draufgänger geworden war, hatte Lisa May schon so viele innere Narben davongetragen, dass sie an eine feste Beziehung nicht mehr glauben mochte, erst recht nicht mit einem Cop.

Er nahm jetzt ihre Spur auf, denn ihre nackten Füße hinterließen deutliche Abdrücke auf dem sandigen Boden. Winzig und weiblich und wahnsinnig schön geformt, brachten sie sein Blut schon in Wallung. Wenn ich sie erst in den Händen habe, schwor er sich, dann werde ich sie auf der Stelle nehmen. Auf allen Vieren. Wie die Tiere.

Oh, nein. Die Spuren waren plötzlich nicht mehr da. Wie vom Erdboden verschluckt. Es sei denn …

Griff schaute zu spät hoch. Die nackte Brünette sprang bereits auf seinen Rücken, hielt sich mit den Händen an seinem Hals fest und schlang die Füße um seine Schenkel.

»Ich werde noch verrückt, Star. Was treibst du mit mir?«

Sie zog die Beine an und brachte sie auf die Höhe seiner Rippen. Mit dieser Aktion hatte er nicht gerechnet, aber sie wusste natürlich, dass sie ihm auf Dauer körperlich unterlegen war. Er ließ es zu, dass sie ein paar Minuten mit ihm spielte, aber dann hatte er genug.

Er ging auf ein Knie nieder und ruckte mit den Schultern herum, um sie abzuschütteln. Aber sie hielt sich fest, als ginge es um ihr Leben, und er wusste, dass er wirkungsvollere Maßnahmen ergreifen musste. Er packte in ihre langen wilden Haare. Sie schrie wie ein Banshee, als er sie an den Haaren von seinem Hals zog. Aus jahrelanger Erfahrung wusste er, was sie aushielt, deshalb lief er nicht Gefahr, ihr wirklich wehzutun.

Zweimal schnappte sie mit ihren perlweißen Zähnen nach seinen Fingern, bevor er es endlich geschafft hatte, sie unter sich zu begraben. Er war etwa fünfzig Kilo schwerer als sie, aber darauf allein konnte er sich nicht verlassen. Wenn er ihr die Gelegenheit ließ, würde sie ihn in die Weichteile treten.

Mit einer Hand hielt er ihre beiden Handgelenke über ihrem Kopf fest, und mit der anderen Hand spreizte er ihre Schenkel. Star Shine hatte überall da kräftige Muskeln, wo es darauf ankam, und so hatte er noch viel Mühe, ehe er ein Knie zwischen ihre Beine drücken konnte.

»Und fertig ist dieses«, sagte er und wollte verbergen, wie viel Kraft ihn die Aktion gekostet hatte.

Die frühere Lisa May starrte ihn aus tiefen silberblauen Augen an. Sie war kompliziert wie die Hölle, und einige hielten sie auch ohne Umschweife für verrückt. Aber Griff wusste es besser. Was sie durchgemacht hatte, hatte sie geformt. Ihr heutiges Verhalten war ganz allein auf Verteidigung ausgerichtet; irgendein Schutzmechanismus bestimmte ihr ganzes Tun. Es war ein Wunder, dass sie ihm sogar bei solchen Spielen vertraute, aber sie wusste, dass er die tiefe Sinnlichkeit wecken konnte, die immer noch in diesem herrlichen Körper schlummerte.

Griff musste einen Kuss haben. Das war ein Bruch des Protokolls, und er würde teuer dafür bezahlen müssen. Ihre Zähne gruben sich tief in seine Lippen, bis sie bluteten. Er hatte es nicht anders verdient. Mit einer dicken Lippe kehrte er zum normalen Ablauf ihres Spiels zurück.

Zähme sie zuerst. Danach kannst du die Früchte der Liebe genießen.

»Du hast das Recht zu schweigen.« Mit einem geübten Griff drehte er sie auf den Bauch. Als ob Star Shine in über zehn Jahren auch nur ein Wort gesagt hätte. »Und du hast das Recht, meiner Lust zu dienen.«

Handschellen klickten, als sie sich um die Gelenke der Frau schlossen. Abgesehen von gelegentlichen Gefangenentransporten wurden die Smith and Wesson Handschellen dienstlich selten benutzt; in erster Linie dienten sie dazu, das Liebesleben des Chiefs zu würzen.

»Eines Tages wirst du mein Tod sein, Frau«, knurrte Griff, während er sie auf die Füße stellte.

Sie reagierte mit einem leisen Stöhnen, für ihn das Signal, sie auf seine Arme zu nehmen und zurück ins Haus zu tragen, um sie dort zu züchtigen. Es war ein billiger Sieg, denn er wusste, dass sie ihm inzwischen davonlaufen konnte, wenn sie gewollt hätte. Es war zehn Jahre her, dass er sie schließlich eingefangen hatte, und seither hatte sich zwischen ihnen ein Vertrauen aufgebaut, das er zum Beispiel mit seiner Ex-Frau nie geteilt hatte.

»Auseinander«, befahl ihr und gab ihr einen Klaps auf den

Po, als sie den vertrauten Sägebock mitten auf der kleinen Wiese mit vielen Wildblumen erreichten; quasi ihr Vorgarten.

Griff hatte den Sägebock für ihre Zwecke hergerichtet, mit Schaumgummi ausgelegt und Kissen festgenagelt, dazu Lederschlaufen um alle vier Beine des Bocks. Auf diese Weise konnte er Star bequem fesseln, mal für die Bestrafung, mal für ihre gemeinsame Lust.

Star öffnete widerwillig ihre Schenkel, damit er ihre Füße in die Lederschlaufen legen konnte. Der nächste Schritt bestand darin, die Handschellen zu öffnen, Star flach auf den Bock zu drücken und die Handgelenke in die vorderen Schlaufen zu stecken. Jetzt war sie völlig hilflos.

Um ihre Bereitschaft zu testen, strich er mit einem Finger an ihren Labien entlang. Sie waren leicht geschwollen und schwammen im eigenen Saft. Star war heiß und bereit. Griff hätte sich gern tief in sie versenkt, aber zuerst musste er die Bestrafung durchziehen.

»Vor einem Gesetzeshüter davonzulaufen ist ein ernster Verstoß.« Er rieb mit beiden Händen über ihre zitternden Backen. »Dafür kann es Gefängnis geben.«

Star kniff die Backen zusammen, während sie sich auf das Unvermeidliche vorbereitete. Griff hob seine Hand, und im nächsten Augenblick klatschte sie auf den Po.

Sie stieß leise protestierende Geräusche aus, die so sexy klangen, dass Griffs Erektion zuckte. Noch zwei Schläge, die ihre schön gerundeten Backen rosa färbten, dann musste er seinem fiebrigen Verlangen nachgeben.

»Entschuldige, Mädchen, aber heute halte ich es nicht mehr länger aus.«

Sein Schaft war schon überstimuliert, als er zwischen die Labien der Frau glitt. Star entspannte ihre Muskeln, und der prächtige Stab stieß bis auf den Grund. Star atmete aus; ihr war, als hätte sie einen guten Freund bei sich aufgenommen. Tatsächlich fühlte sich Griff bei ihr und in ihr zu Hause.

Seit Jo Anne ihn vor fünf Jahren verlassen hatte, gab es keine feste Beziehung mehr in seinem Leben und erst recht niemand, der sein Haus mit ihm teilte. Seine Eltern waren tot, und sein Bruder war nach Atlanta gezogen, deshalb rechnete er damit, bis zu seinem Tod allein im Haus zu bleiben.

Vielleicht war das ganz gut so. John Grifford war nicht für die Ehe geboren.

Er grunzte laut und hielt ihre Hüften gepackt. Sein Orgasmus würde kein Problem sein; nur ein paar schnelle Stöße, und es wäre alles vorbei, jedenfalls für ihn. Aber dann würde er Star hängen lassen, so dicht davor und doch so weit weg. Verdammt, warum konnte er kein herzloser Bastard in solchen Dingen sein?

»Oh, Mann«, knurrte er und zog sich aus ihr zurück.

Star schien zuerst nicht zu wissen, was er vorhatte, aber sie sollte es bald erfahren. Nachdem er die Schlaufen gelöst hatte, warf er Star über seine Schulter – einhundertzehn Pfund nackte Wildkatze.

»Beruhige dich, Babe«, brummte er und verzog schmerzlich das Gesicht, weil sie unter seinem Hemd seinen Rücken mit ihren Fingernägeln zerkratzte. »Ich tu das doch für dich.«

Er trat mit einem Fuß gegen die Gittertür, dann waren sie im Haus. Star selbst schlief nicht in einem Bett, aber es gab ein Bett in ihrem Haus, dafür hatte Griff selbst gesorgt. Ein Messinggestell mit einer dicken Matratze und breiten Kopf- und Fußteilen, die bei gewissen Fesselspielen sehr hilfreich sein konnten.

»Du glaubst doch nicht, dass ich mich zum Vögeln jedes Mal auf den Fußboden lege«, hatte er an dem Tag gesagt, an dem er ihr das Bett gebracht hatte. Es war das erste Mal, dass er sie seit dem Unglück lächeln gesehen hatte.

Aus Gründen, die ihm nicht ganz klar waren, speicherte Griff solche Momente zwischen ihnen, er bewahrte sie an einer tiefen Stelle seines Gehirns auf, gleich neben seiner

Sozialversicherungsnummer und dem Rezept seiner Großmutter für Maisbrot.

Das Bett hatte ihm eine unerwartete Liebesbezeugung eingebracht, denn als er es aufgeschlagen hatte, hatte sie sich an ihn geschmiegt und ihm einen Kuss auf die Wange gegeben. Soweit er wusste, hatte sie das Bett nie benutzt, abgesehen von den Gelegenheiten, wenn er sie auf das Bett geworfen hatte. Wie jetzt. Die Federn quietschten, als sie mit dem Rücken auf der Matratze landete. Aber sie richtete sich sofort auf die Ellenbogen auf, als läge sie auf der Lauer.

»Wir können das auf die sanfte Art hinter uns bringen, Lisa May, oder auf die harte.«

Star trat nach ihm. Sie hasste es, wenn er sie bei ihrem Taufnamen nannte, und er tat das nur, um sie zu ärgern. Aber ihren Familiennamen würde er nie über die Lippen bringen; der war tot und begraben, zusammen mit ihren Kindern und ihrem Mann.

»Das habe ich mir gedacht.« Er packte sie an den Fersen und hob sie hoch in die Luft. »Also auf die harte Tour.«

Er nutzte den offenen Raum und kletterte zwischen ihre Schenkel. Es waren ihre Handgelenke, auf die er es abgesehen hatte. Sie ans Kopfende festzubinden, wäre ihm auch im Schlaf gelungen. Er wurde nicht müde, diesen Blick in ihren Augen zu sehen, wenn sich das Metall um ihre Gelenke schloss und sie das Klicken hörte. Der Stahl rasselte mit dem Messing zusammen, wenn sie versuchte, sich von ihren Fesseln zu befreien.

Er kniete über ihr und sah amüsiert zu, wie sie sich aufbäumte und streckte, während er langsam sein Khakihemd aufknöpfte und von seinen Schultern streifte. Dann zog er das T-Shirt über den Kopf und entblößte seinen fein behaarten Brustkorb. Griff war stolz darauf, dass er seine Figur behielt. Er konnte es mit jedem jungen Hüpfer aufnehmen, Cosgrove eingeschlossen. Er besiegte den Junior sogar beim Armdrücken, obwohl sich ihm in letzter Zeit der Verdacht aufdrängte, dass Cosgrove ihn absichtlich gewinnen ließ.

»In dieser Position siehst du ausgesprochen gut aus, Lisa May«, sagte er und bewunderte ihre nackte Gestalt. »Vielleicht nehme ich dich mit nach Hause. Du würdest eine feine Dekoration für mein Bett abgeben.«

Die Frau zischte wie eine Schlange, denn mit seinen Worten hatte er Öl ins Feuer geschüttet. Griff schnallte den Revolvergurt auf und streifte Shorts und Unterhose ab. Schaft und Hoden zuckten glücklich über die Freiheit. Mann, es war lange her, dass seine Hoden so gespannt gewesen waren. Er würde ihr eine volle Ladung geben können, das stand fest.

Aber zuerst musste er sich um Star kümmern. Ob es eine Belohnung für ihre Ausdauer oder eine Bestrafung war, mochte er nicht entscheiden, jedenfalls tauchte er hinunter und löste einen Überraschungsschrei der Frau aus, als er mit der Zunge tief in sie hinein fuhr. Im Gegensatz zu vielen Männern genoss es Griff, bei einer Frau in den Keller zu steigen. Er mochte den Geschmack, und er liebte die wollüstigen Reaktionen, die er von den jeweiligen Partnerinnen erhielt.

Bei Star kam das eher selten vor, was daran lag, dass sie meist die härtere, eher auf Kampf ausgerichtete Gangart bevorzugte. Aber aus irgendeinem Grund wollte er ihr heute zeigen, dass ihm ihre Lust wichtiger war als seine.

Star gab leise wimmernde Geräusche von sich, als er mit der Zunge über ihre Klitoris strich, vor und zurück auf die Weise, von der er wusste, dass es sie noch wilder werden ließ. Die Handschellen liefen auf dem Messingstab hin und her, und das laute Scharren bildete einen sonderbaren Kontrast zu ihrem Keuchen und seinem Stöhnen.

»Komm schon, Babe«, schnurrte er, »lass dich gehen.«

Star Shine war eine Kämpferin, immer schon gewesen. Nicht viele Frauen hätten ihr Schicksal überlebt. Aber in Momenten wie diesem wäre ihm lieber gewesen, sie hätte weniger gekämpft und mehr nachgegeben.

Jetzt spannte sie sich an; es war fast Zeit. Die Ruhe vor dem Sturm. Griff atmete tief ein und klopfte mit der Zunge an die Pforten des Paradieses, aber er wappnete sich auch dagegen, Sekunden später von dieser Wildkatze zurück auf seinen Arsch gestoßen zu werden.

Der Schrei hätte Blut gerinnen lassen können. Säfte umspülten seine Zunge, es war, als hätte er eine neue Quelle bei ihr entdeckt. Es war ein perfekter Augenblick. Wenn sie nur seinen Namen rufen würde. Das war sein einziges Bedauern, das Einzige, was fehlte, wenn er mit ihr Liebe machte.

»Du bist die Beste«, murmelte er leise und legte sich auf sie, um selbst zum Abschluss zu kommen. Star sah ihn mit diesen komplizierten Augen an, verloren im Nachglühen der eigenen Gefühle, weggetrieben in ihre private Welt.

Ob sie eines Tages wieder reden könnte? Die Ärzte sagten nein; die psychischen Schäden blieben permanent, auch wenn ihre Stimmbänder heil geblieben waren. Aber Griff war nicht sicher. Er hatte das Gefühl, dass sie sprechen könnte, sobald sie wollte. Doch es gab für sie nichts zu sagen.

Lange, stete Stöße brachten ihn ans Ziel. Er wusste, dass es nicht lange dauern würde. Er hielt sich an ihren Hüften fest, warf den Kopf in den Nacken und versprühte seine Lust, während er in den Himmel schaute, ins ganze Universum. Auch er stieß nur unverständliche Laute aus. Ein schöner, befriedigender Tag auf seiner Insel.

Zehn Minuten später saß er wieder im Jeep, rauchte eine Mentholzigarette und ging die Einzelheiten verschiedener Fälle durch, mit denen er es zu tun hatte. Am meisten beschäftigte ihn der Fall im Heeter Haus. Sein Gefühl kehrte wieder, dass er etwas übersah, obwohl er es direkt vor seiner Nase hatte.

Er rief Cosgrove über Funk. »Einheit eins an Einheit zwei, Over.«

Griff zählte die Sekunden. Mike antwortete nicht immer sofort, und das hatte viel mit Katy Sue zu tun. Aus irgendeinem Grund weigerte sich die Frau, ihn in seiner Freizeit zu bumsen, sondern nur in seiner Dienstzeit. Wenn der Chief nicht selbst im Glashaus säße, würde er den einen oder anderen Stein werfen. Aber so wie die Dinge standen, nahm er sie hin. Tatsache war, dass er die junge Frau auch nicht von der Bettkante stoßen würde.

»Roger, Einheit eins.« Er hörte, wie Cos sich räusperte. »Hier spricht Einheit zwei.«

»Einheit zwei, hast du die Fingerabdrücke schon zum County Labor gebracht?«

»Ich komme gerade von da zurück, Chief.«

»Gut. Ich hoffe, die Schwachköpfe in Marston versauen uns die Sache nicht wie sonst immer. Hör zu, ich will, dass du gleich noch mal zum Heeter Haus fährst. Behalte es den Rest des Tages im Auge. Die Rothaarige hat jetzt eine Schwester zur Verstärkung da, dunkle Haare, gut einssechzig groß. Ich will, dass du ein bisschen auf beide aufpasst.«

»Ja, Sir«, antwortete er ernst, bestrebt und eifrig, wie er nun mal war. »Sie können sich auf mich verlassen, Chief. Over und Ende, Sir.«

Grifford empfand einen Anflug von Schuldgefühlen, als er das Funkgerät abschaltete. Wahrscheinlich hätte er den Job besser selbst übernommen. Aber er wollte nach Hause und die Füße hochlegen, vielleicht das eine oder andere kalte Bier trinken und im Fernsehen ein Spiel verfolgen.

Auf der anderen Seite …

Sein Blick fiel auf das Protokollbuch auf dem Beifahrersitz. Die ganze Zeit musste er an Diane Quinton Rostov denken, die schwarzhaarige Sirene mit dem geilen roten Kleid, der nackten Pussy und dem schnellen Wagen. Sieben Uhr, hatte sie gesagt. Dann würde sie im Continental sein. Niemals würde er hingehen. Einmal war sie mit Magdalene Quinton verwandt, Opfer einer Straftat, die er ermittelte, und zum anderen war sie selbst eine Verkehrssünderin, der er eine Anzeige verpasst hatte. Wenn es hart auf hart kam, würde er vor Gericht gegen sie aussagen müssen.

Auf der anderen Hand musste er ihre Beine in Betracht ziehen und das, was dazwischen lag. Griff sah an sich hinunter. Verdammt, schon wieder eine Erektion. Vielleicht sollte er sich die Dinge im Continental mal ansehen. Nicht wegen sozialer Kontakte, sondern als Teil seiner Ermittlungen.

Es war ein lausiger Vorwand für den Versuch, bei der scharfen Diane zu landen, aber es hörte sich doch ganz überzeugend an, nicht wahr?

Achtes Kapitel

»Bist du sicher, dass du mich heute Abend nicht brauchst?«, fragte Diane zum fünfzigsten Mal.

Maggie öffnete ein Auge lange genug, um zu sehen, dass ihre Schwester ein tief ausgeschnittenes, rückenfreies schwarzes Kleid trug, das kaum etwas der Phantasie überließ. Angezogen zum Sex. Woher hatte sie eigentlich so viele Klamotten?

»Ja«, knurrte sie und warf das Kissen hinter sich. »Die Frage ist, ob du mich da draußen nicht brauchst.«

»Ich?« Diane lachte. »Die Einheimischen werden in ihren Alligatorenschuhen zittern, nicht ich.«

Maggie setzte sich im Bett auf und kam sich vor, als wäre sie hundert Jahre alt. Hatte die Sonne sie ausgelaugt oder die lange Masturbationsarie, oder war ihre Erschöpfung eine späte Reaktion auf gestern Abend?

»Du willst dich doch nicht wieder mit diesem Cop treffen, oder, Diane?«

»Nun, wenn er da auftaucht, dann werde ich ihn treffen.« Sie lehnte sich zu ihrer kleinen Schwester und hauchte ihr einen Kuss auf die Wange. »Oh, Himmel, Mags. Es ist wie früher, als ich dich zugedeckt habe, bevor ich ins Bett ging.«

Maggie verdrehte die Augen. »Das ist lieb von dir, aber heute schaffe ich es allein, mich zuzudecken.«

»Ja, sicher, aber ich darf mir doch Sorgen machen. Du hast mir versprochen, beim geringsten Verdacht sofort 911 anzurufen. Und dann mich.«

»Ja, Mutter.«

Dianes Augen verengten sich, als sie den übergroßen Pyjama erkannte, den Maggie trug. »Das ist seiner, nicht wahr?«

Maggie schlang die Arme um sich. »Und wenn ja?«

»Ich dachte, du wärst über ihn hinweg.«

»Ja, bin ich auch. Ich benutze dieses Ding, um darin zu schlafen.«

Hank. Sie redeten von Hank. Diese Schlafanzugjacke war die einzige Erinnerung, die sie besaß. Sie hatte den Pyjama für ihn gekauft, und er hatte ihn die ganze Zeit getragen.

Maggie wappnete sich auf einen Streit, aber Diane rümpfte nur die Nase, dann wurde sie wieder von sich selbst abgelenkt. Sie schnüffelte. »Habe ich zu viel Parfum aufgetragen?«

Maggie kicherte, froh, aus der Schusslinie zu sein. »Nein, du duftest wunderbar. Würdest du jetzt bitte gehen?«

Di redete noch, als sie schon aus der Tür ging. Sie hatte sich nicht entscheiden können, welche Schuhe zum Kleid passten, aber dann hatte sie sich doch für Pumps entschieden. Maggie grinste in sich hinein, als sie sich auf Heeters breitem Bett drehte, bis sie eine Position gefunden hatte, in der sie den Schlaf finden konnte, der schon am Nachmittag von ihr Besitz ergreifen wollte. Sie dachte nicht mehr daran, dass sie beobachtet worden war.

Jetzt oder nie. Die Rothaarige lag schlafend in ihrem Bett, und die andere Frau war gegangen und würde bestimmt den ganzen Abend weg sein. Ketch hatte seinen sicheren Ort eigentlich nicht verlassen wollen, bis beide Frauen aus dem Haus waren, aber er hatte keine Wahl nachdem der Cop aufgetaucht war.

Zuerst hatte Ketch gedacht, der Cop hätte gewusst, dass er sich in Heeters Nachbarhaus eingenistet hatte, aber es stellte sich heraus, dass er nichts anderes verfolgte als Ketch selbst: Heeters Haus im Auge behalten.

Ketch verließ das Haus, indem er durch ein Fenster auf der Rückseite stieg, dann lief er geduckt zu Heeters Haus und versteckte sich unter der Veranda. Er wartete auf seine Gelegenheit.

Ein Fenster war nicht geschlossen. Sobald er das erkannte, streifte er die Flip-Flops ab, stieg auf die Veranda und von dort durchs Fenster. Barfuß trat er auf den dicken Teppich. Stumm dankte er den Sirenen, dass es wegen der geringen Kriminalitätsrate auf der Insel keine Alarmanlagen gab.

Ketch spürte einen Kloß im Hals und ein heftiges Zucken im Schritt, als er die schlafende Maggie im Schlafzimmer sah. Sollte er sie zu ihrer eigenen Sicherheit wieder fesseln? Nein, das war eine schlechte Idee. Wenn er diese Frau gefesselt hatte, würde er sie auch haben wollen. Aber auch beim bloßen Hinsehen wollte er sie haben.

Wahrscheinlich fühlte sie sich nach dem Geschehen vergangene Nacht wie gerädert. Ihre Haare waren zerzaust, und obwohl sie die Decke über sich gezogen hatte, war sie so gut wie nackt, denn die Knöpfe der Männerschlafanzugjacke waren aufgesprungen. Aber dies war der Augenblick, in dem eine Frau besonders sexy war, besonders natürlich. Bereit für die Liebe. Er musste an sich halten, um nicht zu ihr ins Bett zu kriechen und sich an sie zu kuscheln. Er würde ihr gern das Ohrläppchen küssen. Und sich dann nach unten vorarbeiten. Vom schlanken Hals zum Tal der perfekten Brüste.

Konzentriere dich, Mann. Du musst dich konzentrieren. Wo könnte das Amulett sein? Genauer: Wo würde der hinterlistige Betrüger Heeter so einen Gegenstand verstecken? Für den Millionär hatte das Amulett absolut keinen Wert; er behielt es nur, um sich zu beweisen, dass er Menschen um alles betrügen konnte, was er haben wollte.

Vielleicht im Arbeitszimmer. In einer Schublade des Schreibtischs. Wo er es nach Belieben herausholen und seine schmutzigen, geldgeilen Finger darüber streichen konnte.

Er ignorierte das hässliche Neandertal-Dekor, zu dem Bärenfell und Jagdtrophäen gehörten, und schritt direkt auf sein Ziel zu. Er hatte gerade die zweite Schublade aufgezogen, kniete daneben und hörte einen beunruhigenden Laut auf der anderen Seite des Schreibtischs.

Er blickte auf und sah, wie seine schlimmsten Ängste wahr wurden. Die Rothaarige schlief nicht mehr, sondern stand vor ihm und richtete eine Waffe auf ihn. Den Sicherheitshahn hatte sie mit einem Klicken umgelegt.

»Eine falsche Bewegung, du Bastard, und ich blase dir den Schädel weg.«

Ketch richtete sich sehr, sehr langsam auf. Drei Jahre bei der Marine hatten ihm Respekt vor Feuerwaffen beigebracht, besonders, wenn sie sich in den falschen Händen befanden. »Miss, ich würde Ihnen empfehlen, die Waffe wegzulegen, bevor jemand verletzt wird.«

»Es kratzt mich nicht, wenn die Kugel dir das Licht ausbläst«, sagte Maggie.

»Ich glaube, es wäre am besten«, wiederholte mit betonter Ruhe, »wenn Sie die Waffe sinken lassen, damit wir uns wie zwei Erwachsene unterhalten können.«

Die Rothaarige schüttelte den Kopf. »Ich gebe hier die Befehle, Dummkopf. Komm hinter dem Schreibtisch hervor, damit ich dich besser sehen kann. Und recke die Hände über deinen Kopf.«

Ketch gehorchte und kam sich vor, als wäre er in einem billigen Spaghetti-Western gelandet.

»Ich sehe, dass du heute Abend angezogen bist«, sagte die Frau mit der Waffe und musterte seine Shorts und das T-Shirt. »Womit habe ich diese Ehre verdient?«

Dasselbe könnte ich von ihr sagen, dachte er, aber er hielt es für klüger, sie nicht zu reizen. »Mein Aufzug gestern sollte Sie nicht beleidigen.«

»Schon gut. Zieh dich jetzt aus.«

Mit dieser Wende hatte Ketch nicht gerechnet. »Habe ich das richtig verstanden?«

»Wenn du verstanden hast, dass du dich nackt ausziehen sollst, dann ja.«

Er versuchte ein trockenes Lachen, aber es gelang nicht wirklich. »Das kann nicht Ihr Ernst sein.«

»So ernst wie ein Herzinfarkt«, versicherte sie ihm. »Das ist doch nur gerecht. Gestern hast du mich nackt gesehen, heute sehe ich dich nackt.«

Ketchs Schwanz drohte durch seine Shorts zu platzen. Da stand eine sexy Frau vor ihm, richtete eine Knarre auf ihn und verlangte, dass er sich ihr nackt zeigte.

»Sie sollen wissen«, sagte er und zog sich das T-Shirt über den Kopf, »dass ich Ihnen nie etwas antun wollte. Ich habe Streit mit Heeter, aber nicht mit Ihnen.«

»Da ich das jetzt weiß, fühle ich mich so viel besser wegen der Vergewaltigung gestern.«

»Ich sehe, dass Sie wütend sind.« Er knöpfte seine Shorts auf. »Und das kann ich gut verstehen.«

»Ach? Jetzt bin ich wütend?« Sie lachte. »Gestern Abend war ich die kleine geile Schlampe, die so aussah, als wollte sie vergewaltigt werden.«

»Ich erinnere mich nicht, etwas in dieser Richtung gesagt zu haben.«

»Weniger reden, Junior Gangster, und mehr zeigen.«

Ein Wink mit ihrer Waffe reichte aus, dass er sich beeilte, die Shorts und seine Unterhose abzustreifen. Sein steifer Stab und die gespannten Hoden waren nicht zu übersehen.

»Oh, du hast ein kleines Erregungsproblem«, neckte sie. »Oder ist das nur ein Adrenalinschub?«

Es gefiel Ketch nicht, dass sie ihm seine eigene Aussage um die Ohren schlug, und es gefiel ihm noch weniger, dass sie ihm befahl, die Hände an den Seiten zu lassen, damit er seine Blöße nicht bedecken konnte.

»Und was geschieht jetzt?«, fragte er.

Zum ersten Mal sah er ein Zögern in ihrem Blick. Sie genoss seinen Anblick, aber sie wusste selbst nicht, wie sie weiter mit dem Fremden verfahren sollte.

»Ich werde dich fesseln«, beschloss sie. »Du weißt ja, dass wir genug Stricke im Haus haben.«

»Aber das ist doch nicht nötig.«

»Ach, nein? Und wer, zum Teufel, bist du, dass du weißt, was ich für nötig halte?«

Er hatte wieder einen wunden Punkt bei ihr erwischt.

»Ich weiß es einfach.« Er hob die Schultern. »Wie ich auch weiß, dass Sie nicht vorhaben, die Polizei zu rufen.«

»Habe ich auch nur ein Wort davon gesagt?«

Bei Hera, sie sah umwerfend in dieser Pyjamajacke aus. Wieso sahen Frauen sogar in Männersachen besser aus? In diesem Fall lag es daran, dass die Jacke nicht länger war als ein Minikleid und ihre langen Beine unbedeckt ließ.

»Ich habe nur eine logische Schlussfolgerung gezogen«, verteidigte er sich.

»Das scheint deine Lieblingsbeschäftigung zu sein. Das heißt, wenn du nicht gerade Frauen bespannst.«

Ketch spürte, wie die Röte in seine Wangen stieg. Sie hatte also gewusst, dass er den ganzen Tag da draußen war. »Das war ... eh ... unbeabsichtigt.«

»Hast du dir dabei einen runtergeholt?«, fragte sie. »Waren meine Schwester und ich eine gute Vorlage für dich? Tut mir leid, dass wir dir keine Schau geboten haben, darauf wärst du bestimmt abgefahren.«

»Oh, es war schon phantastisch, Ihnen zuzusehen. Wie Sie die Creme auf Ihren Körper haben klatschen lassen und dann in die Haut gerieben haben. Es hat Sie so angemacht, dass Sie gezwungen waren, sich einen Orgasmus zu besorgen.«

Sie richtete die Waffe wieder auf ihn. »Was soll mich daran hindern, dich zu einem Eunuchen zu schießen?«

»Ich nehme an, Ihre angeborene Aversion, auf unschuldige Menschen zu schießen, wird Sie daran hindern.«

»Unschuldig? Ich werd' verrückt.«

»Ist Ihnen bewusst«, begann er, um das Thema zu wechseln, »dass wir nicht einmal unsere Namen kennen? Ich heiße Ketch.«

Die Ablenkung schien nicht gelungen, denn sie gab sich entschlossener denn je, ihre Eunuchen-Drohung umzusetzen. Aber dann sagte sie: »Wenn du es schon wissen musst – ich heiße Maggie, aber ich will mit dir nichts zu tun haben, und wenn du der letzte Mann auf der ganzen Insel wärst.«

»Aber da waren Funken, das müssen Sie zugeben.«

»Wie, bitte?«

»Wir haben uns geküsst, Maggie, das können Sie nicht abstreiten.«

»Das habe ich aus meiner Erinnerung verdrängt. Leider hatte ich nur eine Flasche Mundwasser im Haus.«

»Ich selbst fand den Kuss sehr angenehm. Pinot Noir, nicht wahr?«

Jetzt war es an ihr zu erröten. »He, da habe ich mir ja ein richtig kluges Kerlchen eingefangen. Aber ich habe keine Zeit für Strandpenner, die so dumm sind, an zwei aufeinander folgenden Abenden ins selbe Haus einzubrechen.«

»Ich bin kein Einbrecher. Ich bin hier, um gestohlenes Gut wiederzuholen. Wenn Sie es schon wissen müssen, Ihr Calvin Heeter Junior hat ein Halsband von mir, ein mir heiliges Amulett. Es hat nur einen Wert für mich, aber er verweigert die Herausgabe.«

»Ein dir heiliges Amulett? Wovon redest du?«

Ketch erzählte ihr die Geschichte des Elefanten aus Jade an der Kette, und wie sein Talisman ihn bei einem Hubschrauberunglück während seiner Marinezeit das Leben gerettet hatte. Nie hatte er das Amulett abgelegt – bis zu der unseligen Nacht, in der Stella Sawgrass ihn betrunken gemacht und seinen ganzen Besitz gestohlen hatte, einschließlich des Talismans. Er war irgendwo nackt am Strand von South Carolina aufgewacht.

Wie durch ein kleines Wunder war es ihm gelungen, Stella auf einem Flohmarkt in der Nähe von Orlando ausfindig zu machen. Sie gestand, dass sie das Halsband und seinen restlichen wertlosen Besitz verkauft hätte.

Zu spät kam er zu dem Mann, dem Stella den Plunder verkauft hatte, aber Ketch fand heraus, dass ein wohlhabend aussehender Unternehmer aus dem Norden seinen Talisman erstanden hatte. Es dauerte noch eine Weile, bis er ihn identifiziert hatte: Calvin Heeter Junior.

Er verfolgte ihn bis in seine Firmenzentrale in Chicago, wo er bei einer gefühlvollen Assistentin sein Herz ausschüttete. Er erfuhr, dass Heeter ›einen Narren an dem Tand‹ gefressen hätte, deshalb bewahrte er das Amulett in seinem Haus auf Osprey Island auf. Ketch hatte ihn dort aufgesucht und wollte seinen Besitz zurückkaufen, aber Heeter hatte ihn aus dem Haus geworfen.

Das also war der Grund für sein Verhalten der letzten beiden Tage. Heeter hatte ihm keine andere Wahl gelassen, als das Gesetz in seine eigenen Hände zu nehmen.

Nachdem er seine traurige Geschichte erzählt hatte, wartete er gespannt auf Maggies Reaktion. Insgeheim hoffte er auf Sympathie, vielleicht sogar auf eine Verbrüderung. Aber er sah nur ihr dumpfes Starren.

»Ich kann ehrlich sagen«, begann sie, »dass ich noch nie eine so seltsame, unbegreifliche Geschichte gehört habe. Glaubst du, ein solches Garn bewahrt dich vor dem Gefängnis?«

Ketch versteifte sich. »Das kann ich nicht sagen. Aber ich weiß, dass ich mein Schicksal annehmen werde, wie jeder Martyrer es bis heute getan hat.«

»Martyrer? Eher Verrückter.«

»Ach? Ich bin der Verrückte, Maggie? Bin ich es denn, der

die ganze Insel zupflastert und zu einem riesigen Parkplatz unter Neonleuchten umfunktioniert, damit neurotische Touristen sich hier so fühlen können, als hätten sie ihr Zuhause nie verlassen?«

Maggie konnte nicht sagen, was sie mehr bedrückte: dass er ihre Arbeit so in den Schmutz zog, oder dass er ihren Namen auf eine Weise aussprach, wie sie es noch nie gehört hatte. Es ging ihr durch und durch.

»Also gut«, sagte sie. »Ich habe genug gehört. Es ist Zeit, dich zu fesseln und den Sheriff zu rufen.«

»Wie Sie meinen«, sagte er scheinbar gleichgültig, aber in seinem Kopf überlegte er sich seinen nächsten Schritt. Irgendwie musste er an die Waffe kommen. Und zwar schnell.

Mike Cosgrove hasste Überwachungen. In einsamen Zimmern sitzen und in die Fenster anderer Leute starren; ab und zu einen Biss in trockene Sandwiches, die er sich von zu Hause mitgebracht hatte. Aber es war gut für sein Zeugnis. Der kommende Held von Osprey Island. Cosgrove, der Verbrechensbekämpfer. Und eines Tages der Chief.

Um so richtig zu glänzen, musste er heute Abend den Fall knacken. Der Chief schien sich ziemlich sicher zu sein, dass der Dieb zurückkommen würde, was Cosgrove aber nicht glaubte. Es war viel wahrscheinlicher, dass er weitergezogen war, vielleicht sogar auf die andere Seite der Insel oder, wenn er clever war, aufs Festland. Auf der anderen Seite gab es die alte Weisheit, dass es Täter immer zurück an den Ort ihrer Tat zurücktreibt.

Cos schraubte die Wasserflasche auf, lehnte sich zurück und nahm einen Schluck. Ja, das war seine große Chance.

Er schaute auf sein Handy, dass er auf ›Vibration‹ gestellt hatte, damit das Klingeln seine Deckung nicht verriet. Oh, verdammt! Katy Sue. Genau davor hatte er sich gefürchtet.

Wieso rief sie ihn nach fünf an? Sie sollte längst im Club sein.

»Katy Sue, ich habe im Moment keine Zeit für dich. Ich bin mit einem geheimen Polizeiauftrag unterwegs, und niemand darf meinen Einsatzort wissen«, sagte er, noch bevor sie ›hallo‹ hatte sagen können.

»Aber jeder weiß, dass du das Heeter Haus überwachst, Cos«, wandte sie ein. »Außerdem stehe ich hier unten neben deinem Streifenwagen.«

Oh, nein, ich glaube es nicht, stöhnte Officer Michael Cosgrove stumm.

»Nein, Katy Sue, und dabei bleibt es.« Cos war aufgesprungen, sprach aber leise, als wollte er sein Versteck immer noch geheim halten. »Ich will, dass du umkehrst und dahin zurückgehst, wo du hergekommen bist. Verdammt, Mädchen, wieso bist du nicht auf der Arbeit?«

»Ich habe den Abend frei«, sagte sie fröhlich. »Ich habe mir wegen deiner Überwachung frei genommen. Ich dachte, du würdest dich über ein bisschen Gesellschaft freuen. Deshalb habe ich auch Rayleen mitgebracht.«

»Du hast was? Himmel, Arsch und Zwirn! Katy Sue, bist du völlig durchgedreht? Was glaubst du, was hier stattfindet? Eine Party für Stripper? Warum bringst du nicht den ganzen Club hierher? Diamond Pete soll uns Rippchen servieren, und dabei können wir uns köstlich amüsieren.«

»Aber der Rauch, der vom Grill aufsteigt, würde doch den Einbrecher warnen, oder nicht?«

Cos schlug sich mit der flachen Hand gegen die Stirn, dreimal hintereinander. Katy Sue war niemand, der ein Ohr für Sarkasmus hatte. »Puh, Katy Sue, gut, dass du es mir sagst. Das hätte ich glatt vergessen.«

»Aber dafür bin ich doch da, Baby. Bleib jetzt, wo du bist, wir kommen rauf zu dir.«

Cos wusste nicht, ob er lachen oder weinen sollte. Nur eins

war sicher: Durch solche Aktionen würde er höchstens Chefmüllwerker und nicht Polizeichef.

»Hallo«, grüßten die Mädchen wie aus einem Mund. Gemeinsam trugen sie einen Sack voller Sechserpacks Bier und Kartoffelchips.

Wenn die hübsche kleine Katy Sue schon eine Ablenkung war, dann war Rayleen Carter eine doppelte Ablenkung. Sie war ein paar Zentimeter größer als Katy, hatte wilde rote Haare und den Körper einer Stripperin. Sie hatte Brüste, in denen sich ein Mann verlieren konnte. Obwohl sie drei Kinder hatte, war ihre Figur nicht weniger als atemberaubend.

»Bist du ein Anblick für müde Augen«, sagte Rayleen, als sie hüftwackelnd auf ihn zuging. Sie trug einen Cowgirlrock und eine Weste, darunter ein Westernhemd, dessen Schöße sie auf dem Bauch geknotet hatte.

»Du auch«, antwortete er. »Und in Arbeitskluft. Kommst du oder gehst du?«

»Ich habe meine Schicht hinter mir.« Sie presste ihre vollen Brüste gegen ihn. »Oh, mein Michael. Ich glaube, jemand hat wieder kräftig Gewichte gestemmt.«

»Ich habe mir selbst so ein Gerät gekauft«, sagte er und hoffte, sie würde die Geschichte besser aufnehmen als Katy Sue. »Das Gerät, mit dem auch dieser Typ im Fernsehen trainiert. Chuck Norris. Er spielt einen Cop, aber in Wirklichkeit ist er keiner.«

»Natürlich nicht. Er ist Schauspieler. Und er betreibt auch Kampfsport.«

Cosgrove war beeindruckt. Warum war ihm vorher nicht aufgefallen, wie klug sie war? »Ja, genau, Rayleen.«

»Ich sehe auch fern«, warf Katy Sue ein, die nicht zurückstehen wollte. »Ich habe jede Episode der *Simpsons* mindestens zweimal gesehen.«

»Sehr gut, Katy Sue«, gurrte Rayleen und fuhr mit den Fingernägeln über Mikes Waschbrettbauch.

Cosgrove brachte keinen Laut über die Lippen. Seine Erektion klopfte gegen Rayleens Hüfte. Wenn er nicht sehr schnell reagierte, hatte er diese Überwachungsaktion in den Sand gesetzt. »Entschuldigt mich, Ladys.« Er schob Rayleen sanft aber bestimmt von sich. »Heute Abend kann hier nichts laufen, versteht ihr?«

»Warum nicht?«, fragte Katy Sue und schmiegte sich an seine rechte Hüfte.

Cos runzelte die Stirn. Die kleine Blondine war wie ein Schulmädchen gekleidet; das war ihre Auftrittskleidung im Club. In ihrem karierten Minirock und der weißen Bluse, die sie unter den Brüsten zusammengeknüpft hatte, sah sie alles andere als unschuldig aus.

»Wir könnten ein bisschen zusammen spielen«, murmelte Katy Sue in sein Ohr. Die Stimme der Verführerin. »Du kannst uns beide haben, wenn du willst. Das wäre doch was Neues.«

»Daran ist doch nichts Neues, mein Schatz. Man nennt das eine Men-age. Das ist Französisch«, sagte er, ganz der Mann von Welt. Dieses Wissen hatte er vor zwei Jahren während des Mardi Gras in New Orleans aufgeschnappt. Wenn die meisten Leute hörten, dass man in New Orleans war, schreckten sie zurück, als hätte man ihnen gesagt, dass man in Paris oder auf dem Mond gewesen wäre.

»Oh, ich liebe es, wenn du französisch sprichst.« Sie küsste seinen Hals, und ihre langen schlanken Finger glitten unter sein Hemd. »Das könnte doch schon ein guter Anfang sein. Willst du auch mit Rayleen ...?«

Rayleen war damit beschäftigt, sein Hemd aufzuknöpfen. Ihre geschickten Finger waren bereits bis zum Gürtel seiner Hose vorgedrungen. Mit Katy Sues Hilfe gelang es, sein Hemd aus der Hose zu ziehen.

»Katy Sue, du hast Recht, was seine Muskeln angeht«, schwärmte Rayleen und legte ihre Hände um seine Bizeps.

»Noch hast du das Beste nicht gesehen«, versprach Katy Sue und riss sein weißes T-Shirt hinunter.

»Katy Sue, verdammt, weißt du, wie viel du bei Super Mart dafür hinlegen musst?«

»Ich kaufe dir einen Dreierpack zu Weihnachten. Rayleen, dreh den Stuhl um. Es ist Zeit, dass wir dem Officer mal eine kleine Privatshow bieten.«

Rayleen schob den bequemen Sessel zurecht, und Katy Sue bugsierte den Cop hinein.

»Was willst du zuerst sehen?«, fragte sie.

»Ich will deinen hübschen Arsch aus dieser Tür gehen sehen.«

»Ach, das meinst du doch nicht wirklich.« Katy Sue stand vor ihm und wand ihren geschmeidigen Körper.

»Doch, das meine ich. Ihr beide behindert mich bei einer polizeilichen Ermittlung. Das kann euch teuer zu stehen kommen.«

»Ich sehe was ganz anderes stehen.« Rayleen beugte sich über ihn und rieb seinen Schritt. Es war eine Wonne, von ihr berührt zu werden. Warum war sie ihm nicht früher ins Auge gesprungen, so wie Katy Sue? Er hatte ihr mal bei häuslichen Gewaltproblemen aus der Klemme geholfen, und er kannte sie auch schon von der Schule aus, aber er hatte nie gedacht, dass sie mal seine Bettpartnerin sein könnte. Vielleicht lag es daran, dass sie eine Neigung dazu hatte, sich immer die falsche Clique auszusuchen, bei der sie abhing.

»Baby, schaust du mir zu?« Katy Sue hatte die Augen geschlossen und bewegte sich im Takt der Musik, die sie im Kopf hörte. Diese Routine hatte sie selbst im Schlaf drauf. Sie legte die Hände auf ihren nackten Bauch, gleich unter den Knoten der weißen Bluse, und rieb über die glatte Haut.

Rayleen ließ derweil ihre langen roten Haare über sein Gesicht fließen. Offenbar war sie nicht bereit, ihn Katy Sue ganz allein zu überlassen.

»Gefällt dir das, Michael?«, fragte Rayleen.

»Ehm, ja.« Der Duft ihres Parfums, stark und billig, stieg in seine Nüstern.

»Verschieß deine Munition bloß nicht zu früh«, neckte Katy Sue ihn, während sie ihren Schulmädchenrock auszog. »Die Schau hat ja noch gar nicht richtig angefangen.«

Rayleen kniete zwischen seinen Beinen und schaute ihn aus ihren glühenden braunen Augen an, während sie seinen Gurt aufschnallte.

»Pass auf meine Sachen auf«, rief Cosgrove.

»Oh, wir werden sie wie ein rohes Ei behandeln«, schnurrte Rayleen.

Katy Sues Rock rutschte auf den Boden. Sie trug ein G-String, das minimalste Kleidungsstück, das vom Gesetz in allen Stripclubs des Bezirks gerade noch erlaubt wird. Ihre Pussy kannte Mike von außen und von innen, blank rasiert und doppelt in Gold gefasst. Trotzdem blieb sie ein Mysterium, und sein Eifer, die dünne Stoffbarriere zu durchbrechen, wuchs.

Er leckte seine Lippen und stellte sich vor, was er zuerst mit ihr anstellen würde. Manchmal ging er in den Club, nur um zu sehen, wie sie mit anderen Männern flirtete. Er wusste, dass er keine Scheine in ihr Höschen steckte musste, um einen flüchtigen Blick zu erhaschen.

Rayleen hatte seinen Reißverschluss aufgezogen und richtete sich auf. Es war Zeit, dass sie sich auch von ein paar Kleidungsstücken befreite. Sie machte bei dem stillen Tanz mit, den Katy Sue begonnen hatte, und fuhr mit den Händen über ihre Oberschenkel und unter den kurzen Rock.

Cos konnte sich nicht länger beherrschen und beendete die Arbeit, die Rayleen begonnen hatte. Durch den Hosenstall griff er an seine pochende Erektion. Schamlos strich er über den langen, unbeschnittenen Pfahl. Mike war nicht schlecht ausgestattet, und er bereute nicht, einige Male mit seinen Maßen geprahlt zu haben. Es hieß, dass sich die moderne Frau nicht um die Größe scherte, aber hier im Alligatorland liebten die Frauen noch die Kingsize, und damit meinte er nicht die Fritten bei Burger World.

»Zieh dein Hemd ganz aus«, sagte Katy Sue, während sie ihre Bluse öffnete. »Lass uns alle deine Muskeln sehen.«

Mike gehorchte. Er hatte die Sorgen um seine Polizeikarriere längst vergessen.

»Ja, so ist es gut, Baby«, schnurrte Katy Sue. »Zeige uns, was du zu bieten hast.«

Auch Katy Sue hatte einiges zu bieten. Ihre Bluse flatterte zu Boden, und jetzt griff sie an die Träger ihres BHs. Rayleen hatte inzwischen die Cowgirlweste und ihr Top abgelegt und schmiegte die Hände um ihre Brüste, die von dem dünnen, pflaumenfarbenen BH kaum gehalten werden konnten.

Es war schwer zu entscheiden, wohin Cos zuerst schauen sollte. Natürlich wäre es am vernünftigsten gewesen, er würde aus dem Fenster hinüber zum Heeter Haus schauen, aber so ein leeres, lebloses Haus hatte keine Chance gegen zwei so lebendige Stripperinnen.

Konnte er wirklich sicher sein, dass es leer war? Ihm wurde bewusst, dass er unterstellt hatte, dass die beiden jungen Frauen ausgegangen waren, auch wenn er nur eine gesehen hatte, die aus der Tür getreten war. Ach, was soll's? Darüber konnte er sich später den Kopf zerbrechen.

Rayleen hatte sich bis auf einen purpurnen G-String und die weißen Cowgirlstiefel entblättert, und Katy Sue trug nur noch schwarz-weiße Halbschuhe, weiße Söckchen und ein lüsternes Grinsen.

»Zahlt der Chief dir genug, dass du dir einen *lap dance* erlauben kannst?«, neckte Katy Sue ihn.

»Kann schon sein. Nehmt ihr auch Schecks?«

»Das kommt auf die Länge an«, sagte Rayleen grinsend und ging vor ihm auf die Knie. Sie packte ihn an der Wurzel und blies sanft über die Spitze.

»Langsam.« Er hielt sich mit den Händen verkrampft an den Sesselseiten fest. »Ich bin auch nur ein Mensch.«

»Du bist nicht nur ein Mensch.« Sie küsste die Spitze und fuhr mit einem Finger über die starke Ader auf der Unterseite. »Du bist ein Cop.«

Katy Sue hatte nicht von ihrem Plan abgelassen, ihn in den Wahnsinn zu treiben. Die Hände in ihren langen blonden Haaren, die Augen geschlossen, drehte sie sich langsam. Es war, als reagierte ihr Körper auf die unsichtbaren Berührungen von einem Dutzend Männer. Ihre Nippel hatten sich aufgerichtet, sie krümmte den Rücken und schob ruckartig die Hüften vor, sodass Mike ihre glänzenden, geschwollenen Pussylippen sehen konnte. Die Frau war schon bereit, noch bevor er auch nur eine Hand an sie gelegt hatte.

»Ich habe noch nie einen Cop geschmeckt«, murmelte Rayleen und leckte ihn wie einen Dauerlutscher. »Obwohl ich einmal einen Briefträger in St. Augustine gehabt habe.«

»Wir nehmen uns nicht viel«, sagte Mike. »Aber bei Briefträgern kannst du Pech haben, weil sie eben oft von Hunden gebissen werden, und manchmal richtet so ein Hundebiss bleibende Schäden an.«

»Wirklich?« Sie blickte mit ihren großen braunen Augen zu ihm hoch.

»Das war ein Scherz, Rayleen. Woher soll ich wissen, wie die Willys eines Briefträgers aussehen? Hältst du mich für schwul?«

Sie schüttelte den Kopf.

»Dann mach da weiter, wo du aufgehört hast, und vergiss das Quatschen.«

Rayleen stülpte ihren Mund über ihn.

Cos wollte nicht ungeduldig sein, aber es gab eine Zeit zum Quatschen, und dies war keine. Er ballte die Hände zu Fäusten und fühlte den Schweißfilm auf den Handflächen. Es juckte ihn, nach Katy Sue da drüben zu greifen. Nach diesem zierlichen Körper, der sich selbstvergessen im Tanz drehte und wand, verloren in ihrer eigenen kleinen Welt.

Als Tänzerin war sie wirklich nicht schlecht, obwohl es nicht ihr Berufsziel gewesen war, in einem Stripclub zu tanzen. Als Kind hatte sie Jazz getanzt, und nach ihrem Schulabschluss war sie sogar für einige Zeit nach New York gegangen, bis ihr alter Herr sie dort auftrieb und an den Haaren zurück nach Hause gezerrt hatte. Ein paar Monate später hatte sie Jake geheiratet, und das war mehr oder weniger das Ende ihrer Ambitionen gewesen.

Mikes Theorie war, dass alles, was sie tat, Strippen und Bumsen, aus Rache an ihrem Vater und an allen Männern in ihrem Leben geschah, die sie daran gehindert hatten, ihre Träume zu leben.

Cos verstand das. Er hatte eine Zeit lang davon geträumt, zum FBI zu gehen. Obwohl er dann nicht die hübschen kleinen Privilegien wie hier auf Osprey Island gehabt hätte, dachte er mit einem Blick auf Rayleens Kopf, der auf und ab pumpte.

Mike legte den Kopf schief. Hatte er da einen Schrei gehört? Er sollte eigentlich aufstehen und nachsehen, aber dafür fühlte es sich viel zu gut an. Vielleicht hatte er sich den Schrei nur eingebildet. Es konnte auch nur ein Vogel gewesen sein. Katy Sue und Rayleen schienen nichts gehört zu haben. Na, also.

Er setzte sich im Sessel zurück. Nachher würde er mal nachsehen. Wenn das hier vorbei war.

»Oh, Mann«, murmelte er, als Rayleen ihn tief aufnahm. »Das machst du gut.«

Sie ist in diesem Job so gut wie ich als Cop bin, dachte er.

Neuntes Kapitel

Magdalene Quinton verabscheute es, wenn sie wie ein kleines Mädchen schreien musste. Aber leider hatte der unverschämte Mann ihre kurze Konzentrationsschwäche ausgenutzt, und nun brauchte sie noch einen Moment, um sich von dem Schrecken zu erholen.

»Lass mich verdammt noch mal los«, kreischte sie, als er sie herumwirbelte, eine Hand auf ihrer Taille.

Der Einbrecher hob sie wie eine Stoffpuppe vom Boden auf. Er war kräftiger, als er aussah.

»Ich werde Ihnen nicht wehtun«, sagte er und versuchte, ihr die Waffe aus den Fingern zu drehen.

»Ich schwöre, ich schieße dir die Eier ab.«

»Nein, das glaube ich nicht«, sagte er, hob den Arm über ihren Kopf und nahm ihr den Revolver aus der Hand.

»Lass mich los«, wiederholte sie. Es behagte ihr nicht, von einem nackten Mann an die Wand gedrückt zu werden, dessen Körper Ähnlichkeiten mit Michelangelos David hatte.

Nun, vielleicht behagte es ihr ja doch. Nur ein bisschen. Aber der Punkt war, sie konnte es sich gar nicht erlauben, ihn zu mögen. Der Mann war ihr Feind. Eine verrückte Person, die in ihr derzeitiges Domizil eingebrochen war, nicht einmal, sondern jetzt sogar das zweite Mal. Sie könnte sich in den Po beißen, dass sie ihn nicht bewegungsunfähig geschossen hatte, als es ihr noch möglich gewesen war.

»Ich will Sie nicht wieder fesseln, aber ich werde es tun, wenn Sie sich nicht beherrschen.« Das Gönnerhafte in seiner Stimme brachte ihr Fass zum Überlaufen.

»Du verdammter Bastard«, rief sie, dann versenkte sie ihre Zähne in seine Schulter.

Ketch jaulte auf, und plötzlich war sie frei. Sie ergriff die Gelegenheit und rannte, als wären Furien hinter ihr her. Er war direkt hinter ihr und packte in den Rücken ihres – Hanks – Schlafanzugs. Der Stoff zerriss in seiner Hand. Bastard. Auch das würde sie ihm später heimzahlen. Das Telefon. Sie musste an ihr Handy gelangen. Es lag in ihrer Tasche im Schlafzimmer. Sie würde sich einschließen und 911 wählen.

Er schaffte es, einen Fuß in die Tür zu stellen, die sie ihm vor der Nase zuschlagen wollte. Hörte das denn nie auf, dass er sich in ihr Leben mischte? Sie warf sich mit ihrer ganzen Kraft gegen die Tür, aber sie bewegte sich nicht. Er warf sich kurz dagegen, dann sprang sie auf, und er stand im Schlafzimmer. Ihre letzte Hoffnung war jetzt der begehbare Kleiderschrank, aber da hatte Ketch sie schon wieder gepackt. Er schwang sie herum und warf sie, das Gesicht nach unten, aufs Bett.

»Vergewaltigung!«, schrie sie, aber die letzten Silben prallten gegen seine Hand, die er auf ihren Mund presste.

»Sie sind unmöglich«, knurrte er, und zum ersten Mal klang er genervt.

Gut, dachte Maggie. Vielleicht konnte sie ihn noch ein bisschen mehr nerven. Indem sie zum Beispiel mit einer Hand nach einem gewissen Teil seiner Anatomie griff.

Er jaulte wieder auf, als sie zudrückte, und diesmal wirkten Schmerz und Schock viel intensiver als beim Biss in die Schulter.

»Lässt du mich jetzt endlich los?«, fragte sie mit überraschender Süße. Ihre Hand spannte sich immer noch um seine nackten Hoden.

»Okay, okay«, stöhnte er. »Aber Sie müssen Ihre Hand wegnehmen, sonst kann ich nicht aufstehen.«

Sie sah, wie er rückwärts auf allen Vieren robbte, aber dann griff sie plötzlich nach seiner Erektion und nahm sie fest zwischen ihre Finger. In diesem Moment war das ihr einziger Halt, und sie wollte ihn nicht aufgeben.

Maggie spürte das leichte Flattern in der Magengrube. Sie hatte nicht damit gerechnet, dass sich sein Organ so gut in ihrem Griff anfühlte. Eisen, in Samt gepackt. Pulsierend und sehr, sehr männlich.

Sie wollte ihn in sich spüren, aber gleichzeitig sollte er auch wissen, was sie von ihm hielt. »Du glaubst wohl, dass du ein toller Held bist, was?« Sie drehte sich um und rutschte auf dem breiten Bett unter ihn. »Willst einer kleinen hilflosen Frau deinen Willen aufzwingen. Nun, mal sehen, wie du dich schlägst, wenn ich mit meinen Waffen gegen dich kämpfe.«

Ketchs Atem ging schneller; der stattliche Brustkorb hob und senkte sich. Ihr war bisher entgangen, wie gleichmäßig tief gebräunt er war, fast bronzen im Vergleich zu ihrer weißen Haut. Ihr gefiel auch der Anblick seiner Muskeln. Sie sahen so natürlich aus, dass man ahnen konnte, er hatte sie auf eine harte Weise erworben, durch ehrliche Arbeit und nicht durch viele Stunden im Fitness Center.

Hank hatte auch solche Muskeln, aber sie rochen nach der harten Welt des Stahls und Betons. Ketchs Muskeln rochen nach dem Meer, wie ein Meeresmann, der an ihr Ufer gespült worden war. Am meisten aber war sie von seinen Augen fasziniert, manchmal die Augen eines kleinen, unschuldigen Jungen, der auf den Weihnachtsmann wartet, manchmal eingetaucht in den Schmerz, dessen Ursache und Herkunft sie nicht einmal zu denken wagte. Trotz seines rauen, wilden Aussehens schien Ketch jemand zu sein, der leichter zu verletzen war als andere, die alles mit einem Schulterzucken an sich abprallen ließen.

In ihrer Kehle bildete sich ein Kloß, als ihr bewusst wurde, welche Verantwortung sie auf sich nahm, wenn sie mit einem solchen Mann Liebe machte. Für sie mochte es zufälliger Sex sein, ein spontaner Abbau ihrer inneren Spannungen. Aber für ihn mochte es eine ganz andere Bedeutung haben.

»Maggie, was machen Sie?«

Sie führte seinen Penis zwischen ihre Beine. Oh, ja, Mann, sie war bereit.

»Pst«, machte sie. »Hör auf zu denken. Nimm mich einfach.«

Ja, das war es, was sie wollte. Sie wollte genommen werden. Der kräftige, geheimnisvolle Einbrecher sollte sie nehmen. Ihre Hände zitterten, als sie ihn in Position brachte, direkt zum Eingang ihrer zuckenden Pussy.

Er hatte einen schönen Schaft, dick und lang, als wäre er aus einem lebenden Stein gehauen. Gemeißelt von den großen italienischen Meistern, deren Wunderwerke aus Marmor noch nach Jahrhunderten bewundert wurden. Doch dieser Stab war voller Leben, mit pulsierenden Adern und einem Besitzer, der kleine gekeuchte Laute ausstieß, während Maggie ihn ermutigte, die Arbeit fortzusetzen, die sie begonnen hatte.

»Mach's mir«, sagte Maggie eifrig.

Er ließ sich auf sie fallen, eine Mischung aus Zauber und Verwirrung auf seinem Gesicht. Nicht, dass er noch seine Unschuld hätte, aber irgendwie war es für ihn, als träte er in eine Märchenwelt ein, die er sich selbst geschaffen hatte. Er hob sich an und drang vorsichtig in sie ein.

Maggie zog an seinen Oberarmen und strich über die glatten Bizeps. »Leg los, ich bin nicht zerbrechlich.«

Sie wollte es, sie brauchte es. Schneller. Sie waren Feinde, sie hatten miteinander gerungen, sie hatte ihn mit einer Waffe bedroht, sie hätten sich gegenseitig töten können – jetzt hatten sie eine kräftige Versöhnung verdient, wenn auch nur für diesen Moment.

»Oder bringst du es nicht?«, reizte sie ihn.

»Du kennst mich überhaupt nicht«, sagte er und stieß härter in sie hinein.

Maggies Augen leuchteten auf. »Dann zeige mir, wie du bist«, spornte sie ihn an.

Er schluckte ihre linke Brust beinahe ganz, verschlang sie so gierig, als hätte er sein ganzes Leben darauf gewartet. Zugleich drückte er ihr seinen Rhythmus auf. Schnell, aber für Maggie immer noch nicht schnell genug.

»Wenn du fertig bist«, sagte sie, »werde ich dich trotzdem der Polizei übergeben.«

Er ließ ihre Brust los. Ein Speichelfaden lief vom Nippel zu seinem Mundwinkel. »Den Teufel wirst du tun.«

»Dann tu was, um meine Absicht zu ändern.« Sie quetschte ihn mit ihren starken inneren Muskeln. »Ich will, dass du mir den Verstand aus dem Gehirn vögelst.«

»Ist das alles, was du verstehst?« Er schüttelte den Kopf. »Ich hatte mehr von dir erwartet.«

»Halt den Mund und besorg's mir ordentlich.« Sie bäumte sich unter ihm auf.

Ketch drückte sie zurück auf die Matratze, packte ihre Hände und hielt sie über ihrem Kopf fest. »Ich wollte dich vom ersten Moment an, in dem ich dich gesehen habe.«

Maggie wurde von einer typisch weiblichen Hitzewallung erfasst. Sie schaute hoch auf sein kantiges Kinn und in das Licht hinter seinen Augen. Vielleicht könnte sie einen richtigen Mann aus ihm formen.

»Das beruhte nicht auf Gemeinsamkeit«, log sie.

»Nein? Und warum nicht?«

»Du bist nicht mein Typ.«

Ob das stimmte oder nicht, wusste sie nicht genau. Darüber musste sie sich erst noch klar werden. Um sicher zu sein, musste sie ihn erleben, wenn er das gehabt hatte, was er sexuell von ihr wollte.

»Frauen wie du haben kein Typ. Sie verlieben sich heftig, und damit basta.«

Sie lachte. »Dann kennst du mich eben auch nicht.«

Er hob eine Augenbraue. »Besser, als du glaubst.«

Darauf wusste Maggie nichts zu sagen. Wer konnte schon

wissen, was ein Meeresmann wie Ketch wusste oder nicht wusste? Sie hatte schon viele seltsame Dinge auf der Insel gesehen, deshalb zweifelte sie an nichts mehr.

»Oh, Hölle«, stöhnte sie und bäumte sich wieder unter ihm auf. »Lass mich nicht länger warten.«

»Was ist denn los? Hast du schon genug von unseren kleinen Wortgefechten?«

Bastard.

»Fang ... fang einfach an.«

Ketch schnappte nach einem Nippel und saugte ihn in den Mund, ließ ihn los und fing den anderen Nippel ein. Ihr Körper wölbte sich ihm entgegen; sie hatte längst aufgehört, ihrem Verstand zu lauschen. Sie hatte mit ihrem eigenen Rhythmus begonnen. Stöhnende Geräusche drangen aus ihrer Kehle, als er tiefer und tiefer in sie hineinstieß. Mit der Oberseite seines Penis schrammte er bei jedem Zustoßen gegen ihre Klitoris. Der Mann wusste genau, was er tat.

»Ja, ja, das bringt es«, rief sie und hielt seine Unterarme umfasst. »Genau das ist es, was ich brauche.«

Maggie schlang ihre Schenkel um seinen Rücken und drückte ihn noch tiefer in sich hinein. Sie wollte ihn ganz für sich haben, alles von ihm. Sie genoss es, wie er sich anfühlte, wie er schmeckte. Er knirschte mit den Zähnen, als sie ihren Mund auf die Bisswunde auf der Schulter drückte. Sie schmeckte Blut. Hieß es nicht, dass Gegner die besten Liebhaber waren?

»Dreh dich rum«, knurrte Ketch. Ihr Mund auf seiner Wunde schien etwas Instinktives in ihm ausgelöst zu haben.

Er zog sich aus ihr zurück und rutschte zur Seite, damit sie Platz hatte, sich auf allen Vieren niederzulassen. Sekunden später steckte er wieder in ihrer Pussy und rammte in sie hinein, wie sie es ihm nicht zugetraut hatte. Aber er war ein Naturbursche, das sah man ihm an. Wo lebte er eigentlich? Und wovon lebte er? Nahm er sich alles, was er brauchte, den Sex eingeschlossen?

»Maggie«, ächzte er, »du bist unglaublich.«

Sie fühlte sich auch unglaublich. Tiefe heisere Stöhnlaute drangen tief aus ihrer Kehle, als er unter ihren Leib langte und ihre Brüste in die Hände nahm.

»Komm schon«, forderte sie ihn auf. »Mach mich fertig.«

Er legte an Tempo zu, und bei jeder Einfahrt kam ihm ihr Steiß entgegen, bis sie sich klatschend begegneten.

»Oh, Hölle«, keuchte sie. »Ich kom ...«

Ihre letzten Silben gingen unter in den Sensationen, als sie beide zusammen explodierten. Die gemeinsame Anspannung der letzten vierundzwanzig Stunden, in denen es um Leben und Tod gegangen war, löste sich in einer einzigen Explosion menschlicher Lust auf. Maggies Pussy flatterte und quetschte und zuckte und kommunizierte in ihrer eigenen Sprache mit dem eruptierenden Schwanz. Sie fühlte sich gefüllt wie noch nie.

Und sie war nie so erschöpft gewesen.

»Oh, Ketch«, stöhnte sie und sackte auf ihren Bauch. »Das war einfach ...«

»Ich weiß.« Er fiel neben sie aufs Bett und konnte ihre Gedanken lesen. »Für mich auch.«

Eine lange Zeit blieben sie nebeneinander liegen und lauschten den Herzschlägen des Partners. Sie befanden sich auf jenem hohen Plateau, von dem man nie mehr hinunter möchte, ganz besonders in diesem Fall, weil es noch so viele Fragen gab.

Die wesentlichste Frage lautete: Wer von ihnen übernahm nun das Kommando, und wer würde den Rest der Nacht als Gefangene/Gefangener verbringen?

Katy Sue bereute es schon bitterlich, dass sie Rayleen mit zu Mikes Überwachungsjob mitgeschleppt hatte. Dieses Zwei-Frauen-ein-Mann-Szenario brachte eindeutig weniger Spaß, als sie sich vorgestellt hatte. Besonders, weil Rayleen die ganze Aufmerksamkeit des einen Kerls erhielt.

»Rayleen, sind deine Titties noch nicht müde?«, beschwerte sich Katy Sue.

»Nein, es geht ihnen bestens.« Die andere Frau lächelte, als sie eine Brustwarze aus Mikes gierig saugendem Mund nahm und die andere hineinsteckte. »Aber es ist lieb, dass du fragst.«

Katy Sue runzelte die Stirn. Mike lag auf einem breiten Bett, und Rayleen hockte über ihm und fütterte ihn mit ihren schwingenden Brüsten.

»Ich dachte nur, dass sie ziemlich ausgelaugt sein müssen, da die Kinder doch Tag und Nacht daran saugen.«

Die spöttische Bemerkung kam nicht an. Mike gurgelte laut; er fühlte sich an der Situation unschuldig. Aber er wusste auch, dass er auf der Hut sein musste, sonst stand er nachher allein da. Offenbar hatte seine Freundin die Kollegin aus dem Stripclub mitgebracht, weil sie es nötig hatte, und jetzt erwartete Katy Sue, dass sich die Kollegin als dankbar erwies, an der Seite stand und zuschaute. Aber da hatte sie die Rechnung ohne Rayleen gemacht. Die ließ sich nicht an die Wand drängen.

»Mikey, wenn du noch wegen des Geräuschs besorgt bist, das du gehört hast«, sagte Katy Sue in einem neuen Anlauf, »warum lässt du Rayleen nicht mal nachsehen?«

Mike schüttelte den Kopf, obwohl das nicht gut gelang, weil Rayleen nicht aufhörte, ihn zu füttern. »Bist du verrückt, Katy Sue«, mampfte er schließlich. »Ich schicke doch keine Frau da hinaus. Ich muss das selbst tun.«

Rayleen schob eine ihrer milchweißen Brüste tiefer in seinen Mund. »Husch, Baby«, gurrte sie mit all der Erfahrung einer dreifachen Mutter. »Du sollst dir keine Sorgen machen. Niemand braucht nachzusehen. Die Frau, die du nebenan gehört hast, hat keinen Schmerzenslaut ausgestoßen. Sie hatte bestimmt Sex. Und ich will nicht, dass du Katy Sue beschimpfst, sie hat es nur gut gemeint.«

Ha-ha, dachte Katy Sue, rutschte auf dem Bett näher an Mike heran und nahm seinen Steifen in die Hand. Verdammt, warum musste Rayleen immer so süß und nett sein?

Der stämmige Cop stieß ein Grunzen aus, als Katy Sue kurz an seinem Schaft knabberte, und diese Reaktion erregte sie. Welche Frau wollte nicht in so einer Situation sein? Ihr und Rayleen stand ein strammer Kerl zur Verfügung, dessen strammer Kerl darauf wartete, geritten zu werden, bis die Kühe heimkamen. Sie liebte Mikes Körper. Seine Brustwarzen hatten sich erwartungsvoll gereckt. Sein Bauch war hinreißend flach.

»Ich wette, du wünschst dir einen warmen feuchten Platz für dein langes Ding, was?«, neckte sie ihn und strich mit den Fingerspitzen über die Unterseite.

»Setz dich drauf«, ächzte er, hob mühsam den Kopf und streckte die Hand nach ihr aus.

Rayleen versuchte, ihn mit ihrem Busen abzulenken, aber jetzt wollte er Katy Sue haben. Gut. Sollte die Milchkuh doch endlich tun, wofür sie hier war: An der Seite stehen und zugucken, höchstens die zweite Geige spielen.

»Rayleen, hol mal seinen Revolvergurt. Da stecken seine Handschellen drin und auch ein Taser.«

Im Augenblick war der Cop noch sehr gefügig, wie sie ihn haben wollte, aber Katy Sue wollte sicherstellen, dass er diese Haltung noch lange beibehielt.

Sie zeigte Rayleen genau, was sie tun konnte, um ihr zu helfen, und gemeinsam verbanden sie seine Handgelenke mit den stählernen Fesseln, die sie am gusseisernen Kopfende des Bettgestells befestigten. Mike begriff erst das ganze Ausmaß seiner Beschränkung, als es zu spät war.

»He, was ...?«

Rayleen drückte ihre Lippen auf seinen Mund. »Wir wollen doch nur mit dir spielen, Baby«, sagte sie heiser.

Mike zerrte an den Handschellen. »Das nennst du spielen? Ich stecke hier fest.«

»Was ist denn los mit dir?«, fragte Katy Sue in ihrer Babystimme. Sie zog einen Schmollmund. »Hat der große böse Cop Angst vor uns?«

»Ich warne euch, Mädchen. Wenn ich mich wieder frei bewegen kann, dann werde ich …«

Rayleen brachte ihn mit einem Nippel zum Schweigen.

Dies gab Katy Sue die Gelegenheit, eines seiner Beine zu packen. Um ihren Plan umzusetzen, musste sie auch die Bewegung seiner Schenkel einschränken.

»Lass mich los, verdammt«, fluchte er und trat mit dem freien Bein nach ihr, als sie seinen Fuß festhalten wollte.

»Mike Cosgrove, sei nicht so ein frecher Junge«, schimpfte Rayleen.

»Da hat sie Recht«, schaltete sich Katy Sue wieder ein, richtete sich auf und sagte: »Sonst müsste ich nämlich das hier benutzen.«

Mike riss die Augen weit auf, als er den Taser in ihrer Hand sah. »Katy, das ist kein Spielzeug, sondern eine Elektroschockpistole. Lege sie sofort weg, hörst du?«

»Ich glaube, dieses Ende ist vorn«, sagte sie und wandte sich an Rayleen. »Was meinst du?«

»Es gibt nur eine sichere Methode, das herauszufinden«, antwortete Rayleen mit einem Schulterzucken.

»Bleib mir mit diesem Ding vom Leib!«, rief er entsetzt. »Sage mir, was du von mir willst, und ich tue es.«

Katy Sue bedachte ihn mit einem strahlenden Lächeln und mit einem Kuss auf die Wange. »Danke, Baby, ich wusste, dass du mit dir reden lässt. Okay, ich sage dir, was du tun sollst: Spreize deine Beine schön weit, damit ich sie auch fesseln kann.«

»Damit du was …?«

»Du hast mich verstanden«, sagte sie verärgert. »Lass mich nicht alles zweimal sagen.«

Cos grunzte beleidigt, aber seine strammen Schenkel öffneten sich langsam.

»Rayleen, besorge uns ein paar Stricke. Bis dahin halte ich ihn beschäftigt.«

»Ja, Ma'am«, antwortete sie und lief aus dem Zimmer.

»Wirst du auch ein braver Junge sein?«, fragte Katy Sue.

Mike sah alles andere als begeistert aus.

Katy Sue behandelte ihn nach der uralten Möhre-oder-Stock-Taktik; sie massierte seinen Schaft mit der einen Hand und hielt den Taser in der anderen.

»Mann, verdammt«, sagte Mike zwischen zusammengebissenen Zähnen, »du kämpfst nicht fair.«

»Wer spricht denn von kämpfen, Mikey? Wir haben doch schon gewonnen.«

Aus dem Vorratsraum brachte Rayleen ein paar Bänder mit, die sich gut eigneten, Mikes Fußgelenke an den Bettbeinen festzubinden.

»Probier mal«, sagte Katy Sue, als sie fertig waren, »versuch mal, dich zu befreien.«

Mike bemühte sich nach Kräften, und die beiden jungen Frauen schauten animiert zu, wie seine Muskeln anschwollen und sich dehnten. Nach ein paar vergeblichen Minuten stieß Katy Sue ihre Fingernägel gegen seinen Hodensack.

»Das reicht uns, großer Junge. Jetzt ist es an der Zeit, zum Höhepunkt zu gelangen.«

Mike war außer Atem, doch er war noch so wach, dass er Katy Sue und ihre Hände nicht aus den Augen ließ.

»Du hast dich in den Schweiß gearbeitet, was?« Sie spielte mit seinem Penis. »Ich wette, du könntest ein wenig Erleichterung gebrauchen.«

Mike stöhnte, hob seinen Hintern an und pumpte schamlos in die Luft.

»Runter!«, befahl Katy Sue, als wäre er ein Hund. Der große Cop sackte auf die Matratze zurück.

»Wenn du Erleichterung haben willst, mein Junge, dann musst du sie dir verdienen. Ist das klar?«

Mike starrte sie an, bis sie mit den Fingernägeln gegen seine Brustwarze stieß.

»Ich habe dir eine Frage gestellt.«

»Ja, es ist klar, Katy Sue. Zum Teufel, hast du den Verstand verloren?«

Sie nahm eines der Bänder, die Rayleen mitgebracht hatte, und klatschte es ihm wie eine Peitsche über den Brustkorb. »Du redest nur, wenn du dazu aufgefordert bist. Ist das klar?«

Mike nickte, sein Gesicht verzerrt vor Angst und Respekt. Katy Sue war von sich selbst überrascht. Ich könnte mich daran gewöhnen, dachte sie.

»Du verdienst deine Lust, indem du Pussys verwöhnst. Wenn du mich und Rayleen gut bedienst, und ich meine wirklich gut, dann lassen wir dich einen Orgasmus haben.«

Mike leckte sich die Lippen. Seine Blicke huschten von einer Frau zur nächsten. »Ja, Ma'am.«

»Werde bloß nicht frech«, warnte sie ihn. »Wir täuschen nichts vor, wie es die Frauen meistens tun. Du musst uns richtig zum Höhepunkt bringen. Rayleen, du bist die Erste. Und noch was, Mikey, wenn du kommst, bevor wir es dir erlauben, kannst du dich auf eine ganze Nacht in diesem Zimmer vorbereiten. Aber keine Sorge, der Chief wird dich morgen früh hier finden. Gefesselt wie die kleine Rothaarige nebenan.«

Cos knirschte mit den Zähnen, aber er sagte nichts. Das würde sie ihm bestimmt nicht antun; es gehörte einfach zu dem Spiel, dass sie so herrisch und unerbittlich klang.

Zu ihrem Plan gehörte, Mike die ganze Zeit zu reizen, während er die Milchkuh bediente. Rayleen hatte keine Scheu, sich auf Mikes Gesicht zu setzen. Katy Sue spürte, wie es in ihrer eigenen Pussy zu brodeln begann. In ihrem Leben hatte sie nicht oft die orale Lust kennen gelernt. Einmal hatte Mike es probiert, aber er war zu ungeduldig und zu hastig gewesen, und außerdem hatten sie sich beide bald verkrampft. Es gab nur bestimmte Sachen, die man in einem Streifenwagen treiben konnte.

Und alles, was Jake ihr bot, konntest du glatt vergessen. Seine Vorstellung von Vorspiel war, nach einem Sechserpack ihre Pussy zu suchen und seinen Willy reinzuschieben, bevor er einschlief. Konnte man es ihr verübeln, dass sie sich woanders umschaute? Sie brauchte jeden Tag ihr Hauptgericht, nicht nur ein bisschen Fummeln.

Das war es, was sie an den Touristinnen wie der dunkelhaarigen Diane so nervte. Sie kamen her und versuchten, sich die wenigen gut aussehenden Männer zu angeln, die es auf der Insel gab. Fand sie keine in der großen Stadt? Katy hatte genug Fernsehen geguckt, um zu wissen, dass in den Städten doch an jeder Straßenecke scharfe Stecher anzutreffen waren.

Die kurze Zeit, die sie in New York gewesen war, hatte sie es doch selbst erlebt. Sie wäre jetzt noch da, wenn ihr Alter nicht gewesen wäre. Unglaublich, dieser Kerl. Hatte keinen Finger gekrümmt, als sie heranwuchs, hatte sich zehn Jahre überhaupt nicht sehen lassen, und dann hatte er plötzlich Vatergefühle entdeckt und sie aus New York zurückgeholt. Als wäre sie noch ein kleines unvernünftiges Kind und keine erwachsene, achtzehnjährige Frau. Rechtlich gesehen hatte er keine Handhabe gehabt, aber selbst heute fragte sie sich noch oft, warum sie ihm nicht gesagt hatte, er sollte sich zum Teufel scheren.

Keine der Antworten, die ihr einfielen, überzeugten sie. Manchmal fürchtete sie, dass sie mit ihm gegangen war, weil sie denselben Dämon in sich hatte wie alle in der Familie: Jener Ungeist, der ihr sagte, sie wäre nichts wert, sie könnte nichts, sie wäre einfach nicht gut genug. Vielleicht war das auch der Grund, warum sie Jake geheiratet hatte und heimlich die Pille nahm, damit sie ihm keine Kinder gebären konnte.

»Sehr gut, mein Schatz, streng dich an«, hörte sie Rayleen sagen.

»Hat er deine Klitoris gefunden?«, fragte Katy Sue und leckte wie zur Belohnung über die dicke Ader an der Unterseite des vernachlässigten Schafts.

Mike krümmte den Rücken. Sie konnte nur ahnen, was für eine Tortur das für ihn war. Und dies war erst der Anfang.

»Lass dir Zeit, Mikey«, sagte Katy Sue, drückte ihren Kopf tief auf die Matratze und nahm einen Hoden in den Mund. »Wir haben die ganze Nacht.«

Mike stöhnte dumpf. Katy Sue konnte sich vorstellen, wie das Testosteron durch seine Adern pumpte. Da lag ein Berg von Mann vor ihr, und sie hatte totale Kontrolle über ihn. Was für eine großartige Idee, ihn so zu fesseln. Sie hätte schon vor Jahren an so etwas denken sollen. Eine gute Methode, um die Chancen auszugleichen.

Männer hatten sonst immer so einen unfairen Vorteil. Nicht nur, weil sie körperlich stärker waren, sondern auch, weil sie Frauen zu fast allem bringen konnten, sie sorgten dafür, dass Frauen weiche Knie bekamen und rot geweinte Augen. Das war auf der High School ihr Problem gewesen und später wieder in New York, als der Produzent einer Broadway Show ihr einen Vortanztermin im Austausch für ein bisschen körperliche Zuwendung geben wollte.

Zuerst hatte er sie wie eine Königin behandelt und sie in ein feines Restaurant ausgeführt. Auf der Speisenkarte standen Sachen, von denen sie noch nie etwas gehört hatte, und als sie fragte, warum keine Preise da standen, hatte er gelacht und gesagt, darüber sollte sich eine Lady keinen Kopf machen. Das Essen war gut und der Wein noch besser. Er schien ihr direkt in den Kopf zu gehen.

Der Producer – sein Name war Lyle – brachte sie nach Hause und ging auch die Treppe mit ihr hoch auf ihr billiges Zimmer. Er kam ihr wie ein Held aus einem Film vor, als er sie über die Schwelle trug und aufs Bett legte.

Als er anfing, sie auszuziehen und sie auf den Bauch rollte, um den Reißverschluss ihres Kleids zu öffnen, das einzige Gute, das sie besaß, nahm Katy Sue das gar nicht richtig wahr. Sie fand auch nichts dabei, als er sie küsste, oder als er sie aufsetzte, um ihr das Kleid über den Kopf zu ziehen. Jetzt saß sie da, nur noch mit Höschen und BH bekleidet.

»Mir geht es nicht so gut«, sagte sie, worauf er antwortete, dass es ihr gleich besser gehen würde. Lyle küsste sie und umfasste ihre Brüste mit einer Hand, während er mit der anderen in ihr Höschen griff.

»Lyle, nicht«, sagte sie ohne große Überzeugung. Ihr Problem war, dass sie schon zu viel hatte geschehen lassen, und jetzt war sie heiß und bereit, auch wenn sie ein wenig verängstigt war, weil er doch so alt war, dass er ihr Vater hätte sein können, und weil er erfahrener war als jeder andere Mann, den sie bisher gekannt hatte.

»Sch«, machte er und strich ihr beruhigend über die Stirn. Seine Erektion drückte durch die Seidenhose gegen ihren Leib. »Genieße es einfach«, murmelte er.

»Aber warum gerade ich?«, fragte sie verlegen, als ob es nicht offensichtlich wäre, dass kaum ein Mann darauf verzichten würde, mit so einem jungen, naiven Mädchen ins Bett zu gehen, wenn er die Gelegenheit dazu erhielt.

»Weil du so schön bist«, sagte er, und seine blauen Augen und die weißen Zähne strahlten. »Und weil ich sehe, welches Potenzial in dir steckt.«

Später erfuhr sie, dass Lyle solche Dinge in die Ohren vieler junger Frauen raunte und dass seine Versprechungen so hohl waren wie sein Lächeln. Aber an diesem Abend war alles prima. Für sein Alter hatte Lyle einen ansprechenden Körper, und Katy Sue fand zusätzliche Erregung in der Unanständigkeit, es mit einem so alten Mann zu treiben. Bei all seiner Erfahrung wusste sie, dass sie sich bei ihm gehen lassen konnte.

Er ließ sich viel Zeit, legte sie zurück aufs Bett, glitt mit den Händen über ihre sanften Kurven, zwischen ihre Schenkel, über ihre Pussy und dann über die keck aufgerichteten Brüste. Er ließ sie betteln, dass er ihre Wäsche abstreifen sollte, und als er endlich ihr Höschen nach unten zog, war sie außer sich vor Lust; ihr Kopf schlug nach rechts und links, ihre Pussy klaffte und lechzte danach, gefüllt zu werden. So lange und so hart, wie der Mann wollte.

Aber Lyle hatte gerade erst begonnen. Er kitzelte ihre Nippel mit der Zunge, leckte über ihre Brüste und legte eine Hand auf ihre Pussy. Er penetrierte sie nicht, und sie wand sich ihm entgegen, weil sie von seinen Fingern aufgespießt werden wollte. Aber er zwang sie, still zu bleiben, und verlieh der Forderung Nachdruck, indem er ihre geschwollenen sensitiven Nippel zwischen die Zähne nahm und sanft zubiss.

Immer und immer wieder ließ er sie sagen, was sie von ihm wollte, und ihre Worte wurden immer derber, bis sie schrie, dass sie gefickt werden wollte.

Er brachte sie mit einem Kuss zum Schweigen und setzte seine Zunge wie einen Minipenis ein. Die erste Berührung seiner Finger auf ihrer Klitoris ließ sie explodieren; ein kleiner Orgasmus, Vorgeschmack auf die drei folgenden, die er ihrem überhitzten Körper entlockte.

Als er schließlich seinen Platz über ihr einnahm, sah sie zu ihm hoch wie ein Untertan zu seinem König. Sein Gesicht war aufgeblasen vor Selbstherrlichkeit, als er bis zum Anschlag in sie einfuhr und seine Eroberung genoss.

Katy Sue spürte, wie die Zuckungen tief in ihr wieder einsetzten, aber diesmal drehte sie den Spieß um, und mit ihren ungestümen Bewegungen unter ihm zwang sie ihn zu seinem eigenen Höhepunkt. Hilflos klammerte er sich an sie, und zitternd kamen sie zusammen – sexuell auf Augenhöhe.

Danach sprach er kein Wort mehr mit ihr. Entweder hatte sie ihn verärgert, oder er hatte schon alles, was er von ihr haben wollte. Wie auch immer – die zuschlagende Tür hörte sich gleich schlimm an, und die Tränen, die sie in das verschlissene Betttuch weinte, fragten auch nicht nach dem Warum. Es war kein Wunder, dass sie sich nicht großartig wehrte, als ihr Vater sie drei Tage später nach Hause holte.

Rayleen bockte wie ein Reiter beim Rodeo, sie stieß heulende und pfeifende Geräusche aus und lenkte Mikes Gesicht in all die richtigen Winkel und Falten. Katy Sue war neugierig, wie Rayleen es beenden würde. Man konnte nie wissen, wie es einer Frau kam, solange man es nicht selbst gehört hatte. Katy Sue selbst war von der kreischenden Art.

»Reite ihn dir zurecht«, sagte sie kichernd und verfolgte, wie Mike eifrig schlürfte. »Bewahre dir deinen Appetit«, sagte sie zu Mike, »denn ich gebe dir nachher auch noch einiges zu trinken.«

Sie lachte über ihren eigenen Witz und drückte einen Kuss auf seine Eichel. Er war ein guter Kumpel, der eine Menge mit sich machen ließ, dachte sie und nahm sich vor, ihn irgendwann königlich zu belohnen.

Zehntes Kapitel

Diane begann sich zu fragen, ob Chief Grifford sich überhaupt sehen lassen würde. Erwartete der Mann, dass sie stundenlang in dieser schrecklichen Bar ausharren sollte, bis er sich endlich bequemte? Sie hatte schon ein halbes Dutzend Angebote von Versicherungsagenten oder ähnlichen Typen abwimmeln müssen, die, von Margaritas mutig geworden, wie tollwütige Haie zu ihrem kleinen Ecktisch vordrangen.

Die ganze Atmosphäre in der Bar konnte sie auch nicht verleiten, aus freien Stücken hier zu verweilen: Schwarze Lederhocker, schwarze, mit Leder ausgelegte Bartheke, und an den Wänden dunkle Walnusspaneele, an denen Fotos verschiedener Spieler des Florida Marlins Baseball Teams hingen.

Sie hatten nicht mal einen anständigen Gin in der Bar. Diane warf einen Blick auf die wahnsinnig teure Uhr an ihrem Arm, ein Geschenk von Manuel, dem Stierkämpfer, den sie geheiratet hatte, aber nicht für lange. Viertel vor acht. Verdammt, dieser Cop hatte Nerven.

Ganz ehrlich, sie hätte wahrscheinlich längst aufgegeben, wenn da nicht ihre eigene Eitelkeit gewesen wäre. Eine Diane Quinton versetzt man nicht, das war ihr noch nie in ihrem Leben passiert, und sie wollte nicht, dass dieser Provinzsheriff ihre Selbstsicherheit erschütterte. Wusste er denn nicht, was sie ihm im Bett bieten konnte? Er war zwar dumm, aber er hatte doch Augen im Kopf. Sie musste doch wie Kaviar in einer Schüssel mit gestampfter Leber sein.

Vielleicht sollte sie Maggie anrufen, um zu hören, wie es ihr ging. Wirklich, manchmal musste man sich fragen, was mit diesem Mädchen los war. Als ob sie das nicht wüsste! Sie brauchte einen Mann, das war ihr Problem. Das musste man sich mal reinziehen – wartete in Hanks alter Pyjamajacke auf ihren Einbrecher.

Sie selbst war praktischer veranlagt. Geld oder Liebe, man musste was Dauerhaftes aus einer Beziehung herausholen. Wenn beides nicht vorhanden war, ja, warum sollte man sich dann überhaupt mit einem Kerl einlassen?

Dieser Polizeichef zum Beispiel, er würde gut zwischen den Laken sein, aber sobald sie zurück in Chicago war, würde sie sich wieder nach einem Kerl mit einem dicken Bankkonto oder mit einem dicken Aktienpaket umsehen.

Es waren Frauen wie Maggie, die ihr Geschlecht in Verruf brachten, indem sie ihr eigenes Geld verdienten und sich so verhielten, als brauchten sie keinen Mann, der für sie sorgte. Wie sollte sie weiter Männer ausbeuten, wenn Frauen wie Maggie solche schlechten Beispiele abgaben?

»Sie sind also doch gekommen.«

Diane lief es kalt über den Rücken, aber das sollte er nicht bemerken. Er war es, er stand neben ihr und sprach sie mit seiner tiefen Stimme an.

»Das könnte ich auch erwidern«, sagte sie, als sie sich von der Überraschung erholt hatte. Sie lächelte ihn an.

Chief John Grifford fuhr sich mit einer Hand durch die kurzen sandfarbenen Haare. Er sah eher aus wie ein Schuljunge, zum Sonntagskirchgang angezogen, und nicht wie ein hohes Tier bei der Polizei. »Dienstliche Dinge haben mich aufgehalten.«

Sie musterte ihn von oben bis unten. Er trug glänzende schwarze Cowboystiefel, brandneue Jeans und ein weißes Westernhemd mit Perlmuttknöpfen. Die Mühe, die er sich ihretwegen gegeben hatte, besänftigte ihre Verärgerung, ebenso sein frischer sauberer Duft: Seife und Moschus.

»Darf ich Ihnen ein Getränk anbieten?« Er zeigte mit dem Cowboyhut zur Bar, an der niemand saß.

Diane sah, wie ein Mann mit einem Toupet plötzlich zahlte und hinausging. Er hatte gerade noch den entschlossenen Blick gehabt, der ihr sagte, er würde sie in den nächsten Sekunden anbaggern wollen, aber dann war der Chief gekommen. »Ja, sehr gern, danke«, sagte sie.

»Was trinken Sie da?«

»Gin and Tonic.«

Griff ging zur Bar und bestellte ihren Drink und für sich einen Whisky.

Diane musterte ihn gründlich auf dem Weg zur Bar. In Baumwolle sah sein Hintern noch besser aus als in Khaki, und auch von vorn hatte sie nichts an ihm auszusetzen, bemerkte sie auf Griffs Rückweg.

»Ich möchte Ihnen danken, Chief«, sagte sie, als er ihr Glas vor sie auf den kleinen Tisch stellte und sich dann ihr gegenüber setzte.

»Sie danken mir wofür – dass ich eine Anzeige schreiben musste?«

»Ja, denn diese Anzeige hat mir die Augen geöffnet. Als Sie mich angehalten haben, war mir mein rücksichtsloses Verhalten nicht bewusst, und ich habe auch nicht daran gedacht, dass ich das Leben anderer gefährde.«

Griff hob eine Augenbraue. »Tatsächlich? Dann muss ich ein verdammt guter Cop sein, dass ich Ihnen das – nach wie vielen Anzeigen, Mrs. Rostov? – beigebracht habe.«

»Sagen Sie Diane, bitte«, erinnerte sie ihn. Okay, er war also kein Dummkopf, und alberne Schmeicheleien würden bei ihm nicht ziehen. Aber das tief ausgeschnittene Modellkleid sollte alles bewirken, was sie wollte.

»Sie sind mit allen Wassern gewaschen, Chief Grifford«, sagte sie und beugte sich vor. »Darf ich Sie John nennen?«

Sein Blick streunte nur für einen Sekundenbruchteil in ihren Ausschnitt, dann sah er ihr wieder in die Augen. Was für ein verdammt disziplinierter Bastard.

»Das könnten Sie, aber da Sie nicht meine verblichene liebe Mutter sind und auch nicht der Gerichtsvollzieher, würde ich nicht darauf reagieren. Die Leute hier nennen mich Griff.«

»Und wo ich herkomme, nennt man mich Di.«

»Und wo ist das?« Er hob sein Glas, schwenkte es bedächtig und fragte: »Chicago?«

»Ursprünglich ja. Aber seither habe ich ein paar andere Adressen, was auf meine verschiedenen Ex-Ehemänner zurückzuführen ist.«

Griff versenkte den Whisky und stellte das Glas auf den Tisch. »Ja, ich habe aus Ihren Personalien ersehen, dass es einige davon gibt. Nachnamen, meine ich.«

»Eigentlich eine traurige Geschichte. Wo ich doch nie etwas anderes wollte, als meine Männer glücklich zu machen.«

Er lächelte dünn. »Und was, glauben Sie, macht Männer glücklich, Mrs. Rostov – eh, Di?«

Dem Himmel sei Dank – er biss endlich an, sprach sie mit ihrem Kosenamen an und flirtete mit ihr – alles in einem Satz.

»Das ist ganz leicht zu beantworten. Sie wollen eine Lady in der Öffentlichkeit und eine Hure im Bett.«

»Wirklich? Hier in unserer Gegend ist es beinahe das Gegenteil, glaube ich.«

Diane lachte. »Sie sind mir einer, Griff.« Sie hob ihr Glas. »Auf Ihre Schlagfertigkeit.«

»Da müssen wir nachladen«, sagte er und zeigte auf die leeren Gläser. Er winkte dem Barkeeper zu.

»Aber eine Sache irritiert mich«, sagte sie, als er den zweiten Whisky geleert hatte. »Heute, als Sie mich auf der Straße angehalten haben, hätten Sie mich haben können. Warum haben Sie die Chance nicht genutzt? Und sagen Sie mir nicht, dass Sie schwul sind – das würde ich Ihnen niemals glauben.«

Er verzog grinsend das Gesicht. »Sie würden es nicht ertragen, was?«

Sieh mal einer an, dachte sie, der alte Tiger setzte seine Krallen ein. »Die Frage ist akademisch«, gab sie lächelnd zurück, »das kann ich Ihnen versichern.«

Er schüttelte den Kopf. »Ich habe viele Frauen wie Sie gesehen. Sie wollen verehrt werden. Sie können nicht leben, ohne dass Männer um sie herumscharwenzeln. Der Gedanke, dass ein Mann sie womöglich unattraktiv findet, würde ihr Ego zerbrechen.«

»Oh, Himmel«, sagte sie und verdrehte die Augen. »Sagen Sie mir nicht, dass Sie sich zu einem der intoleranten Betrunkenen entwickeln, die darauf bestehen, unbedingt jedem die Wahrheit zu sagen, denn wenn Sie so einer sind, kann die Sache zwischen uns nicht laufen.«

Sie sah die Heiterkeit in seinem Blick, obwohl er nicht zeigen wollte, dass ihm das Wortgefecht gefiel. »Und wie könnte die Sache zwischen uns laufen?«

»Nun, Sie und ich würden in einem Bett landen«, sagte sie ohne Umschweife.

»Hm, ich sehe, dass Sie zu den ehrlichen Betrunkenen gehören.«

»Nein, ganz bestimmt nicht.« Sie streifte einen Schuh ab und fuhr mit dem bestrumpften Fuß an seinem Bein hoch. »Ich werde zur absoluten Lügnerin, wenn ich trinke. Und es ist fast schon krankhaft, wie schnell man mich in die Kiste abschleppen kann.«

Er unternahm nichts, als sie mit dem Fuß seinen Schoß erreichte. »Im Gegensatz zu Ihnen, wenn Sie nüchtern und unnahbar sind?«

»Geben Sie es zu«, schnurrte sie und fuhr mit dem großen Zeh über seine steinharte Erektion. »Sie waren scharf auf mich heute Nachmittag. Ich habe gesehen, wie Sie breitbeinig zu Ihrem Wagen zurückgegangen sind. Ich wette, Sie haben sich einen runterholen müssen, was?«

»Gehört das zu den Spielen in der Großstadt? Man bringt Polizisten dazu, dass sie vor Ihnen masturbieren?« Er blieb bemerkenswert ruhig für einen Mann, der gerade einen exzellenten *footjob* erhielt.

»Sagen Sie mir die Wahrheit. Haben Sie sich erleichtern müssen, nachdem Sie meine Pussy in all ihrer klaffenden Schönheit gesehen haben? Sagen Sie es mir, sonst verlieren Sie gleich hier die nächste Ladung.«

Griff zog eine Zigarettenschachtel aus seiner Hemdtasche. »Ich bitte Sie, sehe ich wie ein siebzehnjähriger Schnösel aus? Ich habe schon erlebt, dass Frauen mich angemacht haben, die es doppelt so dick aufgetragen haben wie Sie. Und ich habe nicht mal mit der Wimper gezuckt.«

»Ich dachte, dies wäre ein Nichtraucher-Staat.«

»Nur in Lokalen, in denen zehn Prozent der Bestellungen oder mehr Essensgerichte sind. Stecken Sie nun Ihre Waffe ein, oder muss ich Sie wegen Belästigung der Polizeigewalt festnehmen?«

»Warum nicht? Ich würde gern lesen, was Sie in den Polizeibericht schreiben.«

»Wen stört das schon? Niemand liest, was ich schreibe. Der Sachbearbeiter bei der Stadt ist zu faul zum Lesen, und der Bürgermeister ist so senil, dass er die meiste Zeit mit seinem Luftschutzhelm herumläuft, weil er glaubt, er lebte noch im Jahre 1945. Rauchen Sie?«

»Ich versuche, damit aufzuhören.«

»Wie Sie meinen«, sagte er achselzuckend. »Wenn es Sie interessiert, dann sage ich Ihnen, dass ich heute Nachmittag eine gute Freundin besucht habe.«

»Eine gute Freundin? Und sie hat sich Ihrer in der richtigen Weise angenommen?« Diane leckte über ihre vollen roten Lippen.

»Sie weiß, wie sie den kleinen Griff behandeln muss.«

»Der kleine Griff? Nun sagen Sie bloß noch, dass Sie zu den Kerlen gehören, die ihrem besten Stück einen Namen gegeben haben?«

»Warum denn nicht? Ich bin ihm erheblich näher, als ich je zu einem anderen Menschen sein werde.«

Diane zog ihren Fuß zurück. »Ich glaube, ich rauche doch eine Zigarette.«

Griff hielt ihr die Schachtel hin und gab ihr Feuer.

»Okay, Cowboy, ich will nicht länger um den heißen Brei herumreden.« Sie atmete den Rauch aus. »Ich will es. Lang und hart. Und Sie wollen es auch, sonst wären Sie heute Abend nicht hergekommen.«

Griff nahm einen Zug aus seiner Zigarette. Er sah verdammt sexy aus, dachte Diane. »Man hat mir gesagt, dass die Mädchen aus dem Norden sehr direkt sind. Ich schätze, man hat mir keinen Blödsinn erzählt.«

»Ja, stimmt, und ich bin eine Yankee durch und durch. Wie ist es? Wollen Sie in mein Höschen oder nicht?«

»Tragen Sie denn eins? Das wäre ganz was Neues.«

»Ich habe es extra angezogen, damit ich es für Sie ausziehen kann.«

Diese flippige Bemerkung brachte ihn zum Lachen, nur kurz, aber es war ein tiefes, heiseres Lachen, und es lief ihr heiß und kalt über den Rücken.

»Tut mir leid«, sagte er, »aber ich muss mir Ihr Angebot gutschreiben lassen.«

»Wieso?«

»Weil Sie Teil der laufenden Ermittlungen sind.«

»Davon träumen Sie aber auch nur. Ich war nicht mal in diesem verdammten Staat.«

»Aber für mich steht fest, dass Sie irgendwas mit der Sache zu tun haben.«

»Mit welcher Sache? Ich habe keine Ahnung, wovon Sie reden.«

»Sie halten mich wirklich für dumm, was? Sie glauben, weil ich langsam spreche und Shorts als Dienstkleidung trage, kann ich nicht zwei und zwei zusammenziehen?«

Diane fühlte, wie sich ihr Bauch voller Lust in Galle wandelte. »Ich pfeife auf das, was Sie zusammenziehen, ich weiß nur, dass Sie auf der falschen Fährte sind. Meine Schwester wurde gestern Abend überfallen, nicht mehr und nicht weniger. Und wenn Sie ein richtiger Cop oder ein richtiger Mann wären, würden Sie alles tun, um den Täter zu fassen.«

»Das geschieht auch.«

»Sie haben den Weg herein gefunden«, sagte sie wütend, »ich bin sicher, Sie finden auch den Weg hinaus.«

Schweigen legte sich über sie. Eine Weile pafften sie an ihren Zigaretten. Griff bestellte noch zwei Drinks.

»Was ist so Besonderes an mir?«, fragte er nach dem ersten Schluck Whisky. »Ich bin sicher, dass Sie sich die Männer aussuchen können.«

»Ist das ein Kompliment, Chief?«

»Nein, eher nicht.«

»Nun, in diesem Fall gibt es nichts Besonderes an Ihnen. Ich wollte mich einfach mal in den Slums umsehen.«

»Viele Männer würden Sie eine scharfzüngige Zicke nennen, wissen Sie das?«

»Nun«, sagte sie voller Sarkasmus, »das nehme ich jetzt aber als Kompliment.«

Er hob die Schultern. »Ich habe ja nicht gesagt, dass ich zu diesen Männern gehöre.«

»Nein? Und wie würden Sie mich nennen?«

»Eine einsame, unzufriedene Frau, die einen starken Mann in ihrem Leben braucht.«

Diane schluckte. Sie wusste nicht, worüber sie sich mehr aufregte – die Frechheit seiner Bemerkung oder die haarscharfe Nähe zur Wahrheit, der sie seit Jahren schon aus dem Weg gehen wollte.

»Oh, bitte, ersparen Sie mir die chauvinistische Propaganda«, sagte sie und lachte trocken auf, um die Verwundbarkeit zu überdecken, die sie plötzlich empfand. »Sie glauben nicht wirklich selbst an diesen Unsinn, der aus Ihrem Mund kommt, oder?«

Er zog ein paar Zwanziger aus seiner Brieftasche. »Wenn Sie nichts dagegen haben, ziehe ich mich jetzt zurück.«

Dianes Herz schlug wie wild. Sie war es nicht gewohnt, einem Mann hinterher zu jagen, und noch weniger wollte sie sich aufs Betteln verlegen. »Warten Sie, ich möchte gern noch den Rest hören. Sagen Sie mir, was Sie tun würden, wenn Sie der Mann in meinem Leben wären. Sagen Sie mir, wie Sie meine Situation verbessern würden.«

Sie versuchte, ihre Worte mit einem Anflug von Ironie zu bemänteln, allein schon, um ihre Selbstachtung nicht zu verlieren, aber sie fürchtete, dass sie sich doch wie eine Bettlerin anhörte. Verdammt, was gaben sie hier in die Drinks?

Griff betrachtete sie kühl. »Für den Anfang würde ich Sie nicht halb nackt herumlaufen lassen. Sie machen ja jeden Mann von hier bis Tallahassee verrückt.«

Diane presste ihre Schenkel zusammen. Kein Mann hatte je so mit ihr gesprochen. Noch nie. »Sie würden also eifersüchtig sein? Und mich kontrollieren wollen?«

»Wenn Sie mir unterstellen, ich würde ständig hinter Ihnen her sein und Sie wie ein Schatten bewachen, dann irren Sie sich. Aber ich würde großen Wert darauf legen, dass sich meine Frau wie eine Lady verhält.«

Eine Lady in der Öffentlichkeit und eine Hure im Schlafzimmer, dachte sie an den Beginn des Gesprächs.

»Und wenn ich das nicht täte?«, fragte sie leise. »Sie müssten mein Benehmen ändern. Ich wette, Sie würden mich sogar übers Knie legen, was?«

Griff schnaufte. »Lady, Sie sind ein schwieriger Typ, wissen Sie das? Ich würde gern sagen, dass es mir ein Vergnügen war, aber dann müsste ich lügen.« Er erhob sich.

Diane saß wie gelähmt da und sah zu, wie er die Bar verließ. Sie war den Tränen nahe. Sie sollte wütend sein oder darüber lachen, dass sie sich zur Närrin gemacht hatte, aber stattdessen fühlte sie sich im Innern nur hohl und leer.

»Griff«, rief sie, »warten Sie, bitte.«

Sie holte ihn auf dem Parkplatz ein. Er hatte die Hand auf dem Türgriff seines übergroßen Polizeiwagens, den er offenbar auch privat nutzen konnte.

»Griff, es tut mir leid.« Sie zupfte an seinem Arm. »Ich habe mich wirklich wie eine Zicke benommen, und ich kann verstehen, dass Sie einfach gehen wollten. Wenn Sie mir noch eine Chance geben ...«

Sie lag in seinen Armen, noch bevor sie den Satz zu Ende sprechen konnte. Griffs Kuss war wie ein heißes Brandmal, das sie zum Schweigen brachte. Seine Arme um ihre Taille zogen sie hoch und ließen sie atemlos und schwindlig werden. Es war, als fänden Bestrafung, Vergebung und Versöhnung in einem statt. Sie fühlte sich so schwach, dass sie glaubte, für einige Zeit nicht mehr auf eigenen Füßen stehen zu können. Wenn er sie jetzt losließ, würde sie auf den Asphalt sinken. Zu sagen, dass sie nach ihm brannte und nass und bereit für ihn war, musste die Untertreibung des Jahres sein.

»Wir gehen zurück und nehmen uns ein Zimmer«, sagte er rau, als er seine Lippen von ihren löste.

Diane brachte ein schwaches »Ja« heraus. Dieser One Night Stand hatte als ihre Idee begonnen, aber jetzt hatte der große, gut aussehende Polizeichef aus Florida die Kontrolle übernommen. Sie musste an seinem Arm hängen, um überhaupt über den Parkplatz und in die Hotelhalle gehen zu können.

Sie sah alles nur verschwommen, als sie am Marmorimitat des Empfangstresens standen, freundlich begrüßt von einem jungen Afro-Amerikaner. Griff hätte eine Woche im Gedärm der Hölle buchen können, sie wäre ihm glücklich gefolgt.

Erst als sie in der Fahrstuhlkabine standen, warf sie sich an ihn und hoffte, dass er ihr wieder so einen aggressiven Kuss gab, der ihr durch Mark und Bein ging.

»Nicht so hastig, junge Frau«, sagte er glucksend, obwohl er keine Anstalten traf, sie daran zu hindern, dass sie ihren Körper an seinem rieb.

»Nein, ich kann nicht warten«, raunte sie heiß gegen seinen Hals. »Ich brauche dich jetzt sofort, Griff. Fick mich.«

»Im Aufzug? Bist du verrückt?«

Ja, sie war verrückt, und ja, sie wollte irgendwo zwischen dem ersten und elften Stock von diesem Mann genommen werden.

»Mach's mir«, keuchte sie und schlug mit der flachen Hand gegen den Nothalteknopf. »Zeige mir, was für ein böses Mädchen ich bin.«

Diesmal war sie es wieder, die die Initiative an sich riss. Sie bot ihm ihren Mund zum Plündern an. Sie stieß ihre Brüste mit den harten Nippeln gegen seinen Brustkorb, und gleichzeitig flogen ihre Finger über seinen Gürtel und den Schritt seiner Hose.

»Was du brauchst«, knurrte er, »ist eine anständige Tracht Prügel.«

»Ich will es, Griff«, keuchte sie.

Seine Hände drückten und quetschten ihre Pobacken, als wollte er sie modellieren. Sein Blick sagte ihr, dass sie auf das Vorspiel warten musste, bis sie im Zimmer waren. Das war ihr Recht.

»Zieh dein Höschen aus«, grunzte er.

Diane schlängelte sich gehorsam aus der klatschnassen Seidenwäsche. Sie fühlte sich wie die schamloseste Hure der Welt, als sie dem Gesetzeshüter ihr Höschen reichte.

»Dreh dich um«, befahl Griff und warf das Höschen auf den Boden. »Stell dich mit dem Gesicht zur Wand und beuge dich vor.«

Diane hatte Visionen, verhaftet und in Handschellen gelegt

zu werden. Aber der Chief hatte gar nicht vor, eine Leibesvisitation vorzunehmen, er hatte es auf die magische Stelle zwischen ihren Beinen abgesehen.

»Halt dich am Handlauf fest«, sagte er und hob den Saum ihres kurzen blauen Kleids. Sie grinste still in sich hinein. Das teure Kleid hatte sich jetzt schon bezahlt gemacht.

Sie legte beide Hände auf den Messingknopf des Handlaufs, und ihre Knöchel standen weiß hervor. Sie zeigte ihm ihren nackten Po. Die Zeit des Tändelns und Neckens war vorbei. Sie hatte den schlafenden Tiger lange genug gereizt; jetzt war er erwacht. Er würde sie hart heran nehmen, aber zu seinen Bedingungen. Und so sehr es sie auch erstaunte – das waren auch ihre Bedingungen.

»Oh, verdammt«, stöhnte er im nächsten Moment, »du bist so eng wie ein Teenager.«

»Und du bist so hart wie ein Teenager«, gab sie das Lob zurück. Es tat so gut, sich wieder so jung fühlen zu können. Es war beinahe so, als erlebte sie noch einmal das erste Mal.

»Oh, Mann«, hörte sie ihn ächzen, während er zügig ein und aus fuhr. »Du bist wahnsinnig gut.«

Aus irgendeinem Grund bedeuteten ihr diese Worte viel, sie bezog sie nicht nur auf den Sex. »Ich bin gut, weil ich für dich gut sein will«, raunte sie seufzend. »Und ich will, dass es noch viel besser wird.«

Ihre sanfte intensive Stimme schien in ihm etwas Starkes, Maskulines auszulösen. Er packte ihre Hüften, als wollte er ihr beweisen, dass er die Verantwortung übernommen hatte und das Geschehen kontrollierte.

Seit Jahren war es Diane nicht mehr so gewaltig gekommen, und das ohne Vorspiel. Ihr Höhepunkt spielte sich tief in ihr ab und hatte ausschließlich mit ihren stürmischen Emotionen zu tun. Bei diesem Mann fühlte sie sich sicher und wild und geil und alles gleichzeitig.

»Ja, so ist es gut, John.« Es war ihr gar nicht bewusst, dass sie ihn beim Vornamen genannt hatte. »Nimm mich, ja, weiter so, ich komme ...«

Er stöhnte laut und übertönte ihre hohen schrillen Schreie mit seinen eigenen. Gemeinsam erlebten sie ihre Erleichterung in der engen Metallkabine, die Diane durch den Druck auf den Nothalt lahm gelegt hatte. Im Hintergrund rasselte die Alarmglocke, die ihre animalischen Schreie zum Glück überdeckte.

Der Orgasmus setzte sich fort und fort, bis Diane fühlte, wie sie langsam zurück auf die Erde fand. Details ihrer Umgebung fielen ihr jetzt erst auf; Dinge, die sie vorher nicht wahrgenommen hatte, wie die Farbe des Teppichs, die Spiegel an den Wänden, in denen sie Griff sehen konnte, der hinter ihr stand.

Sein Blick hatte was Engelhaftes, Friedliches. Sie hatte nie geglaubt, dass sie einen solchen Blick von dem strengen, groben Mann sehen würde, aber es freute sie mehr als alles andere, woran sie sich erinnern konnte.

»Mhm, Baby«, murmelte sie, richtete sich langsam auf und griff hinter sich, um ihm über die Wange zu streicheln. »Dafür könnte ich sterben.«

Ein frivoler Gedanke setzte sich in ihr fest. Der Mann war Polizist, warum sollte sie das nicht ausnutzen und eine lang gehegte Phantasie ausleben? »Darling, hast du Handschellen bei dir?«

Griff gluckste. Einen Moment später spürte sie, wie sich der kalte Stahl um ihr Handgelenk schloss; es war die Hand, mit der sie ihm das Gesicht gestreichelt hatte.

»Ja, gut so«, ermutigte sie ihn. »Jetzt kannst du mir zeigen, was für ein schamloses Ding ich bin.«

Griff nahm sich das andere Handgelenk vor und band ihr beide Hände auf den Rücken. »Ist dir bewusst, dass ich dich nun nach Herzenslust benutzen kann?«

Diane zerrte wirkungslos an den Handschellen und fühlte, wie ihre Erregung schlagartig anstieg. »Oh, darauf hoffe ich. Machst du es mir noch einmal? Jetzt hier, bitte?«

»Nein, zuerst gehen wir auf unser Zimmer.« Er zog den Reißverschluss seiner Hose hoch und glättete ihr Kleid.

»Aber was ist, wenn uns jemand auf dem Flur sieht?«

Griff zückte seinen Ausweis und klappte ihn auf. Sein Bild mit dem Hoheitszeichen des Staates Florida. »Ich bin die Polizei, ich darf das.«

»Aber nicht, wenn es sich um eine unschuldige Frau handelt«, wandte sie ein.

»Du hast selbst gesagt, dass du ein schamloses Ding bist, ein böses Mädchen.«

»Ja, aber das zählt nur, wenn wir privat sind, und nicht auf einem Hotelflur.«

Er lachte. »Nun rege dich mal nicht so auf. Du kennst doch niemanden in dieser Region. Wenn uns jemand begegnen sollte, dann bin ich es, der einiges zu erklären hat.«

»Gut«, sagte sie und zog einen Schmollmund. »Ich hoffe, du landest in Teufels Küche.«

»Nicht schlecht«, gab er zurück. »Zum Glück wird dich keiner mit des Teufels Großmutter verwechseln.«

Katy Sue hatte Rayleen angewiesen, Mike nicht anzufassen, solange sie auf der Toilette war. Aber Rayleen konnte sich nicht zurückhalten, wenn sie einen Blick auf den zuckenden Schaft warf, der sehnsüchtig Erleichterung erheischte.

Sie kroch auf den gespreizten Körper und rieb ihre Pussy über die dicke Eichel des Cops. Es schien die natürlichste Sache der Welt zu sein.

Im nächsten Moment pulsierte er in ihr. Sie wollte, dass er ganz schnell kam, bevor Katy Sue von der Toilette zurück war, denn sie würde ihn nur wieder zanken und necken. Zuerst war das ja ganz lustig gewesen, aber nach einer Weile hatte sie Mitleid mit dem Mann empfunden.

Sie nahm an, dass es ihm anfangs auch gefallen hatte, denn

es wäre ihm ein Leichtes gewesen, sich gegen die Fesselung zu wehren, bevor Katy Sue seine Bewegungsfreiheit ganz eingeschränkt hatte. Ein Mann mit dieser Kraft wurde mit sechs Kerlen fertig, da hatten zwei zierliche Frauen absolut keine Chance. Rayleen musste sich gestehen, dass sie schon seit längerer Zeit heimlich für Mike schwärmte, aber für sie hatte er kaum einen Blick übrig. Auch in der Schule hatte er einfach über sie hinweggesehen. Er war stark im Sport, und sie, nun, sie war stark in Schwierigkeiten.

Dass sie sich mit sechzehn das erste Mal schwängern ließ, war der Anfang ihrer Schwierigkeiten. Ihr zweiter Fehler war, Acre Foley zu heiraten. Michael – sie nannte ihn immer beim vollen Vornamen, als wollte sie ihm zeigen, dass er etwas Besonderes für sie war – erinnerte sich wahrscheinlich nicht einmal daran, dass er einmal in ihr Haus gekommen war, um Acre zurechtzustutzen, der wieder einmal völlig besoffen war. Und dann hatte dieser Mann endlich mal was Gutes getan – er verließ den Staat, um als Krabbenfischer in Louisiana zu arbeiten. Leider hatte er vorher ihr Sparkonto geleert und ihr Auto geklaut.

Nicht, dass er ganz freiwillig das Weite gesucht hatte. Michael, der ihr wie ein Fels in der Brandung erschienen war, hatte nicht einmal seine Stimme gehoben. Er hatte Rayleens blaues Auge gesehen und die schreienden Babys gehört, ehe er Acre vor die Wahl gestellt hatte: Entweder verließ er heil die Stadt, oder er, Michael, würde sich auf seine Weise für eine permanente Lösung einsetzen. Aber nicht als Polizist, sondern als Mann, der es hasste, wenn Frauen geschlagen wurden.

Feige, wie Acre war, entschied er sich fürs Exil.

Fast alle Menschen schauten sie schief an, als sie, dreifache Mutter, bei Diamond Pete anfing zu arbeiten, aber große Auswahl hatte sich ihr nicht geboten. Nicht, wenn sie auf der Insel bleiben wollte, auf der sie geboren und aufgewachsen war.

Wie hätte sie sonst Geld für den Unterhalt der Kinder verdienen können? Wohin hätte sie sonst gehen können?

»Binde mich los, Rayleen«, sagte der Polizist, »und schließe die Handschellen auf.«

Sie fühlte, wie die Enttäuschung in ihr hochstieg. »Bin ich nicht gut genug für dich, Michael?«

»Es hat nichts mit dir zu tun. Es ist nur, dass ich arbeiten muss.«

Rayleens Hände zitterten, als sie die Bänder an seinen Fußgelenken löste und dann die Handschellen aufschloss. Das würde Katy Sue absolut nicht gefallen. In einem verzweifelten Versuch, ihn auf dem Bett zu halten, drückte sie ihre Lippen voller Leidenschaft auf seine. Sie wollte alles, was sie ihm zu sagen hatte, in diesen Kuss legen, wie sehr sie bedauerte, was sie ihm an diesem Abend angetan hatten, wie dankbar sie ihm für seine Hilfe war, dass sie endlich Acre vom Hals hatte, und wie sehr es in ihrem Bauch zu flattern begann, wenn sie ihn nur anschaute.

Mike griff ihre Oberarme und hielt die Frau auf Distanz.

Rayleen wimmerte, auch wenn seine festen Griffe nicht schmerzten. Ihre Pussy war leer, so leer wie ihr Herz. »Bitte, Michael, lass zu, dass ich dich liebe.«

»Warum nennst du mich Michael?«, wollte er wissen.

»Ich habe das noch nie jemandem erklärt«, sagte sie, »aber ich glaube, es hat damit zu tun, dass ich auf eine ganz bestimmte Weise an dich denke.«

»Und wie?«

»Du bist mein Held.«

Die Antwort erstaunte ihn, und er sah sie mit neuen Augen an, als hätte er sie bisher nie richtig gesehen. Jetzt bemerkte er, dass ihre Augen feucht wurden.

»Ist alles in Ordnung mit dir, Rayleen?«

»Mit mir wäre alles bestens, wenn du mit mir Liebe machst, als gäbe es kein Morgen.«

Der Cop ließ sie sanft sinken, und ihre Lippen trafen sich. Rayleen seufzte und hieß seinen Mund willkommen, als gehörte er auf ihren.

»Ich habe das nie gewusst«, sagte er. »Ich meine, was du für mich empfindest und so.«

Rayleen fühlte, wie eine Träne auf seine Wange tropfte. »Ich liebe dich, Michael Cosgrove.«

Er antwortete nicht, sondern rollte sie auf den Rücken, damit er sich auf sie legen konnte. Er behandelte sie so sanft, als wäre sie ein Stück des kostbarsten Porzellans. Noch nie hatte er sich so groß und stark gefühlt. Er bewegte sich auf ihr, und sie hätte am liebsten laut seinen Namen geschrien, aber sie wusste, dass er einen Überwachungsjob wahrzunehmen hatte, deshalb unterdrückte sie ihre Gefühle.

»Ich liebe dich«, wiederholte sie, ihre Stimme so weich wie ein Regentropfen.

»Rayleen«, grunzte er, »das habe ich nie gewusst.«

Sie lag unter ihm, tief befriedigt, als er seinen Orgasmus erlebte. Sie hatte mehr als ihren Anteil an Höhepunkten gehabt, und außerdem ging es ihr in diesem Moment nicht um Sex. Zum ersten Mal in ihrem Leben hatte sie etwas, was weder schmutzig noch schmerzvoll war, und auch wenn der Mann ihre Gefühle nicht teilte, gab es ihr etwas, was sie aufbaute bis zum Ende ihrer Tage.

Elftes Kapitel

Maggie biss sich auf die Lippe, um wach zu bleiben. Ketch lag in der Löffelchenstellung hinter ihr und schnarchte. Sie konnte nur hoffen, dass er den Schlaf nicht ebenso simulierte, wie sie das getan hatte. Sie hatte sich schlafend gestellt, um ihn in Sicherheit zu wiegen. Es war ein bittersüßes Gefühl, wie der Mann von hinten einen Arm um sie legte und mit der Hand ihre Brust umschloss, als wollte er ihr sagen, dass sie, Maggie, nun ihm gehörte.

Von diesem Gedanken wurde ihr ganz übel. Nein, halt – das war zu stark. Negative Gefühle konnten sich leicht in positive verwandeln. Der Mann bedeutete ihr nichts, auch wenn er ihr den besten Sex seit Jahren beschert hatte und ihre Pussy schon wieder nach ihm weinte.

Der Mann war ein Brutalo, sie spürte seinen Atem im Nacken. Er war in Heeters Haus eingedrungen und in ihr Leben. Er hatte sie ausspioniert und dann penetriert. Wen interessierte schon sein albernes Halsband? Sie arbeitete an einem Einhundert-Millionen-Projekt, und er lamentierte über einen Flohmarktkitsch, der ihm angeblich ungeahnte Kräfte verlieh. Was für ein Unsinn. Wie bescheuert konnte ein Mann sein?

Sie wünschte, er wäre ein ganz gewöhnlicher Einbrecher; mit dem hätte sie auch schlafen und dann vergessen können. Aber ein Narr wie Ketch verliebte sich womöglich noch in sie.

Nun, ihretwegen konnte er hinter Gefängnismauern nach ihr schmachten. Sobald sie unter seinem Arm aus dem Bett gekrochen war, würde sie mit dem Handy Hilfe rufen. Sie musste vorsichtig vorgehen, und sie verzog das Gesicht, als ihre immer noch empfindsamen Nippel über das Laken rieben. Verdammt, sie war auch jetzt noch nass.

Reiß dich zusammen, Mädchen, spornte sie sich an.

Ein paar Sekunden später stand sie über ihm. Jetzt war sie wieder eine freie Frau. Er sah lieb aus im Schlaf; der Mund bewegte sich von seinem Atem.

Er rührte sich. Maggie wich rasch zurück, als fürchtete sie, dass er sie aus dem tiefen Schlaf heraus ansprang. Er rollte sich auf den Rücken. Sie sollte weglaufen, aber irgendetwas hielt sie zurück. Es war, als klebten ihre Füße auf dem Boden fest. Sein Körper schien einen hypnotischen Effekt auf sie zu haben, der ihrem normalen Selbsterhaltungstrieb überlegen war.

Viel hatte mit seinem Schwanz zu tun. Sie hatte so ein schönes Exemplar noch nicht gesehen. Einfach vollkommen, wie der Rest von ihm. Wie ein frühzeitliches Kunstwerk aus Ton, das jeder bewundern musste. Sie leckte sich die Lippen. Sie kannte nur eine Art, einem schönen Penis ihre Bewunderung zu zeigen.

Maggie hielt sich zurück, bevor es zu spät war. Was war mit ihr los? Wieso dachte sie an Fellatio, wenn sie den Revolver suchen und den Mann wieder in ihre Gewalt bringen sollte? Das war wichtig für sie, sonst würde er sie wieder in Fesseln legen oder – schlimmer noch – erneut Liebe mit ihr machen, so oft er wollte, so lange er wollte.

Maggie sah an sich hinunter. Ihre Hand lag auf ihrer Pussy, und die Finger strichen in die saftige Öffnung hinein. Die Säfte tropften an ihren Schenkeln hinunter. Entwickelte sie sich zur Nymphomanin oder was?

Die Waffe. Sie musste den Revolver finden. Dann würde sie klarer denken können. Ohne irgendeinen mentalen Schutz konnte sie ihrem Körper keinen Moment mehr trauen. Ihre Pussy und sogar ihre Brüste waren Verräter an ihrer Sache.

Aber auch jeder Zentimeter ihrer Haut prickelte noch von

Ketchs Berührungen. Am liebsten wäre sie zurück ins Bett gesprungen. Sie würde den Mann wach küssen, damit er sie wieder nehmen konnte, ganz egal, welche Konsequenzen das nach sich ziehen würde.

Sie ließ die Versuchung hinter sich und kehrte ins Arbeitszimmer zurück. Sie fand die Waffe auf dem Boden, wohin sie bei ihrer Rangelei gefallen war. Wann war das? Vor hundert Jahren?

Sie trat hinaus auf den Balkon. Der Mond war aufgegangen. Wieso hatte es so spät werden können? Sie ging zurück ins Schlafzimmer, jetzt aber bewaffnet, wenn auch immer noch nackt, und knipste das Licht an, damit er aufwachte.

»Komm, Robin Hood, du Schlafmü...«

Oh, verdammt. Er war weg.

»Ketch, ich finde das gar nicht lustig.« Sie hielt den Revolver in beiden Händen, wie sie das in Fernsehkrimis gesehen hatte. »Komm jetzt hierhin, bevor ich etwas tue, was wir beide bedauern werden.«

Bedauern war das richtige Wort. Wenn sie ihn schon vorher nicht hatte erschießen wollen, dann wollte sie das jetzt erst recht nicht, nachdem er sie so wunderbar geliebt hatte.

»Du brauchst dir keine Sorgen zu machen. Ich habe die Munition herausgenommen.«

Ketch stand direkt hinter ihr im Flur. »Aber ... wann hast du das getan?«

Er nahm den Revolver aus ihren plötzlich schlaffen Händen. »Eben, als du geschlafen hast.«

»Ich habe nicht geschlafen«, protestierte sie.

Ketch, der auch noch nackt war, warf den Revolver aufs Bett. »Aber sicher hast du geschlafen. Gleich nachdem wir Liebe gemacht haben. Du hast auch ein bisschen geschnarcht, meine Liebe. Ich war versucht, noch einmal in dich einzudringen, aber dann dachte ich, dass du den Schlaf brauchst.«

»Das war aber verdammt rücksichtsvoll von dir.«

»Ich habe mir auch die Freiheit genommen, noch ein paar Stricke zu finden«, fuhr er fort und zeigte ihr seinen Fund, indem er die Hand mit den Stricken hob. »Ich fürchte, du musst wieder eine Zeit lang in Fesseln bleiben, damit ich ungestört meine Flucht vorbereiten kann.«

Maggie spürte, wie es in ihrem Bauch wieder zu flattern begann, als er davon sprach, sie noch einmal fesseln zu wollen. Ob er es wusste oder nicht, aber die Vorstellung, hilflos zu sein, erregte sie ungeheuer.

»Nein, warte«, sagte sie, »lass uns zuerst darüber reden.«

»Ich glaube, wir haben alles beredet, was es zu bereden gibt, findest du nicht auch?«

Sie wollte Zeit gewinnen. »Wir haben es noch nicht anal versucht.«

»Maggie, du bist eine sehr begehrenswerte Frau.« Er schob die Haare aus ihrer Stirn. »Du bist die schönste Frau, die ich je gesehen habe. Aber ich gefährde deine Sicherheit, wenn ich noch länger hier bleibe.«

Maggies Knie wurden schwach. Er konnte so überzeugend sein, dass sie vergaß, was sie ursprünglich tun wollte.

Ihre Hand strich über seinen nackten Brustkorb, der so glatt und so männlich war. »Bitte«, sagte sie heiser und wusste nicht mehr genau, ob sie schauspielerte oder nicht, »kannst du nicht noch ein bisschen bleiben?«

Er zögerte einen Moment, und dann war er auch schon verloren. Sie hielt den Atem an und drückte ihren Mund auf seine Lippen.

Ketchs Körper versteifte sich, aber im nächsten Augenblick erwiderte er ihren Kuss mit einer tiefen Intensität, und in diesem Kuss teilte sich Maggie ein so heftiges Verlangen mit, wie sie es noch nie bei einem anderen Mann empfunden hatte.

Er ließ sie los.

»Maggie, wenn wir das jetzt tun, weiß ich nicht, ob ich dich je wieder gehen lassen kann.«

»Ich will nicht, dass du gehst«, hörte sie sich sagen.

Wie verrückt war das denn? Der Mann war ein hinterhältiger, konfuser, unfähiger Dieb, den sie kaum kannte, und hier warf sie sich ihm an den Hals – und wozu? Noch eine schnelle Nummer, bevor er nach Mexiko verschwand oder wo auch immer er sich vor der Polizei verstecken wollte?

Da war noch ein anderer verrückter Gedanke. Sollte sie mit ihm durchbrennen und mit ihm Bonnie und Clyde spielen?

Oh, Gott, jetzt nahm er sie wieder in seine Arme, hob sie hoch und trug sie wie in einem Liebesroman zum Bett. Mach Schluss mit diesem Spuk, kreischte ihr Verstand. Jetzt sofort, bevor es zu spät ist.

»Sage mir, dass du das wirklich willst«, flüsterte er ihr ins Ohr, während er sie so behutsam aufs Bett legte, als wäre es eine Wolke.

Maggie öffnete den Mund. Ihr Verstand versuchte, ihre Antwort zu formulieren. Nein. Nein. Nein.

»Ja«, antwortete sie heiser und schaute verloren in seine jadegrünen Augen. »Oh, Gott, ja.«

Officer Cosgrove setzte sich den Stetson auf, überprüfte den Sitz des Waffengurts und klopfte an Heeters Haustür. Mitternacht war vorüber, und seit er die Geräusche gehört hatte, waren zwei Stunden vergangen. Vielleicht war es eine Eule gewesen, oder jemand hatte Sex gehabt, wie Rayleen vermutet hatte, aber es war seine Pflicht, den Dingen auf den Grund zu gehen. Es hatte noch nie ein Kapitalverbrechen auf der Insel gegeben, und er wollte unbedingt verhindern, dass es das erste Mal geschah, während er Wache schob.

Wichtiger noch war, dass auch keiner der beiden Schwestern ein Leid zugefügt wurde. Er wusste immer noch nicht, welche von beiden im Haus geblieben war. Er klopfte noch einmal, diesmal lauter. Ehrlich, dies war die verwirrendste Nacht seiner Karriere gewesen.

Katy Sue hatte es diesmal übertrieben. Ihm während seiner Dienstzeit Handschellen anzulegen und sich dann an ihm mit dieser Rayleen Carter zu vergehen, also, das überbot alles, was sie sich bisher geleistet hatte.

Aber war das keine Überraschung? Wer hätte gedacht, dass die attraktive Rayleen Gefühle für jemanden wie ihn hatte? Mike hatte nicht einmal angenommen, dass sie von seiner Existenz wusste. Nicht bei all den tollen Typen, die sie tagtäglich bei Diamond Pete traf. Irgendwie tat sie ihm leid.

Sie hatte es bei diesem Nichtsnutz von Mann denkbar schlecht angetroffen. Fünf Jahre lang hatte er sie geschlagen und misshandelt, und nun musste sie allein für ihre (und seine) Kinder sorgen. Er hätte den Mann schon lange vorher davongejagt, wenn er etwas gewusst hätte. Das war ein Problem in diesem Teil der Staaten. Die Leute wollten selbst das schlimmste Schicksal für sich behalten, auch wenn es sich um Dinge handelte, die nach der Staatsgewalt schrien.

Also nach Griff und ihm. Wenn man ihn noch dazu zählen konnte, nachdem er stundenlang Pussy geleckt hatte, statt seinen Dienstauftrag zu erfüllen. Warte nur, Katy Sue. Das Unverschämteste war, dass sie ihm, als alles vorbei war, auch noch die kalte Schulter gezeigt hatte. Als ob er sie beleidigt hätte. Wie oft war es ihr unter seiner Zunge gekommen? Sie selbst konnte es wahrscheinlich nicht mehr zählen. Wie sie ihn den ganzen Abend auf hundert gehalten hatte! Manchmal lechzte ein Mann nach einer solchen Frau.

Gegen Ende der Veranstaltung war sie Rayleen gegenüber ziemlich bissig geworden. Ob sie sauer war, dass er mit Rayleen geschlafen hatte, während sie im Bad gewesen war? Das glaubte er nicht. Katy Sue war nicht eifersüchtig.

Er konnte jetzt nur hoffen, dass sie keine Beweismittel zurückgelassen hatten. Der Chief hatte die Genehmigung eingeholt, das Haus für eine Überwachung zu benutzen, aber Mike bezweifelte, ob Mort und Ida Shiffler es begrüßt hätten, wenn auf ihrem Ehebett eine mehrstündige Orgie mit zwei Stripperinnen und einem Cop stattfand.

Verdammt, warum öffnete niemand die Tür? Er war fast sicher, dass jemand im Haus war. Die Dinge entwickelten sich immer kurioser. Sein Argwohn wuchs. Eine Hand auf dem Revolverhalfter, klopfte er mit der Unterseite seiner Taschenlampe gegen die Türscheibe.

»Machen Sie auf«, rief er laut. »Hier ist die Polizei.«

Cos' Herz schlug schneller. Vielleicht sollte er Unterstützung anfordern. Nein, er hatte sich die Suppe eingebrockt, jetzt musste er sie allein auslöffeln.

»Hören Sie mich?«, rief er und zog den Revolver halb aus dem Halfter. »Ich sagte, dass die Polizei vor der Tür steht, und ich kann Ihnen nur raten, die Tür zu öffnen!«

Hölle, hatte er heute Morgen die Munition eingeschoben? Mann, dies war nicht der geeignete Augenblick, an seinen Pflichten zu zweifeln.

»Gott, hol mich und alle anderen unbeschadet aus diesem Schlamassel heraus«, flüsterte er in einem hastigen Gebet, »dann schwöre ich, dass ich mein Ding während der Dienstzeit stets in der Hose lasse.«

»Ketch, hast du das gehört?«

»Hm?«, murmelte er undeutlich, denn er hatte eine halbe Brust Maggies im Mund.

»Lass mich aufstehen, Ketch. Ich habe etwas gehört. Jemand ist an der Tür.«

Das Klopfen verstärkte sich, und sie hörten eine Stimme rufen, dass die Polizei vor der Tür stand.

»Ketch, steh auf.«

Der Mann war nicht aus der Ruhe zu bringen. Er hatte eben

erst die zweite Runde begonnen, und die beiden waren so sehr vereint, wie man nur sein konnte. Dies war nicht der Augenblick, an Ketchs Vernunft zu appellieren.

»Komm endlich zu dir«, schimpfte Maggie und klopfte mit den kleinen Fäusten auf seinen Rücken. »Du musst schleunigst abhauen.«

Ketch rollte sich widerwillig auf die Seite und blinzelte einige Male, bis seine Augen klarer sehen konnten. »Da bleibt keine Zeit zu verschwinden. Wer weiß, wie viele da draußen auf mich warten.«

»Du kannst dich im Schrank verstecken, während ich die Leute aufhalte.«

»Tut mir leid, Liebling«, sagte er und streichelte über ihre Wange, »aber das geht auch nicht. Wie soll ich wissen, dass du mich nicht verrätst?«

Oh. Jetzt waren sie bei ihrem alten Spiel angelangt.

»Beim Barte des Propheten?«, schlug Maggie vor und hob drei Finger zum Schwur.

»Ich weiß nicht einmal, wer deine Propheten sind, Maggie. Nein, es bleibt uns nur eine Wahl.«

Sein Gesichtsausdruck gefiel ihr nicht. »Und die wäre?«

»Wir müssen die Polizei glauben machen, dass ich ein Anderer bin.«

»Wer, zum Beispiel? Es ist ein bisschen spät für Briefträger und Milchmann, oder?«

»Wir müssen sie überzeugen, dass ich dein Freund bin. Das sollte doch nicht so schwierig sein.«

Sie schlug seine Hand von ihrer Brust. Ihr Verstand arbeitete wieder. »Vergiss es, mein Junge. Maggie ist hellwach. Dein Spiel ist vorbei.«

»Dann sage mir doch, dass meine Berührungen dich kalt lassen«, forderte er sie heraus und strich behutsam über einen Nippel. Wie ein feuriger Pfeil schoss es durch ihren Körper bis in die Zehen.

»Also gut«, gab sie nach. »Ich lasse mich auf dein Spiel ein. Aber ich schwöre dir, wenn du etwas sagst, was mich in Verlegenheit bringt, dann trete ich dir in die Eier, und es ist mir egal, wie viele Cops zugucken.«

»Du kannst dich auf mich verlassen«, sagte er grinsend und sprang übermütig wie ein Kind vom Bett. »Glaubst du, wir sollen Händchen halten?«

»Wenn wir ihnen die Tür öffnen? Das würde doch erst recht verdächtig wirken. Wo bist du eigentlich aufgewachsen, in einem Rübenfeld? Nein, antworte nicht, ich will es gar nicht wissen. Sehen wir zu, dass wir es hinter uns kriegen.«

Zu Maggies Verwunderung stand nur ein Cop draußen vor der Tür, es war der Jüngere der beiden, die sie gestern Abend kennen gelernt hatte.

»Es tut mir leid, dass es so lange gedauert hat«, sagte sie lächelnd und schlang den hastig übergeworfenen Seidenmantel fester um ihren überhitzten Körper. »Wir haben ... eh ... geschlafen.«

»Um genau zu sein, wir haben Liebe gemacht.« Ketch legte von hinten einen Arm um ihre Taille. »Ich muss zugeben, dass meine Freundin zu den lauten Frauen gehört, wenn Sie wissen, was ich meine.«

Der Cop warf einen flüchtigen Blick auf Maggie und teilte deren Verlegenheit. »Eh ... es tut mir leid, dass ich Sie gestört habe.« Er räusperte sich. »Ich wollte mich nur davon überzeugen, dass alles in Ordnung ist, nachdem das gestern Abend passiert ist.«

»Ja, alles in Ordnung«, sagte Ketch und verstärkte den Druck seines Arms um ihre Taille. »Ich habe mir wahnsinnige Sorgen gemacht, als ich von dem Einbrecher gehört habe, deshalb bin ich so schnell wie möglich zu ihr gekommen.«

»Ja, das kann ich gut verstehen.« Der Cop starrte auf das Handtuch, das Ketch um die Hüften gebunden hatte. Wollte er sehen, ob er einen Steifen hatte?

»Haben Sie was dagegen, wenn ich mich im Haus ein wenig umsehe?«, fragte Cosgrove.

Maggies Herz pochte laut in ihrer Brust. Sie hätte dem Polizisten gern die wahre Identität ihres ›Freundes‹ ins Gesicht geschrien, aber stattdessen sagte sie: »Nein, natürlich habe ich nichts dagegen, treten Sie ein.«

Der Officer tippte an seinen Hut und schob sich an Maggie vorbei ins Haus. Maggie wartete, bis er nebenan in einem Zimmer verschwand, ehe sie sich Ketch vorknöpfte.

»Was sollte das denn eben?«, flüsterte sie wütend. »Wer hat dir erlaubt, jemandem zu erzählen, dass wir Liebe gemacht haben?«

»Aber es stimmt doch.«

»Viele Dinge stimmen, du Arsch, aber das heißt noch lange nicht, dass man sie jedem auf die Nase bindet und ...«

Ketch riss sie an sich und brachte sie mit einem Kuss zum Schweigen. Gerade in diesem Augenblick trat der Cop wieder in den Flur. Maggie versuchte, sich von Ketch zu lösen, der das aber zu verhindern wusste und eine Hand in ihre Pobacken krallte. Sie wollte ihn treten, aber die Dinge hatten sich schon schlimm genug entwickelt, ohne dass sie jetzt auch noch einen Streit heraufbeschwor. Und außerdem begann es zwischen ihren Schenkeln zu prickeln, denn sie spürte, wie sich seine neue Erektion gegen ihre Labien schmiegte.

Der Cop räusperte sich, lauter als vorher. »Es scheint alles in Ordnung zu sein«, sagte er.

»Entschuldigen Sie, Officer, aber sie kann ihre Hände nicht bei sich behalten.« Ketch zog ihn tiefer in den Flur hinein, an ihnen vorbei, und Maggie blieb nichts anderes übrig, als sich noch mehr an Ketch zu schmiegen, um Platz für den Cop zu schaffen.

Am schlimmsten war, dass sie jetzt tatsächlich Sex mit Ketch haben wollte, nachdem er sie wieder so sehr erregt hatte. Es war unanständig von ihm, dass er dem Cop ihre Bereitschaft zum Sex gezeigt hatte, aber gleichzeitig spürte sie, dass diese Schamlosigkeit sie nur noch heißer machte.

»Sind Sie auch aus Chicago?«, fragte der Cop.

»Ich bin in South Carolina geboren.« Seine Hand glitt unter den Rücken von Maggies Mantel und drückte ihre nackten Pobacken. »Aber seither war ich an vielen verschiedenen Orten zu Hause.«

»Wo haben Sie sich kennen gelernt?«, fragte er Maggie, die ihre Zähne zusammenbeißen musste, um nicht aufzustöhnen.

»Am Strand. Wir waren beide im Ur...« Sie brach mitten im Wort ab, weil Ketch von hinten einen Finger in ihre Pussy bohrte. Der Cop musste doch sehen, was der unverschämte Einbrecher trieb. »Im Urlaub«, sagte sie im zweiten Anlauf und hatte Mühe, dass ihre Stimme nicht zu zittern anfing.

»Es war Lust auf den ersten Blick«, fügte Ketch hinzu und ließ den Zeigefinger kreisen. »Ich sah sie und wusste, dass ich sie haben musste. Aber ich schätze, dass Sie dafür Verständnis haben, nicht wahr?«

»Ich nehme an, Sie haben auch so gefühlt?«, fragte er Maggie.

Sie schob ihren Po möglichst unauffällig dem forschenden Finger entgegen. »Man kann ihm nur schwer widerstehen«, gab sie heiser zu.

Oh, Himmel, dachte sie. Bitte, ich will jetzt nicht kommen, nicht vor einem wildfremden Mann.

»Sie müssen mir diese Fragen verzeihen«, sagte der Cop, der angesichts der Umstände seine Haltung bewahrte. »Es ist nur, dass es bei uns auf der Insel nicht viele Einbrüche gibt, deshalb möchten wir diesen Fall so bald wie möglich aufklären.«

»Nur allzu verständlich«, sagte Ketch gönnerhaft und hörte nicht auf, Maggies Pussy zu foltern. »Ich an Ihrer Stelle würde auch so viele Informationen wie möglich haben wollen.«

»Ich kann Ihnen versprechen«, sagte der Cop ernst, »dass wir alles tun werden, um diesen gemeinen Kerl dingfest zu machen, der gestern Abend hier eingebrochen ist.«

»Aber eins ist doch seltsam, nicht wahr, Officer?«

Der Cop hatte gerade gehen wollen. »Was meinen Sie, Sir?«

Verdammt, warum konnte Ketch nicht seine Klappe halten? Legte er es darauf an, dass sie beide im Gefängnis landeten?

»Die Wirkung, die Stricke auf Frauen haben. Jedenfalls auf bestimmte Frauen. Es gibt einen Typ, der darauf steht, gefesselt zu werden. Habe ich Recht, Maggie?«

»Ich … ich weiß das nicht.« Sie verzog den Mund zu einem Lächeln und drückte die Muskeln der Pussy zusammen, damit die Wellen der Lust sie nicht überfluten konnten.

»Ja, aber wenn du aus eigener Erfahrung sprichst, meine Süße – wie fühlt es sich an, wenn man durch die Stricke in seinen Bewegungen eingeschränkt ist?«

Ich werde diesen Mann umbringen, dachte sie. Ich werde dieses infernalische Halsband finden, es ihm um den Hals legen und ihn damit erdrosseln.

»Das ist aber sehr privat«, gab sie zurück. »Findest du das nicht auch, *mein Süßer?*«

Der Cop leckte sich die Lippen. Er sah aus, als wüsste er nicht, ob er wegrennen oder mitmachen wollte. »Es ist Zeit zu gehen. Danke für Ihre Bemühungen.«

»Aber du hast die Frage noch nicht beantwortet.« Ketch stieß mit seinem Finger gegen ihre Klitoris. Maggie versuchte, einen Überraschungsschrei zu unterdrücken. Er hatte sie jetzt so gepackt, dass sie keinen Widerstand leisten konnte. Es war, als hätte er den Finger am Abzug.

»Ja«, sagte sie. Das verbale Geständnis war leichter, als in Gegenwart des Cops zu einem Orgasmus gebracht zu werden. »Das Gefühl erregt mich. Ich lasse mich gern fesseln.«

»Da hören Sie es, Officer«, sagte Ketch.

Maggie ließ sich hilflos gegen die Wand sacken. Sie wandte den Kopf ab und schloss die Augen.

»Ich glaube, das ganze Reden von Stricken und Fesseln hat ihre Knie weich werden lassen«, sagte Ketch lachend. »Was meinen Sie, Officer?«

Der Officer schwieg. Was musste der Mann von ihr denken? Sie traute sich nicht, ihn anzusehen. Aber er sah sie natürlich, ihre Liederlichkeit, ihren halb entblößten Körper, der willenlos den befehlenden Berührungen ihres Geliebten gehorchte.

»Ich … eh … werde noch mal die Umgebung abschreiten, Sir.«

»Kein Problem. Und danke für Ihre Mühe.«

»Ich finde allein hinaus.«

»Oh, das ist sehr rücksichtsvoll von Ihnen«, sagte Ketch mit dem breitesten Grinsen. »Ich fürchte, die kleine Frau mag sich im Moment nicht von mir lösen.«

Sobald der Cop die Tür hinter sich geschlossen hatte, stieß Ketch sie dagegen und nagelte sie dort fest. Sofort versenkte er den Finger bis zum Anschlag in ihrer seidigen Höhle.

»Du bist ein ganz mieser Bastard«, zischte sie und belegte ihn mit weiteren Schimpfnamen, die ihr gerade einfielen.

»Sage mir, was du brauchst, Maggie.« Ketch nagte an ihrem Ohrläppchen und ließ ihre klammen Haare durch seine Finger gleiten. Er ließ ihr kaum Platz zum Atmen, presste sie gegen die Tür und bohrte immer wieder in sie hinein. Aber er verweigerte ihr die Erlösung.

Frustriert ballte sie die Fäuste. »Du weißt genau, was ich brauche, du gemeines Scheusal.«

»Sage es. Ich will es hören.«

»Bitte, Ketch«, keuchte sie. »Ich brauche es. Ich will kommen.«

Ketch besorgte es ihr, wie sie es haben wollte. Seine talentierten Finger erledigten den Job auf wunderbare Weise.

Maggies Lippen leckten an der Glasscheibe, und ihre Nippel rieben sich an der Holzfüllung. Ihr Körper wurde durchgeschüttelt. »Oh, Ketch, Baby«, stöhnte sie.

Es hätte Mike nicht verwundert, wenn seine ganze Ladung in die Hose gegangen wäre. Was, zur Hölle, war mit diesem Kerl los, der seine Frau vor ihm abgriff? Er sollte die beiden wegen obszönen Verhaltens in die Ausnüchterungszelle sperren. Ob es einen Paragraphen gab, der es unter Strafe stellte, einen Cop derart aufzugeilen, fiel ihm im Moment nicht ein.

Er würde gern Katy Sue anrufen, damit sie ihm aus seiner Verlegenheit half. Oder Rayleen. Der Sex mit ihr war verdammt gut gewesen, besser als alles, was er vorher auf diesem Gebiet erlebt hatte. Woran lag das eigentlich? Klar, die Frau war sexy, und sie bewegte sich wie eine Professionelle, aber er hatte auch vorher schon gut aussehende Frauen gekannt. Katy Sue zum Beispiel. Konnte es sein, dass er etwas für Rayleen Carter empfand, wie sie seit langem schon etwas für ihn empfand?

Er hatte noch nie jemanden geliebt, er wusste gar nicht, wie sich das anfühlte. Vielleicht sollte er Rayleen noch mal vögeln, dann würde er herausfinden, ob die Gefühle immer noch da waren.

Aber er hatte seine Pflichten, und diesmal würde er sich von niemandem davon abbringen lassen. Er richtete die Stablampe auf die Hausecke und wollte Stück für Stück des Bodens noch einmal absuchen. Er hielt es für wenig wahrscheinlich, dass der Einbrecher noch einmal zurückkehrte, aber er wollte nichts ausschließen. Der Chief würde morgen einen vollständigen Bericht haben wollen. Es waren die Kleinigkeiten, die einen Fall lösten, war einer der Lieblingssprüche des Chiefs.

»Kriminelle neigen dazu, die kleinen Dinge zu übersehen«, hatte Griff ihm gesagt. »Ob es unbewusst geschieht, oder ob es

Gottes Weg ist, das Böse in Schach zu halten, das weiß ich nicht. Aber es gibt immer einen Hinweis, wenn man weiß, wo man suchen muss. Der Teufel steckt im Detail.«

Eine andere Weisheit von Griff war, zunächst jedem Beteiligten mit Argwohn zu begegnen. »Im Laufe der Ermittlungen können sie dein Vertrauen verdienen, aber beginne damit, sie alle für verdächtig zu halten.«

Hatte er heute Abend etwas Verdächtiges gesehen, mal abgesehen davon, dass der Typ direkt vor den Augen des Cops seine Freundin befummelt hatte? Nein, eigentlich nicht. Ganz im Gegenteil: Ein Mann musste schon sehr von seiner Unschuld überzeugt sein, wenn er auf diese Weise die Aufmerksamkeit des Gesetzes auf sich zog.

Diese Maggie Quinton war ein Sexkätzchen. Oh, Mann. Er hatte sich wirklich zusammenreißen müssen, um nicht die Hand auszustrecken und an diese kaum verhüllten Brüste zu greifen. Ihre Nippel waren steinhart gewesen, pink und süß unter dem Seidenmantel, und sie warteten nur darauf, von einem Mund verwöhnt zu werden.

Hatte er es sich nur eingebildet, oder hatte sie versucht, ihn anzumachen? Warum sonst hätte sie ihm sagen sollen, dass sie sich gern fesseln ließ, weil es sie noch mehr erregte, einem starken Mann hilflos ausgeliefert zu sein? Vielleicht würde er an einem Abend mal zurückkommen, wenn der Freund nicht mehr da war. Dann könnte er privat ein paar Ermittlungen anstellen und gleich damit beginnen, dass er herausfand, was sie unter dem dünnen Mantel verbarg.

Mike Cosgrove verharrte mitten im Schritt. Ihm fiel plötzlich ein, dass er im Schlafzimmer keinen Koffer gesehen hatte. Nur im Gästezimmer hatte er ein paar Gepäckstücke gesehen, aber die gehörten ihrer Schwester.

Sollte der Freund nicht auch mit einem Koffer eingetroffen sein? Mike fand, er hätte wenigstens ein Paar Schuhe sehen müssen oder eine Aktentasche auf dem Tisch. Irgendwas, womit er vermittelte, dass es ihn in diesem Haus überhaupt gab. Aber vielleicht war er fanatisch ordentlich und hatte alle seine Sachen in die Schränke geräumt.

Ja, das musste die überzeugende Antwort sein. Ein Cop konnte auch mal zu misstrauisch sein, dachte Mike und gluckste vor sich hin.

Er wollte sich gerade umdrehen und zurück zu seinem Streifenwagen gehen, als er Fußabdrucke sah. Eindeutig die Füße eines Mannes, die unzweifelhaft zum Fenster von Maggies Schlafzimmer führten.

Er richtete den Strahl der Stablampe auf die Prints. Gestern Abend waren sie garantiert nicht da gewesen. Und da er keine Spuren sah, die einen Rückweg markierten, gab es nur eine Lösung dieses Rätsels: Der Mann, der diese Abdrucke hinterlassen hatte, hielt sich noch im Haus auf. Irgendwo.

Officer Cosgrove zog seinen Revolver und überprüfte, ob die Kammern gefüllt waren. Seine Hände zitterten. Volle Munition. Es war Zeit, dem Heeter Haus einen weiteren Besuch abzustatten. Diesmal würde er nicht anklopfen.

Zwölftes Kapitel

»Das ist Polizeigewalt«, warf Diane dem Chief vor und bemühte sich um ein ärgerliches Gesicht, das aber die Erregung auf ihren Zügen nicht verdrängen wollte. Griff drückte die Zimmertür hinter sich zu.

»Ist das wahr?« Er nahm den Schlüssel aus seiner Hosentasche und nahm ihr die Handschellen ab. »Nun, wenn das so ist, brauche ich ja keine Rücksicht mehr zu nehmen. Zieh deine Kleider aus und lege dich aufs Bett. Es ist Zeit für ein bisschen Höhlenforschung.«

Diane fand, dass er sich ein wenig mehr anstrengen sollte. »Fahr zur Hölle, Griff. Ich bin nicht deine Gefangene und erst recht nicht deine Sklavin.«

»Natürlich nicht, sonst müsste ich dich ja bezahlen. Wirst du jetzt tun, was ich sage, oder muss ich dich übers Knie legen? Du hast den ganzen Abend schon darum gebettelt.«

Ihr Puls raste. Er konnte doch nicht ihre verdammten alten Phantasien sehen, die von einem liebenden, aber dominanten Mann, der sie beherrschte? Der sie zu diesen verwegenen Lüsten zwang, die sie sich selbst nicht einzugestehen traute?

»Ich bin kein Kind«, sagte sie trotzig, obwohl die Hitze zwischen ihren Beinen fast unerträglich geworden war, als sie sich vorstellte, die starken, strafenden Hände des Mannes auf ihrer brennenden Haut zu spüren.

»Nein«, stimmte er augenzwinkernd zu, »du bist kein Kind, aber eine verwöhnte Zicke.«

Diane spürte, wie Schmetterlinge in ihrem Bauch flatterten. Kein Mann hatte sie jemals so behandelt, nicht einmal im Scherz. Niemand hatte gewagt, bei ihr die Kontrolle zu übernehmen – das war immer ihre Aufgabe. Sich jetzt auf der anderen Seite zu befinden, das war erregend, erwärmend und auch ein bisschen bedrohlich.

»Du hast vielleicht einen Nerv, mich so zu behandeln.«

»Ich zähle bis fünf, und wenn du mir dann keinen Kuss gegeben hast ...«

»Ja, was dann?«, unterbrach sie ihn.

Er unterdrückte sein Grinsen. »Dann weiß ich, dass du Angst vor mir hast.«

»Vielleicht ist es umgekehrt«, neckte sie ihn. »Du solltest Angst vor mir haben.«

Diane wälzte sich übers Bett auf ihn zu und nahm sich vor, ihn durch ein paar berechnende Berührungen von seinem hohen Ross herunter zu holen, aber ehe es ihr bewusst geworden war, lag sie ausgestreckt auf seinen Knien. Er hatte sich schnell aufs Bett gesetzt und sie gepackt und zu sich gezogen.

»Hör sofort auf!«, kreischte sie und wand sich unter seiner kräftigen Hand. »Du hast kein Recht!«

Griff versetzte den ersten Schlag durch ihr Kleid auf den Po. Es war ein leichter Hieb, aber er reichte doch aus, um ihren Stolz zu verletzen.

»Autsch!«, schrie sie und übertrieb den Schmerz. »Das tut weh, du brutaler Cop!«

Er rieb zärtlich um die wunde Stelle, von der eine ungeheure Hitze ausging. »Ich kann aufhören, wenn du willst, aber wenn ich mich nicht irre, hast du davon schon seit langem geträumt – na, was sagst du dazu?«

»Ja«, wisperte sie, weil ihr nicht schnell genug eine Lüge einfiel.

»Das kenne ich von anderen Frauen«, murmelte er. »Warum willst du es nicht mal ausprobieren? Vielleicht fühlt es sich ja gut an für dich.«

»Ich bin sicher, dass es sich für dich gut anfühlt«, knurrte sie. Die Röte überzog sie vom Gesicht bis in die Zehen, Ergebnis ihrer Erniedrigung und ihrer Lüsternheit.

Griff gluckste und fuhr fort, sie zu verhauen. Er bestimmte das Tempo und die Heftigkeit der Schläge. Zwischen den Schlägen stieß sie leise wimmernde Laute aus.

Nach fünf Schlägen war sie so nass, dass sie fürchtete, ihr Kleid und seine Hose zu beschmutzen. Beim neunten Schlag presste sie ihre Pussy gegen sein Knie und befand sich am Rand eines Orgasmus. Beim zehnten Schlag war sie erleichtert, dass er sie nicht zum Höhepunkt gebracht hatte, aber auch ein bisschen enttäuscht.

»Du darfst aufstehen und dich ausziehen, Diane.«

Der Befehl riss sie aus ihrer kleinen Traumwelt, in der sich Lust und Schmerz vermischten. Seine Aufforderung erinnerte sie daran, um was es wirklich ging: Es war ein Kampf, wessen Wille sich durchsetzte.

Griff bestrafte ihr Zögern, indem er in ihren heißen Hintern kniff, gerade hart genug, dass sie aufheulte, aber nicht genug, um schon aufzugeben.

»Ich warte, Diane.«

Er ließ sie los. Sie hatte keine Striemen oder blaue Flecken davongetragen, verletzt war nur ihr Ego, aber auch jetzt überlagerte die Erregung noch ihr Schamgefühl. Was hatte dieser Mann an sich, dass sie solche Macht über sich zuließ? Sie stieß einen tiefen Seufzer aus und bereitete sich auf die Fortsetzung dieses ungewöhnlichen Vorspiels vor.

»Du hast es nicht anders gewollt. Ich werde dir das Gehirn wegblasen.« Sie stand vor ihm und posierte wie eine Hure. »Du wirst härter kommen als je zuvor in deinem Leben.«

Er sagte nichts und sah zu, wie sie den Rücken krümmte und sich mit den Händen durch die Haare fuhr. Sie fühlte sich so heiß wie eine Straßenkatze. Ja, sie würde ihn verführen.

»Niemand hat mir das je angetan«, sagte sie, während sie den Reißverschluss im Rücken ihres Kleids aufzog. Ihre Brüste beulten das Kleid aus, und die harten Nippel drückten gegen den dünnen Stoff. »Das heißt, du wirst es mir büßen.«

Langsam hob sie den Saum ihres Kleids, fast bis zur nackten Scham, aber noch nicht ganz. »Ich weiß, du willst sie haben«, murmelte sie und deutete auf ihre verborgene Pussy. »Du kannst sie auch haben, aber noch nicht.«

Griff sagte nichts. Er saß noch auf dem Bett und begann, die Perlmuttknöpfe seines Hemds zu öffnen. Er entblößte ohne Hast den bronzefarbenen Brustkorb, der mit feinen schwarzen Härchen bedeckt war.

Der Anblick ließ Diane fast schwindlig werden.

»Oh, ja, Baby«, gurrte sie und zog das enge Kleid die Hüften hoch. »Zeige mir diesen Körper, über den ich den ganzen Abend kriechen werde.«

Griff ließ das Hemd von den Schultern fallen. Sein Bauch war flach und muskulös. Sie wollte ihn küssen und jeden Zentimeter seiner Haut lecken.

»Treffen wir uns auf dem Bett?«, raunte sie und zog das Kleid über ihre Schultern.

»Nein.« Er schüttelte den Kopf, das Gesicht ausdruckslos. »Wir sind mit deiner Bestrafung noch nicht fertig.«

Sie wich einen Schritt zurück, und plötzlich war ihr die Nacktheit unangenehm. »Was?«, rief sie entsetzt. Unwillkürlich legte sie eine Hand auf ihre Pussy.

»Dein Spanking«, sagte er, während er mit den Händen über seine Oberschenkel fuhr. »Das geht noch eine Weile weiter.«

»Aber das geht nicht«, rief sie. »Ich bin doch nackt.«

»Das geht, Diane, du wirst es erleben. Und jetzt kannst du dich mir nicht mehr widersetzen. Uns ist beiden klar, was du brauchst, und ich kann es dir geben.«

Seine Worte ließen sie schmelzen wie Butter. Das lag nicht am bevorstehenden Spanking, sondern daran, dass er sie haben wollte, dass er sie begehrte. Es ging um Lust, nicht nur um seine, sondern auch um ihre.

Sie schüttelte sich, als sie den Stoff seiner Hose auf ihrer Haut spürte, besonders auf den aufgerichteten Nippeln. Sie rutschte über seine Schenkel, bis ihre Pussy über seinem harten Penis lag. Sie ging in eine Brücke, wodurch die Berührung nicht mehr stattfand, aber Griff beendete ihre Rebellion mit einem einzigen Wort und einer knappen Geste.

»Runter.« Er gab ihr einen Klaps auf den Po, und sie sackte hinunter auf seinen Schoß. Diane stöhnte hilflos, aber es war erst der Anfang.

»Frauen wie du erstaunen mich«, sagte er und fuhr mit einer Hand über Rücken und Po. »Ihr wollt, dass die Männer euch schön finden, euch bewundern, und doch seid ihr euch nie sicher genug. Ihr fühlt euch nie geliebt genug. Fast immer geht das auf den Daddy zurück, den ihr nie gehabt habt.«

Sie verzog das Gesicht, als er sie klatschte. Der Schlag begann als sanfter Schmerz, aber dann entwickelte er sich in ein warmes, sexuelles Prickeln.

»Ich schätze, dein Daddy war nicht oft zu Hause. Er war häufig auf Geschäftsreisen, was? Kam ein oder zwei Mal im Monat, überschüttete sein kleines Mädchen mit Komplimenten und sagte, wie schön es wäre. Das baute in dem Mädchen einen Druck auf, dass es immer perfekt aussah, wenn Daddy nach Hause kam – habe ich Recht?«

Diane war noch bei dem Satz, dass sie schön wäre. »Ja, ja«, murmelte sie, »kann schon sein.«

»Kann sein?« Sein Finger drang in ihre Pussy ein, womit eine neue Runde in diesem Katz und Maus Spiel eingeläutet wurde. »Ich dachte, ich hätte es genauer getroffen.«

»M-mein Vater ist Anwalt«, brachte sie heraus.

Er masturbierte sie bis zum Rand des Orgasmus und hörte dann auf. »Das wäre meine zweite Schätzung gewesen.«

Diane hob ihren Po an, als wollte sie seine Finger wieder einladen.

»Bleib still liegen«, schimpfte er und versetzte ihr einen harten Schlag.

Diane gehorchte. Ihre geschwollenen Brüste wurden auf seinen Schenkeln gequetscht. Als er ihre Klitoris fand, schrie sie auf. Diese Ungezogenheit brachte ihr ein leichtes Kneifen ein. Danach schaffte sie es, schlaff in ihrer Position zu verharren. Es klatschte dreimal auf ihre Pobacken, diesmal nicht ganz so heftig, und dann drang er mit einem Finger wieder tief in sie ein. Aber er brach wieder kurz vor dem Orgasmus ab.

»Lass mich kommen, Griff«, bettelte sie. »Ich brauche es dringend.«

»Das ständige Reizen macht auf Dauer keinen Spaß, was?«

Sie musste daran denken, wie sie in ihrem kleinen roten Sportwagen gesessen hatte, das kurze Kleid ganz hoch gezogen, damit er ihre Pussy sehen konnte.

»Ich habe es nicht anders verdient, das weiß ich. Aber ich werde es wieder gutmachen. Ich will dich verwöhnen. Du kannst meinen Körper benutzen, wie du willst.«

Er nickte zustimmend. »Leg dich aufs Bett, auf alle Viere«, befahl er. »Du kannst über den Boden dahin kriechen.«

Der Teppich kitzelte sie an Handflächen und Knien. Es war eine andere Welt des Sex hier unten, dunkel und männerbestimmt. Aber Diane Quinton konnte in dieser Welt so sexy und lüstern sein, wie sie wollte. Dieser Mann, John Grifford, würde seine Hand über sie halten. Doch auch sie hatte Macht, denn solange er bei ihr war, würde er sie beschützen und umsorgen. Sie war so sehr die Mitte seiner Welt, wie er die Mitte ihrer Welt war.

»Ich werde dir alle deine Frechheiten heimzahlen, Diane Quinton«, sagte er, und im nächsten Moment stieß er tief in sie hinein. »Du wirst ein paar Tage mit gespreizten Beinen durch die Gegend laufen.«

»Wenn ich dir vorher nicht dein Ding breche«, gab sie zurück und rammte mit dem Po gegen seinen Schoß.

Sie hatte es geschafft, das letzte Wort zu behalten. Von nun an kamen nur gestöhnte und gekeuchte Laute über ihre Lippen, und seltsame Gedanken schossen ihr durch den Kopf. Konnte es sein, dass sie zum ersten Mann an den falschen Mann geriet? War sie auch nicht anders als ihre Schwester? Konnte ihr Verlangen nach dem Körper dieses unterbezahlten Angehörigen des Öffentlichen Dienstes ihren sonst so geschärften Goldgräbersinn betäubt haben? Hatte dieser Kerl ihr Herz vernebelt?

Die Haustür war nicht verschlossen, und als Mike Cosgrove ins Haus schlich, traf er niemanden an. Er hatte keinen Schimmer, wo sich der Einbrecher versteckt haben könnte. Nur eins stand fest – es war ihm irgendwie gelungen, sich vor dem jungen Paar zu verbergen. Nun ja, die beiden würden vor lauter Sex nichts wahrnehmen, was im Haus geschah.

Dieser Unbekannte musste Nerven wie Drahtseile haben. Er traute sich doch tatsächlich, an zwei Abenden hintereinander ins selbe Haus einzudringen. Ob er Hilfe rufen sollte, fuhr es Mike durch den Kopf. Aber dann würde er später das Lob nicht allein einheimsen können. Der Chief würde wieder im Mittelpunkt stehen, oder – schlimmer noch – ein paar Detektive der Bezirksregierung, die seinen Funkruf aufschnappten, während sie bei Doughnuts und Kaffee durch die Gegend fuhren.

Cos hasste Kaffee, und Doughnuts rührte er nicht an. Die eingebildeten Detectives waren ihm zuwider. Mist, er wünschte, er könnte seine Stablampe einschalten, um die Dunkelheit zu durchbrechen. Aber dadurch würde er sich natürlich verraten. Nein, das musste eine heimliche Aktion bleiben.

Mondlicht schien in den Salon. Deshalb war es kein Problem festzustellen, dass hier alles in Ordnung war. Ebenfalls in der Küche. Er sollte noch den Carport überprüfen, aber er war ziemlich sicher, dass er im Schlafzimmer fündig wurde. Vielleicht hatte sich der Einbrecher im begehbaren Kleiderschrank versteckt. Dann konnte es für das Pärchen ziemlich gefährlich werden. Er hörte sie schon auf dem Flur stöhnen und keuchen.

»Polizei«, sagte er und schaltete das Licht im Schlafzimmer ein.

Die beiden erstarrten in der Bewegung, und was für eine Bewegung das war!

Cos richtete den Revolver auf den Kleiderschrank und riss die Tür auf, aber er stellte blitzschnell fest, dass er leer war – abgesehen von einer großen, miauenden Katze.

»Officer«, sagte der Mann mit erstaunlicher Gelassenheit, wenn man bedachte, dass er bei einem Blowjob gestört worden war, »da sind Sie ja wieder.«

»Kann man wohl sagen«, knurrte Mike. »Hier im Haus muss ein Einbrecher sein, deshalb muss ich Sie unauffällig ins Freie bringen.«

Die Frau, die zwischen den gespreizten Beinen des Mannes auf dem Bauch lag, hob den Mund vom pochenden Schaft, drehte sich zu Cosgrove um und keuchte: »Hier ist der Einbrecher, Officer. Er ist es. Ich wollte es Ihnen schon vorhin sagen, aber er hat mich nicht gelassen.«

Cos richtete den Revolver auf Ketch. Okay, es hörte sich bizarr an, aber er hatte schon Dinge erlebt, die noch unvorstellbarer waren. »Stimmt das?«, fragte er den Typen, der plötzlich weiß im Gesicht geworden war.

Der Mann sah die Frau wie ein geschlagenes, verratenes Hündchen an. »Maggie, warum?«, flüsterte er. Als sie nichts sagte, sah er Cosgrove an und bestätigte: »Ja, Officer. Ich bin der Einbrecher.«

Maggie sprang auf die Füße. Cos war schwer enttäuscht. Er hätte gern noch eine Weile die Zuschauerrolle bei dem Blowjob behalten.

»Also gut«, sagte er zu dem traurigen Einbrecher. »Die Hände über den Kopf. Sie und ich haben einen Termin unten im Gefängnis.«

»Gefängnis?«, rief Maggie entsetzt. »Sie wollen ihn ins Gefängnis stecken?«

Cos sah Maggie ungläubig an. Konnte die Nacht noch verrückter werden? »Nein, Lady, ich lade ihn auf ein Eis ein, und anschließend besuchen wir den Zirkus.«

»Es ist nur, dass er nicht wirklich ein schlimmer Verbrecher ist. Schauen Sie ihn doch an, Officer. Er würde keiner Fliege war zuleide tun. Er wollte auch nicht wirklich stehlen. Ihm ging es nur um ein Halsband, das ihm gehört, Heeter aber in seinen Besitz gebracht hat. Darüber hinaus wollte er nichts mitgehen lassen. Stimmt's nicht, Ketch?«

»Ja, Sir«, sagte der Mann ernst und hob seine rechte Hand. »Bei meiner Ehre als Ehrenmann.«

Unglaublich. Die Frau wollte, dass der Mann in Freiheit blieb, obwohl sie ihn eben erst verraten hatte. Die beiden brauchten eine Gummizelle, wenn man ihn fragte.

Diane gab vor, zu betrunken zu sein, um ihr Auto zu fahren, deshalb wollte Griff sie zurück zu Maggie bringen.

»Wann werde ich dich wiedersehen?«, fragte sie leise und durchbrach die Stille im Wagen.

Griff ließ sich Zeit mit der Antwort. Sie wusste inzwischen, dass er damit schwierige Emotionen überbrücken wollte. Sie hatte an diesem Abend viel über ihn gelernt, und sie fürchtete sich ein bisschen vor dem, was sie noch über ihn erfahren würde.

»Ich bin nicht sicher, ob das sinnvoll ist«, antwortete er

dann und lenkte den Wagen über die Brücke nach Osprey Island. »Ich meine, weil du sicher bald wieder zurück nach Chicago gehst.«

»Ja, klar«, sagte sie mit der Hast des Stadtmenschen. »Ich schätze, dass ich spätestens morgen zurückfliege. Bis dahin muss ich mich um meine Schwester kümmern, denn wir sehen uns relativ selten.«

Der metallene Untergrund der Brücke ließ das Fahrzeug rhythmisch erzittern. Griff wartete eine Weile, dann fragte er: »Du hast also keine Ahnung, wer hinter dem Einbruch steckt?«

Wenn ein anderer Mann ihr eine solche Frage nach diesem aufwühlenden Sex mit Tiefgang gestellt hätte, wäre es eine Beleidigung gewesen. Aber da die Frage von Griff kam, fasste Diane sie als Kompliment auf. Es war, als wollte er ihr eine Chance geben, sein Vertrauen zu verdienen, und instinktiv wusste sie, dass er solche Chancen nicht oft gewährte.

»Nein. Die ganze Geschichte ergibt für mich keinen Sinn, John. Was mich wirklich besorgt, ist die Art, wie Maggie sich an diesen Typen klammert.«

»Glaubst du, sie hat ihn schon vorher gekannt?«

»Ganz sicher nicht. Er war ein Fremder, aber er hat was an sich, auf das sie abfährt. Sie ist geil auf ihn, um es brutal auszudrücken. Weißt du, Gefahr zieht sie an.«

»Ja«, sagte er trocken. »Diese Neigung scheint in der Familie zu liegen.«

Sie gab ihm einen Klaps auf den Arm. Solide Muskulatur, die das Lenkrad gepackt hielt. »Sei lieb. Und um Himmels willen, untersteh dich nicht, ihr etwas über uns zu erzählen.«

Griff sah ihr zum ersten Mal, seit sie das Hotel verlassen hatten, ins Gesicht. »Das heißt, du wirst es ihr nicht selbst sagen? Ich dachte, ihr seid Schwestern, die keine Geheimnisse voreinander haben?«

»Wieso fragst du danach? Bist du scharf darauf, in ihr Höschen zu gelangen?«

Das typische Grinsen war wieder da. Es ließ ihn halb wie einen Jungen und halb wie einen Teufel aussehen. »Ich glaube, die Lady steckt voller Eifersucht.« Er legte eine Hand auf ihren nackten Schenkel. »Du hast Angst, dass ich mit deiner kleinen Schwester ins Bett gehe und dich vergesse.«

Sie schob seine Hand weg, aber er kam sofort zurück und schob sie ein bisschen höher.

»Wenn du sie noch einmal wegschiebst«, sagte er streng, »dann findest du dich schneller über der Motorhaube dieses Polizeifahrzeugs wieder, als du Willie Shakespeare sagen kannst.«

Diane wollte ihn nicht herausfordern, aber sie äußerte ihren Protest mit einem Schnaufen.

»Sei ein liebes Mädchen«, sagte er und klopfte auf ihre nackte Haut, »und öffne deine Beine für mich.«

»Griff, nein. Diesmal gebe ich nicht nach. Für heute ist Schluss mit Sex. Wenn du mehr haben willst, triffst du mit mir eine Verabredung.«

Diane war nicht in der Lage, ihn zu stoppen, als er die Hand unter ihr Höschen schob. Und dann fand er ihre Pussy, die schon wieder offen, bereit und nass war.

»Wenn du dich für die Szene in der Dusche revanchieren willst«, sagte sie und erinnerte ihn daran, wie sie ihn mit der Seife durchs Bad verfolgt hatte, »dann ist das eine primitive Retourkutsche.«

»Ich habe meine Revanche schon gehabt«, sagte er grinsend. »Über dem Schreibtisch.«

Als ob sie das vergessen könnte, wie er sie eingefangen und von hinten genommen hatte. Sie hatte gelechzt und gestöhnt wie eine hitzige Katze. Sie wurde knallrot, als er sie jetzt daran erinnerte, denn er hatte sie gezwungen, viele obszöne Dinge zu sagen, primitiv, derb, animalisch.

»Kannst du mich jetzt gefälligst in Ruhe lassen?«

»Sage mir, dass ich meine Finger zurückziehen soll«, sagte er, als hätte er ihren Bluff durchschaut. »Ich werde es dann sofort tun.«

Diane biss sich auf die Lippe. Der Bastard wusste genau, was er in ihr anrichtete. Sie rutschte auf dem Sitz herum und wusste, dass sie ihn bald wieder brauchen würde. »Du bist unmöglich«, keuchte sie. »Warum machst du das? Du hast mich doch eben erst wissen lassen, dass du mich nicht wiedersehen willst.«

»Es soll nur eine kleine Erinnerung an mich sein.«

Diane hielt sich an der Türschlaufe fest. Er bearbeitete sie auf schamlose Weise, und sie ließ den Schoß kreisen und gegen seine Finger reiben. »Oh, ja, jetzt fällt es mir wieder ein«, ächzte sie. »Ich werde mich an dich erinnern, weil du der größte, aufgeblasenste Bastard ...«

»Ich will, dass es dir auf meiner Hand kommt, Diane. Komm, Baby, gib's mir.«

Die Kombination seiner wahnsinnig geschickten Finger und der mörderisch sanften Stimme war mehr, als eine Frau ertragen konnte. Sie ergab sich allem, den Gefühlsausbrüchen, ihren Zuckungen und seinem Willen. Dies war eine lange Nacht der Überraschungen gewesen.

»Es ist okay, Baby«, murmelte er und schob ihren Sitz zurück, als das Beben ihres Körpers nachgelassen hatte. »Schließe deine Augen und ruhe dich aus.«

Sie sah ihn an, schlaff wie eine Puppe aus Lumpen, und so offen, wie eine Frau nur sein konnte.

»Schlafe ein bisschen«, sagte er leise, strich ihr über die Stirn und schob die schweißnassen schwarzen Haare zurück.

Instinktiv wandte sie sich ihm zu und hielt sich an seinem Arm fest. Sie fühlte sich wie ein kleines Kind, das den Schutz eines erwachsenen Mannes sucht. Wie damals bei Daddy, als der sie herumfuhr und sie und Maggie Kopf an

Kopf auf der breiten Rückbank der Cadillac Familienkutsche lagen.

Der Mann war ein Widerspruch in sich selbst, dachte sie. Er war aggressiv, konnte sie in Wut versetzen und war doch der herrlichste Mann, den sie je kennen gelernt hatte. Ich kann ihn mir eigentlich nicht leisten – auf der anderen Seite: Kann ich ohne ihn leben?

Also gut, Cos hatte den Auftrag wieder in den Sand gesetzt. Aber hatte er irgendeinem Schaden zugefügt? Der Chief selbst hatte ihm beigebracht, dass es manchmal klug ist, einfach wegzuschauen. Deshalb trug Justitia eine Augenbinde.

Mike wusste nicht genau, ob der Chief so großzügig wie Justitia sein würde, wenn er erfuhr, dass er mit dem Opfer des zweimaligen Einbruchs geschlafen hatte. Nun, warten wir's ab. Er hatte neues Selbstbewusstsein gefunden, seit Rayleen Carter ihm gestanden hatte, wie sehr sie ihn liebte. In ihren Augen war er ein Held. Das zählte doch, oder?

Er zog zum hundertsten Mal seine Uniform glatt und wartete auf den Chief. Griff hatte ihn über Funk erreicht und angekündigt, dass er auf dem Weg vom Festland zurück auf die Insel wäre und Diane, die Schwester, bei sich hätte. Er hätte ihr die Mitfahrt angeboten, weil sie zu betrunken war, um sich selbst ans Lenkrad zu setzen. Das war in den Vorschriften auch nicht vorgesehen, nicht wahr?

Wenn Mike Glück hatte, konnte diese neue Entwicklung bedeuten, dass der Chief zu sehr mit der Schwester beschäftigt war, um viele peinliche Fragen zu stellen. Jeder auf der Insel wusste, dass der Bonus für den Dienst auf Osprey in Pussys bestand. Der Lohn war es jedenfalls nicht, was einen auf der Insel hielt, und Ruhm auch nicht.

Wieso auch? Ein paar kleine Meeresschildkröten vor dem Überfahren gerettet. Starthilfe für den von Motten zerfressenen dreißig Jahre alten Cadillac der alten Dame, die durch seine Hilfe noch rechtzeitig zum Bingospiel kam.

Mike sah den Jeep des Chiefs die Straße hochfahren und richtete sich auf. Zuerst glaubte er, der Chef wäre allein, aber als der Wagen vor dem Haus anhielt, sah er die Frau auf dem Beifahrersitz. Sie schlief tief und fest, und ihr Gesicht zeigte einen befriedigten Ausdruck, den Mike in dieser Nacht schon auf den Gesichtern von drei Frauen gesehen hatte.

»N' Abend, Chief«, sagte er, tippte an seinen Hut und bemühte sich, so auszusehen, als wäre nichts Ungewöhnliches vorgefallen und als hätte er nichts Bemerkenswertes wahrgenommen. »Ein bisschen kälter als letzte Nacht, was?«

»Hör mit dem Geschwafel auf, Cosgrove. Was hast du herausgefunden?«

»Nichts, Sir. Das Haus ist sauber, drinnen und draußen.«

Griff musterte ihn, einen Arm auf dem Fensterrahmen seines Jeeps. »Das klingt gut«, sagte er nach einer Weile, »denn ich will die Lady hier nicht in Gefahr bringen.«

»Absolut sauber«, wiederholte Cos. »Es gibt kein Risiko für ... eh ... für die Lady.«

Griff blinzelte. Irgendwas in Cos' Tonfall weckte seinen Argwohn. »Hast du mir sonst noch was zu berichten?«

Mike räusperte sich. Dies wäre ein idealer Moment gewesen, um seinen Mund zu halten. Aber leider war er ein Cosgrove, und die Cosgroves waren seit Generationen auf der Insel für ihr loses Mundwerk bekannt. »Nein, nichts, Chief«, sagte er, »es ist nur, sie ist verdammt sexy und ...«

»Hat dich das auf ein paar Ideen gebracht?«, unterbrach der Chief ihn. »Wenn das so ist, dann haben wir ein Problem. Ich meine, du wirst ein Problem mit mir haben. Ein sehr persönliches Problem.«

»Überhaupt kein Problem, Chief«, sagte Mike rasch. »Sie sind der gute Samariter, das würde doch jeder Idiot auf den ersten Blick sehen.«

»Sichere noch einmal die Umgebung des Hauses, Cos, dann fährst du nach Hause. Ich übernehme die Überwachung bis zum Morgen.«

»Yes, Sir«, salutierte er knapp. »Wird gemacht.«

Ich glaub, mich krault ein Alligator, dachte er, während er einmal um das Haus herumging. Wenn ich es nicht besser wüsste, würde ich sagen, dass der alte Mann sich verliebt hat.

»Das reicht jetzt, Griff.« Diane wehrte seine Küsse ab. »Ich muss ins Haus, und du musst nach Hause.«

Er hatte sie gegen die Hausmauer gedrückt. »Ich habe die Überwachung übernommen. Da hinter diesem Fenster im Nachbarhaus werde ich sein. Wenn du willst, kannst du mir nachher von deinem Fenster aus eine kleine Schau bieten.«

»Es ist vier Uhr«, protestierte sie und versuchte, seine Hand von ihrer Brust zu schieben. »Und meine Schwester ist da drinnen, falls du das vergessen hast.«

Diane fühlte sich immer noch benommen. Sie war in den Armen des Chiefs aufgewacht, als der sie vom Auto zum Haus getragen hatte. Ein paar Sekundenbruchteile nach dem Aufwachen hatte sie geglaubt, dass diese Szene etwas von Dauer hatte, von einer ernsthaften Beziehung, weil er sich um sie kümmerte und für sie sorgte. Aber dann erinnerte sie sich, dass er gesagt hatte, sie würden sich nie wiedersehen. War das immer noch seine Meinung?

Sie wollte es herausfinden. »Es wäre nur vernünftig, wenn wir so tun, als wäre dies mein letzter Tag auf der Insel.«

Griff verzog die Lippen. »Nun hab dich nicht so, Diane. Was hast du gegen einen weiteren kleinen Fick zur Entspannung einzuwenden?«

Die derbe Beschreibung dessen, was sie erlebt hatten, zeigte Diane, dass ihre Hoffnungen schon wieder geplatzt waren.

»Fick dich selbst«, sagte sie und schlug ihm ins Gesicht. »Da hast du was zur Entspannung.«

Der Chief hielt sich die Wange. »Wofür war das denn?«

»Dafür, dass du ein Mann bist.« Sie schob ihn aus dem Weg, indem sie beide Hände flach gegen seinen Brustkorb drückte. »Ich gehe.«

Sie schlug die Tür mit einem so lauten Krachen zu, dass das Glas in jedem Fenster des Hauses zitterte. Der Lärm brachte Maggie aus dem Schlafzimmer. Sie stand mit zerzausten Haaren und in einem langen Mantel im Flur. »Ist alles in Ordnung, Schwester?«

»Alles ist großartig, Magdalene«, behauptete Diane und rauschte an ihr vorbei. »Sage mir nur, dass du Zigaretten hast und dass es in Florida kein Gesetz gegen das Rauchen in einem Haus gibt.«

»Di, du kannst da nicht rein!«

Diane starrte ihre kleine Schwester an, die wie eine Verrückte hinter ihr hergelaufen war und ihr jetzt den Weg verstellte. Oh, Himmel, ausgerechnet in dieser Nacht drehte sie durch. »Was redest du da, Mags? Bist du noch bei Sinnen?«

Maggie schluckte hart und stand wie ein kleines Mädchen da. »Es ist nur ... also, es ist ein bisschen kompliziert ...«

»Magdalene, rede nicht länger um den heißen Brei herum. Ich hasse es, wenn du das tust. Spuck aus, was du zu sagen hast.«

Maggie atmete tief ein. »Diane, ich weiß, ich hätte dich zuerst fragen sollen, aber ich musste ihn doch irgendwo für die Nacht unterbringen. Er ist überhaupt nicht gefährlich, er will nur sein Halsband zurück, das Cal Heeter ihm weggenommen hat, und außerdem bleibt er auch nur diese eine Nacht, dann wird er wieder verschwunden sein, das schwöre ich, und sage jetzt bloß nicht, ich wüsste nicht, was ich tue, denn das weiß ich ganz genau. Ich bin alt genug, meine eigenen

Entscheidungen zu treffen, was Männer angeht und so, ganz egal, was du sagst.«

Sie legte eine kurze Pause ein, um neuen Atem zu schöpfen.

»Der Einbrecher.« Diane fügte die noch fehlenden Bruchstücke ein und wunderte sich über ihre Gelassenheit angesichts der wirren Situation. »Du hast ihn mit ins Bett genommen. Nun, das war eine weise Entscheidung. Du weißt natürlich, dass Chief Grifford einen Mann abgestellt hat, der das Haus den ganzen Abend überwacht hat? Das bedeutet, sie werden dich wahrscheinlich als Mitwisserin verhaften.«

Maggie sah auf ihre Füße. Die Zehen gruben sich in den dicken Teppich. »Eh ... also, Di, ein Cop war auch hier.«

»Ein Cop war hier? Was meinst du damit, er war hier? Schau mich an, Magdalene.«

Maggie grub die Zähne in ihre Unterlippe. Die Schuld stand ihr deutlich ins Gesicht geschrieben, genau wie damals, bevor sie ihr gebeichtet hatte, dass sie Hank jeden Tag auf der Baustelle vögelte und nachts im Hotelbett.

»Oh, nein, sage mir sofort, dass das nicht wahr ist!«, rief Diane. »Der Cop hat dich auch gevögelt?«

»Es ging nicht anders, Di. Sonst hätte er Ketch verhaftet.«

»Ketch? Wer, verdammt, ist Ketch?«

»Der Einbrecher. Der aber in Wirklichkeit gar kein Einbrecher ist. Er hat mit mir Liebe gemacht, Schwester, und es war wunderbar.«

»Oh, davon bin ich überzeugt.« Sie verschränkte die Arme unter der Brust. »Und wie war es mit dem Polizisten? War das auch wunderbar?«

»Nun mach mich nicht zu einer Schlampe, Di. Es war eine lange Nacht.«

Diane seufzte. Wie konnte sie ihrer Schwester überhaupt etwas vorwerfen, wenn sie an ihre Eskapaden mit dem Boss des jungen Officers dachte?

»Und was geschieht jetzt? Darf ich das fragen?«

»Ich schlage vor, dass wir uns eine Pizza bestellen. Auf dem Festland gibt es eine Pizzeria mit einem Vierundzwanzigstunden-Service«, meldete sich eine muntere Männerstimme.

Diane drehte sich nach dem schlanken Mann mit dem Körper eines Schwimmers um, der gerade aus dem Schlafzimmer getreten war. Er trug Shorts und sonst nichts. Ein halb erigierter Penis lugte verlockend durch den Schlitz.

Eins musste sie Maggie lassen: Das Mädchen suchte sich wenigstens schöne Jungs aus. Aber schöne Jungs brachen einem zum Schluss immer das Herz. Manchmal sogar auch die älteren Knaben.

»Du musst Diane sein«, sagte er und schüttelte ihr die Hand, als träfen sie sich beim familiären Grillabend. »Ich habe vieles über dich gehört. Ich bin Ketch Walker, aber die meisten Leute nennen mich Ketch.«

»Ketch. Was für ein charmanter Name. Nun, wenn ihr nichts dagegen habt, lege ich mich in die Kiste. Ich habe acht Stunden in der Gesellschaft eines abscheulichen, arroganten Mannes verbracht, der, nachdem er meine Welt aus den Fugen gekippt hat, mich wissen ließ, dass er mich nicht mehr wiedersehen will. Natürlich habe ich mich Hals über Kopf in ihn verliebt, weil ich die größte Idiotin auf diesem Planeten bin.«

»Di, warte«, rief ihre Schwester ihr hinterher, aber Diane war nicht in der Stimmung zu reden, auch nicht mit ihrer engsten Verbündeten. Sie hatte eine Verabredung mit ihrem Kissen. Es würde eine durchweinte Nacht werden.

Dreizehntes Kapitel

»Nur eine verdammte Minute!«, rief Cos und warf sich ein Hemd über seine Shorts. Wer, zur Hölle, klopfte da morgens um sechs an seine Tür? Respektierte denn niemand mehr, dass ein Mann eine anständige Portion Schlaf brauchte? Besonders, wenn er erst kurz vor fünf ins Bett gegangen war.

»Wer da vor meiner Tür steht, kommt nur mit dem Leben davon, wenn er schneller laufen kann als ich«, rief er.

Er riss die Tür auf und wappnete sich für einen Kampf. Als er niemanden auf Augenhöhe sah, senkte er den Blick.

»Rayleen.« Seine Wut löste sich in sanfte Wärme auf. »Ich hatte keine Ahnung, dass du es bist.«

»Ich habe etwas für dich gemacht«, sagte sie und streckte scheu die Hände aus, die eine bedeckte Glasschüssel hielten, in der etwas Gelbes schimmerte. Es sah köstlich aus. »Tut mir leid, wenn ich dich geweckt habe. Ich gehe gleich wieder.«

Mike fuhr sich mit den Händen durch die Haare. Plötzlich fühlte er sich überhaupt nicht mehr müde. »Nein, komm doch herein, wenn du ein paar Minuten Zeit hast. Es sieht zwar schrecklich bei mir aus, aber vielleicht kannst du die Augen schließen.«

Sie lächelte lieb. Ihre Zähne glänzten, und ihre grünen Augen auch. Sie trug ein grün-weiß gemustertes Kleid, ärmellos und knielang. Ein Band zähmte die langen Kaskaden ihrer Haare. Himmel, wieso hatte er nie gesehen, dass sie eine Schönheit war – nicht nur sexy, sondern auch lieblich?

»Oh, Mann«, murmelte er und stand wie benommen in der Küche. »So was Gutes hat es hier noch nicht gegeben.«

Sie begann, sich nützlich zu machen, und blieb vorm Herd

stehen. »Es ist nur eine Kasserolle zum Frühstück«, sagte sie.

»Ich habe nicht von der Kasserolle gesprochen.«

Das Kompliment trieb ihr die Röte auf die Wangen. Es erzürnte ihn, wenn er sich vorstellte, dass Männer sie jeden Abend nackt anstarrten und glaubten, sie wäre ein billiges Flittchen. Auch wenn sie Geld mit ihrem Körper verdienen musste, war sie seiner Meinung nach trotzdem eine Lady.

»Wieso findest du noch Zeit, solche Dinge zu machen?«, fragte er sie. »Ich hole die Teller.«

»Setz dich hin«, wies sie ihn an und zeigte auf einen der beiden verschlissenen Küchenstühle. »Ich bediene dich, und du genießt dein Frühstück.«

Mike sah hin, als sie sich bückte, um die Kasserolle in den Ofen zu schieben. Er war hungrig, ja, aber nicht nach Essen.

»Michael«, rief sie, »was machst du denn da?«

»Hast du nicht gesagt, dass du mich bedienen willst?« Er hatte seine Hände von hinten um ihre Taille gelegt. Sein harter Penis drückte gegen ihre weichen Pobacken, und seine Zunge leckte über ihren Nacken und die Ohren.

»Aber so habe ich das nicht gemeint«, sagte sie kichernd.

»Was hast du denn erwartet?«, keuchte er und streichelte mit einer Hand über ihren flachen Bauch, »wenn du in aller Herrgottsfrühe so süß und duftend zu mir kommst?«

»Ich habe erwartet, dass du dich wie ein Gentleman benimmst, Michael Cosgrove.«

»Tu ich doch«, antwortete er in voller Unschuld. »Ich bin ein Mann, und ich werde ganz *gentle* zu dir sein.«

»Oh, Baby«, schmachtete sie und verrenkte den Kopf, um seine Lippen zu erreichen, »hast du eine Ahnung, was du mit mir anstellst?«

»Nein, aber du wirst es mir sagen.« Mike drehte sie um, sodass sie sich gegenüber standen. Sie sah ihn mit heißen, vor Lust brennenden Augen an. Weil sie hastig atmete, hoben und senkten sich ihre Brüste auf eine verlockende Weise. Noch ein paar Sekunden, dann würde er ihr die Kleider vom Leib reißen, bis sie nackt vor ihm stand.

»Du bringst mich dazu, dass ich dir alles gebe, Michael. Mein Herz, meinen Körper, meine Seele. Du bringst mich dazu, dass ich nichts anderes will, als dir Lust zu bereiten. Lust mit meinen Brüsten, meiner Pussy und meinem Mund.«

»Und du bringst mich dazu, dich unbedingt haben zu wollen.« Der Stoff des Kleids zerriss unter seinen Händen. Rayleen juchzte, als hätte sie nur darauf gewartet. Ihr Körper fiel vor Lust schlaff gegen seinen. Sie bot keinen Widerstand, als er ihren BH öffnete und ihr dünnes Höschen zerriss. Er nahm sie auf seine Arme und trug sie zum Bett. Zu seinem Bett, um sie zu *seiner* Frau zu machen.

Für immer.

Sie benötigten keine Worte, jeder verstand, was der andere wollte. Ihre Beine fielen wie von selbst auseinander, als er sie sanft aufs Bett setzte, dann hob sie die Arme über ihren Kopf. Ihre Hüften hoben sich leicht an, eine Einladung, sie zu nehmen.

Der junge Cop kniete sich zwischen die gespreizten Schenkel der schönen Stripperin und verlor keine Zeit, zwischen die Lippen ihrer nassen Pussy einzudringen. Bis zum Anschlag stieß er hinein. Sie ließ kleine gestöhnte Laute hören, und dann die Aufforderung, sie härter und schneller zu nehmen, ihre Brüste zu drücken und ihre Nippel zu schmecken, die sie ihm darbot.

»Oh, Michael, du hast ja keine Ahnung, wie lange ich darauf gewartet habe.«

Mike schürte die Glut in ihren Körpern. »Ich auch, Rayleen, ich auch.«

Die Hitze war unglaublich. Ein feiner Schweißfilm bildete sich auf beiden Körpern. Jetzt redeten sie nicht mehr, sie überließen sich ganz dem uralten Tanz der Geschlechter, dem Stöhnen und Lechzen und – dem Orgasmus.

Sie schrien ihre Ekstase gemeinsam heraus. Mike klammerte sich an ihr fest, als hätte er Angst, dass sie ihn verlassen könnte. Aber er hatte auch Angst, dass sie blieb.

Trotzdem, es gab kein Zurück mehr für ihn. Sie konnten beide das Plateau nicht mehr verlassen, das sie erreicht hatten. Eine lange Zeit lagen sie nebeneinander, Mikes Kopf auf ihren Brüsten, und Rayleen streichelte durch seine Haare, halb Mutter, halb Kokotte.

»Das könnte mir zur lieben Gewohnheit werden«, murmelte er.

Sie gab ihm scherzhaft einen Klaps auf den Hintern. »Das will ich doch schwer hoffen«, neckte sie. »Erst recht, wenn du mir einen Antrag gemacht hast.«

Maggie stützte sich auf einen Ellenbogen und schaute Ketch beim Schlafen zu. Er lag wie ein kleiner Junge da, und wenn er den Atem durch den Mund ausstieß, flatterten seine Wimpern. Doch nur das Gesicht sah friedlich wie das eines Kindes aus; der Körper war ganz Mann, von dem sich sanft hebenden Brustkorb bis zum langen schlaffen Penis, der auf seinem Schenkel lag. Diesen Burschen in ihrem Bett zu haben, fühlte sich seltsam normal und so natürlich an. Und so war auch der Sex mit ihm. Zuletzt noch vor einer halben Stunde.

Diane hielt sie offenbar für verrückt, und es war klar, dass sie heute eine Menge zu bereden hatten, nicht nur über ihre Situation, sondern auch über Dianes neue heiße Liebe. Damit hatte sie zweifellos den attraktiven Polizeichef gemeint, auch wenn sich das gar nicht nach Diane anhörte. Gewöhnlich verlor sie ihr Herz nicht so schnell. Maggie wollte ihre Schwester nicht schlechter machen, als sie war, aber John Grifford hatte kaum das Vermögen und die Verbindungen, worauf Diane bisher immer so großen Wert gelegt hatte.

Himmel, was für ein Geschwisterpaar! Noch nie hatten sie

sich den richtigen Mann ausgesucht. Offenbar war Daddys Vorbild zu stark gewesen. Oder lag es daran, dass er keine Zeit gehabt hatte, seinen Mädchen beizubringen, wonach sie bei einem Mann suchen sollten?

Egal wie, aber sie musste das Durcheinander heute klären. Viel Arbeit lag vor ihr. Das geologische Gutachten im Norden der Insel musste abgeschlossen werden, und sie hatte sich schon seit zwei Tagen nicht mehr auf der Baustelle sehen lassen.

Es würde genügen, wenn sie dem Mann einen Brief hinterließ, fand sie und erhob sich vorsichtig aus dem Bett, damit sie ihn nicht weckte. Aber was sollte sie ihm schreiben? ›Bis dann und danke für die vielen Orgasmen, und pass auf, dass dir beim Hinausgehen nicht die Tür ins Kreuz schlägt‹?

Sie wollte nicht wirklich, dass er ging, aber er sollte längst in Mexiko sein und nicht gemütlich in ihrem Bett liegen. Und Gott helfe ihnen allen, wenn er hier erwischt wurde, vom Chief oder einem anderen Polizisten, der sich nicht mit Sex für Schweigen bestechen ließ.

Diane hatte Recht. Was hatte sie sich dabei gedacht, so ein Risiko einzugehen? Sie könnte im Gefängnis landen und ihren Job verlieren. Ein Mann wie Heeter würde auf schlechte Publicity nicht freundlich reagieren, und es würde ihm auch nicht gefallen, dass seine Chefarchitektin tagelange Orgien in seinem Haus gefeiert hatte.

Sie griff nach einem Bleistift und schrieb ihm einen Zettel, aber als sie den Brief noch einmal durchgelesen hatte, zerknüllte sie ihn. Die Worte auf Papier machten alles nur noch schlimmer. Sie ging hinüber zu ihm, gab ihm einen flüchtigen Kuss auf die Stirn und trat dann nackt unter die Dusche. Soll er doch selbst herausfinden, was Sache ist, dachte sie und ignorierte seinen erigierten Penis so gut sie konnte. Himmel, der Mann war unersättlich.

Tapfer stand sie unter dem Duschkopf und drehte das Wasser auf kalt. Es war nicht, dass sie wach werden wollte – sie musste sich abkühlen. Zitternd spreizte sie die Beine, ließ das Wasser über ihre gespannten Brüste prasseln und in ihre feuchte Pussy laufen. Natürlich war er der Auslöser ihrer neuerlichen Erregung. Selbst im Schlaf spielte der Mann nicht fair.

Wie sollte sie jemandem widerstehen, der so gut aussah und sie so himmlisch gut befriedigte? Und der sie auch so entsetzlich ärgerte und frustrierte – und ihr dabei das Gefühl gab, endlich wieder zu leben.

Ketch war die ganze Zeit wach, während Maggie schrieb. Er sah, wie sie sich mit dem Text mühte, aber er traute sich nicht, die Augen ganz zu öffnen. Er schämte sich, weil er sich vor dem Cop und später auch vor der Schwester wie ein Satyr aufgeführt hatte. Er wusste nicht, warum er zugelassen hatte, dass Maggie sich opferte und mit dem Cop geschlafen hatte, und noch schlimmer traf ihn die Erkenntnis, dass er Lust beim Zusehen empfunden hatte.

Lust empfand er auch jetzt, obwohl er sie nur durch einen Spalt eines Auges sehen konnte. Was für ein Bild, wie sie sich über den Schreibtisch beugte, die Beine leicht gespreizt, die Brüste hin und her pendelnd. Ihre rosa Zunge spielte mit den Lippen, während sie sich auf den anscheinend schwierigen Text konzentrierte. Wie konnte ein Mann eine Frau wie sie nicht jeden Abend im Bett haben wollen? Wie konnte er sich nicht danach sehnen, jeden Morgen neben ihr aufzuwachen? Diese wunderbaren roten Haare, dieser sanfte, biegsame Körper.

Aber ein Mann wie Ketch konnte niemals eine Frau wie sie haben. Sie war außerhalb seiner Liga. Sie würde irgendeinen Arzt oder Anwalt heiraten, irgendeinen Kerl aus Chicago oder Tallahassee, Nadelstreifenanzug, und würde ihm Kinder gebären. Eine Frau wie sie würde während der Schwangerschaft prächtig aussehen, der geschwollene Bauch, die geröteten Wangen, das Gesicht voller Liebe.

Er traute sich selbst nicht, deshalb wälzte er sich rasch auf den Bauch, als sie zurück ins Schlafzimmer trat. Durch den Druck der Matratze auf seinen Penis drohte ihm eine Ejakulation. Aus den Augenwinkeln nahm er wahr, wie sie das Badetuch fallen ließ, ihre Haare schüttelte und nach den Kleidungsstücken griff, die sie an diesem Tag anziehen wollte. Weißer BH, weißes Höschen. Weiße Bluse, marineblauer Rock und dazu passende Jacke.

Ketch schluckte, als sie sich in ihr Höschen schlängelte, den BH umlegte und einhakte und in die hohen weißen Schuhe schlüpfte. Rock, Bluse und Jacke schufen die professionelle Geschäftsfrau, aber er hatte gesehen, was in ihr schlummerte: Eine feurige junge Frau, bereit zum Lieben und bereit, sich lieben zu lassen.

Falls er auf einen weiteren Kuss hoffte, wurde er enttäuscht. Maggie hatte gerade ihr Make up beendet, dann war sie schon aus der Schlafzimmertür, die sie leise hinter sich schloss. Kindisch begann Ketch, gegen die Matratze zu stoßen und brachte damit so viel Reibung auf seinen Penis, dass er tatsächlich eine Ejakulation erreichte, ohne selbst Hand anzulegen.

Er versuchte, das Beschmieren des Betts damit zu rechtfertigen, dass sie ihn so sehr gereizt hatte, auch wenn ihr das nicht bewusst gewesen war, aber sein Verstand sagte ihm natürlich, dass es eine ärmliche Reaktion war. Schnell entschlossen zog das Betttuch ab, angewidert von seinem klebrigen Erguss, und warf es in den Wäschekorb.

»Ich bin ein mieser Typ«, sagte er zerknirscht zu sich, »und ich habe nichts anderes als Stella und alle Qualen verdient, die sie mich leiden lässt.«

Er griff nach Shorts und T-Shirt und drückte sein Ohr gegen die Tür. Er konnte Maggie da draußen hören; sie redete mit ihrer Schwester. Er mied die Tür und kletterte aus dem Schlafzimmerfenster, und es war ihm egal, ob die Cops ihm dabei zusahen oder ob sie ihn später schnappten.

Er brauchte frische Luft. Er musste einen klaren Kopf haben, bevor er explodierte.

Überrascht stellte Maggie fest, dass ihre Schwester Diane schon wach und angezogen in der Küche saß. »Ich dachte, du würdest ausschlafen wollen.« Maggie betrachtete verwundert das schwarze Tanktop, die Jeans und die Sonnenbrille. Das letzte Mal, dass sie ihre Schwester so gekleidet gesehen hatte, war in der Unterstufe der High School gewesen. »Aber ich nehme an, dass du Pläne hast.«

Diane beschäftigte sich damit, den schon blanken Frühstückstresen sauber zu wischen. »Ich fliege nach Hause, Maggie. Weißt du, du brauchst mich hier nicht. Du hast deine Arbeit, aber das Haus hier lässt du verkommen.«

Maggie legte eine Hand auf die fliegenden Finger ihrer Schwester. »Du reibst die Oberfläche des Kunststoffs ab, Diane. Warum erzählst du mir nicht, was dich bedrückt?«

»Nichts«, antwortete Diane, aber die Antwort kam so schnell, dass Maggie ihr nicht glauben konnte. »Ich habe ein paar Sachen in Chicago zu erledigen, das ist alles.«

Maggie wusste, dass es um Grifford ging, aber sie traute sich nicht, das Thema anzusprechen. »Ich dachte, du wärst wegen der Situation mit dem Einbrecher besorgt.«

»Hör zu, Mags«, begann Diane und überraschte ihre Schwester mit der unerwarteten Schärfe. »Du kannst nicht alles haben. Zuerst hatte ich immer Angst um dich, aber jetzt sehe ich, dass es dir besser geht als mir. Das ist nicht fair.«

Maggie überließ sich dem Ausbruch ihrer Schwester, der ihre irische Abstammung durch die Mutter verriet. »Ich habe dich nie gebeten, irgendwas für mich zu tun, Di. Also komm von deinem hohen Ross herunter. Und falls es dich interessiert, es geht mir gut, also kannst du deinen kleinen, mageren, selbstsüchtigen Arsch so schnell es geht nach Chicago heben.«

»Ja, gut.«

»Gut«, echote Maggie und fühlte sich immer mehr wie eine Fünfjährige. »Ich fahre dich nur zu gern zum Flughafen.«

»Nicht nötig, ich habe selbst ein Auto. Außerdem will ich deinen Tagesablauf nicht stören. Wen hast du dir denn heute vorgenommen? Den lokalen Mafiaboss?«

»Schäm dich, Diane.«

»Du hast Recht, kleine Schwester.«

Diane hob ihren Koffer vor der Haustür auf, und im nächsten Augenblick knallte die Tür noch lauter zu als gestern Abend.

»Und komm bloß nicht zurück!«, rief Maggie ihr trotzig hinterher.

Diane stieß gleich vor der Tür mit John Grifford zusammen. Er war der letzte Mensch, dem sie in diesem Moment begegnen wollte.

»Sieh mal einer an«, sagte er, »da überführst du mich doch glatt der Lüge – wir sehen uns wieder.«

»Ich bin nicht in Stimmung, John. Und wenn du was sehen willst, dann schau auf meinen Arsch, wie er immer mehr verschwindet, bis ich deine erbärmliche Insel hinter mir gelassen habe.«

Ihre Beine zitterten, als sie an ihm vorbei ging, aber sie hoffte, dass er das nicht bemerkte, weil er von ihrem Hüftschwenken abgelenkt war. Sie musste unbedingt vermeiden, jetzt bei ihm stehen zu bleiben. Ein tiefer Blick in John Griffords babyblaue Augen, und sie würde zu heulen anfangen wie ein kleines Mädchen.

»Wenn du zum Flughafen willst«, rief er ihr nach, »dann bist du mit mir schneller da.«

»Damit ich auf der ganzen Fahrt dein kleines Sexspielzeug sein kann? Nein, danke«, sagte sie und schüttelte den Kopf. »Goodbye, John Grifford.« Sie griff nach der Klinke ihres kleinen gemieteten Sportwagens. »Ich hoffe, dass du das findest, wonach du im Leben suchst«, sagte sie.

Sie schaffte es, die Tränen zurückzuhalten, bis sie die Brücke erreichte. Was für eine dumme Frau sie war. Nach allem, was sie schon erlebt hatte, ließ sie sich von diesem Kerl so aufregen. Warum? Diane war immer die Starke gewesen; sie setzte sich mit ihrem Witz und ihrem angeborenen Charme durch und ließ alles an sich abtropfen, was ihr in die Quere kam: Daddy mit seinen Affären, Mutter mit ihrem Alkoholproblem, die kleine Magdalene, die immer so unschuldig tat und zu jung und einfältig war, um sich von den kalten hässlichen Wahrheiten des Lebens beeindrucken zu lassen.

Wie war es dazu gekommen, dass sie die Ohrfeigenfrau geworden war, der Blitzableiter für die Sünden aller? Diane, die Schlampe, Diane, die Goldgräberin, Diane, das intellektuelle Leichtgewicht, Diane, der leichtlebige Schmetterling. Als ob sie kein Herz hätte, das ebenso schnell brach wie bei jedem anderen Menschen. Als ob sie nicht alles dafür tat, sie alle bei Laune zu halten und glücklich zu machen. Dafür musste sie manchmal die Hure spielen, manchmal den Clown und manchmal das Partymädchen.

Bei Griff war das anders gewesen. Er kannte ihr Vorleben nicht, und er schien es auch nicht wissen zu wollen. Er stellte keine unmöglich zu erfüllenden Erwartungen an sie.

Leider stellte er überhaupt keine Erwartungen an sie, denn offenbar war sie nur eine gewöhnliche kleine Nummer für ihn gewesen. Eigentlich genau das, was sie auch hatte haben wollen. Gratuliere, Mädchen, sagte sie sich boshaft, du hast bekommen, was du gesucht hast.

Dianes letzter Satz brannte ein Loch in John Griffords Herz, und er wusste nicht einmal warum. Wie konnte ihn irgendwas aus dem Mund eines One Night Stands beeindrucken? Die Leute sagten viele verquere Dinge, um ein normales Goodbye zu vermeiden, vielleicht gehörte ihr Satz auch in diese Kategorie.

Ein schönes Leben. Ruf mich mal an. Wir können mal essen gehen. Lauter Verlegenheitssätze nach einer abgebrochenen Beziehung. Aber zu einer Beziehung hatte es mit Diane gar nicht gereicht. Oder hätte sich aus der einen Nacht eine Beziehung entwickeln können?

Mit Star war es anders. Mit ihr hatte er oft Sex, und es mochte auch so etwas wie eine Beziehung sein, aber sie hatten beide nicht die Illusion, dass es über den jetzigen Status hinausging. Bequemlichkeit. Mann und Frau, die sich voneinander angezogen fühlten und sich am Körper des Partners labten. Warme Körper, manchmal sogar glühend heiße.

Verdammt. Er trat gegen einen Reifen seines Jeeps. Was wollte Diane Quinton Rostov von ihm? Sie hatte in sein Bett gewollt, das war alles. Sie wollte sich von einem Südstaatencop benutzen lassen; das Gewürz des Monats, eine Ergänzung ihrer Sammlung exotischer Begegnungen.

Aber dann hatte sie sich über mehrere Dinge schrecklich aufgeregt, sie war verärgert, weil er ihr gesagt hatte, er wollte sich nicht wieder mit ihr verabreden. Dabei hatte er doch nur gedacht, es bei dieser einen Nacht zu belassen, weil sie ohnehin bald zurück nach Chicago fliegen würde.

»Chief Grifford?«

Griff schaute auf, seine Augen leere Höhlen. Ihre kleine Schwester stand vor ihm. Maggie. Komm, altes Haus, reiß dich zusammen.

»Miss Quinton.« Er nickte höflich.

Sie hatte den Kopf leicht geneigt, als wollte sie herausfinden, was er hier draußen zu tun hatte.

»Wir haben die Überwachung noch nicht abgeschlossen«, erklärte er ihr.

»Oh.« Ein paar Falten tauchten auf der Stirn auf, aber sie verschwanden auch wieder schnell. »Gut«, sagte sie hastig, »dann bin ich beruhigt, denn ich will jetzt das Haus verlassen.«

Griff fuhr seine Radarantenne aus. Die Frau verbarg irgendwas. Leider musste er auch etwas verbergen – eine monströse Erektion. Aus irgendeinem Grund hatte Diane diese Wirkung auf ihn, und die Wirkung verstärkte sich noch, wenn sie wütend auf ihn war.

»Aber dafür sind wir doch da. Officer Cosgrove wird in ein paar Minuten hier sein, um mich abzulösen.«

Vorher musste er ihn allerdings noch anrufen, damit er einen Teil der Schicht des Chiefs übernehmen konnte, denn der Chief musste zu Star, damit sie sich um sein Penisproblem kümmern würde.

»Cosgrove. Der junge Officer, ja.«

Wieder eine interessante Reaktion. Hatte sie nicht nur eine Schwäche für den Einbrecher, sondern auch für Cos?

»Cos ist mein bester Mann«, versicherte er ihr. »Aber er ist auch mein einziger Mann.«

Die Rothaarige lachte, und in ihren Augen blinzelte es auf eine Weise, die ihn an Diane erinnerte. Schwach registrierte er, wie schwer sein Gehirn in Gang kam. In Heeters Haus ging etwas Dubioses vor sich, und es scherte ihn kaum.

»Passen Sie gut auf sich auf«, sagte er, um die kleine Schwester zu beschützen. »Gehen Sie kein unnötiges Risiko ein.«

»Das fiele mir nicht im Traum ein«, sagte sie, lächelte und fügte noch »Chief« hinzu.

Er sah ihr nach, als sie zu ihrem Auto ging. Erst als sie abgefahren war und er zum Handy griff, um Cos anzurufen, wurde ihm etwas Schreckliches bewusst: So sexy die kleine

Maggie auch war, er dachte nicht als mögliche Bettgefährtin an sie. Wegen Diane war sie tabu. Als ob es zwischen ihnen etwas Ernstes gäbe, zwischen ihm, John Grifford III, und der schwarzhaarigen Dämonin aus Chicago.

Unmöglich. Absurd. Das war der endgültige Beweis, dass ein Besuch bei Star längst überfällig war. Seine ganze Welt lief aus dem Ruder.

Cosgroves Handy ging sofort auf die Voicemail. Er musste noch zweimal anrufen, ehe er eine Antwort erhielt.

»Cos«, bellte er, »zieh deinen Schwanz aus der Pussy und beweg deinen Arsch zu Heeters Haus. Du bist wieder zum Überwachungsdienst abkommandiert. Was sagst du?« Er hörte ungläubig zu. »Es ist mir völlig egal, ob es diesmal Liebe ist. Warum erzählst du mir das? Bin ich vielleicht deine verdammte Großmutter?«

Da wird doch der Frosch in der Pfanne verrückt, dachte er und beendete die Verbindung. Spielte denn die ganze Insel verrückt?

Es waren die Seeschildkröten, die für Maggie alles veränderten. Sie bog von der Hauptstraße ab auf den unebenen Weg, der zur Baustelle führte, und da waren sie, winzig kleine Dinger, die durch den Sand hasteten. Zehn, elf, nein, ein Dutzend von ihnen, die verzweifelt versuchten, das Wasser zu erreichen.

Zuerst wollte sie einfach darüber fahren, denn sie hatte eigentlich keine Zeit zu verlieren, aber dann erinnerte sie sich an etwas, was Ketch gesagt hatte, als sie nebeneinander im Bett gelegen hatten.

Hör doch auf zu laufen, Maggie. Alles, was du brauchst, ist um dich herum.

Genau wie die kleinen Seeschildkröten. Sie fanden den Weg ins Meer, den Weg nach Hause.

Plötzlich wusste sie, was sie zu tun hatte. Im Grund musste sie zwei große Wenden einleiten. Die eine mit ihrer Schwester, weil sie sich ihr gegenüber als undankbare Zicke verhalten hatte, und die andere mit Ketch Walker, denn trotz seiner Eigenarten und aller Verrücktheiten war Ketch unglaublich offen zu ihr gewesen, so ehrlich, wie kein Mann vor ihm. Außerdem liebte er ihren Körper mit Eifer und Respekt.

Und so ganz nebenbei – sie liebte ihn.

Was das Durcheinander mit dem Halsband anging, nun, was war daran so seltsam? Jeder hatte seine besonderen Schätze, irgendein Ding, das nur für einen selbst einen Wert besaß. Die meisten Menschen konnten diese kleinen Dinge nicht mehr schätzen, wenn sie älter wurden, sie waren abgelenkt von ihrer Jagd auf Geld und Haus und Auto.

Das war es, was Ketch zu einem besonderen Menschen machte. Er wusste noch, wer er war und wozu das Leben da war. Ein Mann wie Cal Heeter würde das nie begreifen, und wenn Maggie ihren Weg weiter verfolgte wie bisher, würde sie Ketch auch nicht mehr begreifen.

Verdammt, Diane hatte ihr Handy ausgeschaltet. Jetzt blieb ihr nur noch eins zu tun. Sie legte den Rückwärtsgang ein. Sie war entschlossen, Ketch zu finden, bevor es zu spät war. Zu spät für sie beide.

»Wohin führt dich dein Weg?«

Schauer liefen über Maggies Rücken. Eisige Finger stahlen sich über ihre Haut bis hinunter zu den Zehen. Schweiß sammelte sich auf ihren Handflächen. Sie war gelähmt. Es war nicht möglich, nicht in tausend Jahren schlechter Träume. Nicht hier und nicht jetzt.

»Hank«, wisperte sie und traute sich kaum, seinen Namen laut auszusprechen.

Ja, natürlich war er es; er lehnte mit einem Ellbogen auf dem Fensterrahmen ihres Autos. Er sah ein wenig verändert aus, aber es war unzweifelhaft Hank.

»Ich habe dir doch gesagt, Baby, dass du von mir nicht genug bekommen kannst«, prahlte der glatt rasierte Kahlkopf mit dem goldenen Ohrring.

»Was ... was machst du hier?«, stammelte sie.

»Ich bin Bauarbeiter«, antwortete er grinsend, »und da hinten liegt die Baustelle.«

»Und ich bin zufällig die Bauleiterin«, murmelte sie, »und das bedeutet, dass du nicht mehr lange hier arbeiten wirst.«

Er beugte sich vor und streichelte über ihre Wange. Es war, als hätten seine Finger einen direkten Draht zu ihrer Pussy. »Das ist aber keine sehr freundliche Haltung, Miss Quinton.«

»Rühr mich nicht an«, sagte sie und wich vor ihm zurück.

Hank schüttelte in gespieltem Ärger den tief gebräunten Schädel. Wenn es überhaupt möglich war, sah er noch männlicher, noch bedrohlicher und noch schamloser aus. »Baby, warum wehrst du dich? Du weißt genau wie ich, was jetzt passiert. Du solltest deinem Glücksstern danken, dass du es wieder so gut bei mir haben wirst.«

Aus dem Mund jedes anderen Mannes wäre das eine Lüge gewesen. Aber leider traf es bei ihm zu.

»Ich muss noch mal nach Hause, Hank. Wir reden später darüber.«

»Ich komme mit dir«, sagte er und sprang auf den Beifahrersitz. »Dann kann ich mir gleich mal die Umgebung ansehen und das Haus, in dem ich dich hernehmen werde.«

Maggies Herz pochte laut in ihrer Brust. »Es wird nichts dergleichen geben. Wie kannst du überhaupt an so etwas denken, nachdem du mich das letzte Mal auf so abscheuliche Weise im Stich gelassen hast?«

Hank nahm ihr Gesicht in beide Hände und beantwortete ihren Einwand mit einem Kuss. Es war ein heißer Kuss, und seine Zunge mit dem einzigartigen Geschmack wühlte in ihrem Mund. Die Erinnerung ließ ihren Körper schmachten.

»Ich habe vergessen, wie sexy du bist«, murmelte er und knöpfte ihre Bluse auf. »Ich muss mir diese preisgekrönten Titten mal ansehen.«

»Hank, nicht hier. Jemand könnte uns sehen.«

Maggie verabscheute ihre Schwäche für ihn. Bei einem solchen Mann hatten ihre schwachen Proteste die Wirkung wie ein rotes Tuch auf einen Stier.

»Dann bring uns zu einem Bett.«

Beinahe wäre es Maggie nicht gelungen, aus dem Sand herauszukommen. Die Räder drehten durch, aber als sie vom Gas ging, fanden die Räder mehr Haftung. Als sie außer Sichtweite der Baustelle waren, hatte Hank ihre Bluse ganz geöffnet. Er schmiegte seinen Kopf in das Tal ihrer Brüste.

»Hank, ich versuche zu fahren.«

»Und ich versuche, an deinem Nippel zu lutschen.«

»Bitte! Warte doch, bis wir was gefunden haben ...«

Aber wo? Vor ihrem Haus stand mindestens ein Cop, und Ketch war wahrscheinlich noch im Haus.

Er nahm ihre Hand und drückte sie auf den Schritt seiner Jeans. »Fühlst du, was du aus mir machst, meine Süße?«

Ihre Beine wurden zu Gummi. »Ich ... ich muss rechts heranfahren.«

»Wie du willst.« Er stieß einen Finger zwischen ihre Schenkel, während sie das Auto über eine leichte Anhöhe und dann gleich in eine Senke fuhr. »Solange du in der Horizontalen landest, ist mir alles egal.«

Maggie rückte ihren Sitz nach hinten, hob sich an und zog ihr Höschen aus. »Lass mich nicht warten«, keuchte sie und langte nach ihm.

»He, hast du vergessen, wer den Ton angibt?« Er schnappte nach ihrem Handgelenk, um sie daran zu hindern, den Reißverschluss seiner Hose zu öffnen.

Er hielt ihr Handgelenk hoch, und Maggie wusste, dass sie keine Chance gegen seine Kraft hatte.

»Ich will zusehen, während du mit dir selbst spielst, und dabei sagst du, wie sehr du mich vermisst hast.«

»Kann ich meine Hand zurück haben?«

»Nein, eine Hand genügt.«

Maggie leckte sich die Lippen. Sie waren heiß und trocken. Sie hatte keine Kraft in ihren Knochen, aber sie musste den Befehlen des Mannes gehorchen.

Es war gar nicht so einfach, den Rock mit einer Hand bis zur Taille zu ziehen. Ihre heiße Pussy wartete auf ihre Berührung. Hank wollte, dass sie die Beine weit spreizte, und sie bemühte sich, die ganze Breite des Sitzes auszunutzen.

»Ich … ich habe dich ganz schlimm vermisst«, sagte sie und erschauerte, als sie die Finger zwischen die geschwollenen rosa Lippen führte.

»Aber du hast andere Männer gehabt, nicht wahr?«

»Ja«, zischte sie und penetrierte sich.

»Aber dein Herz wusste, dass ich eines Tages zurückkehren würde.«

Sie dachte an ihre schlaflosen Nächte, an seinen albernen Pyjama. »Ja, Hank.«

»Hast du einen Freund?«

Ihm fiel das nur Sekunden währende Zögern auf, ehe sie die Frage verneinte.

»Du lügst. Beuge dich vor.«

Maggie gehorchte, dem überwältigenden Selbstbewusstsein des Mannes ausgeliefert. Wenn er vorher ein meisterlicher Geliebter gewesen war, dann war er jetzt nur noch der Meister, der ihren Körper total beherrschte.

»Seit wir uns zuletzt gesehen haben, Maggie, habe ich einiges dazugelernt.« Er zog Bluse und Jacke über ihre Schultern. »Zieh diese Sachen aus. Auch den BH.«

Mit zitternden Händen entblößte sie ihren Oberkörper. Jetzt trug sie nur noch ihren Rock. Er warf ihre Kleider auf den Rücksitz, behielt aber den BH in seiner Hand.

»Hände auf den Rücken und dreh dich von mir weg.«

»Was machst du, Hank?«

»Wie fühlt es sich denn an, Maggie?«

Es fühlte sich so an, als fesselte er ihre Gelenke mit dem BH.

»Probiere mal, ob du dich befreien kannst.«

Maggie zerrte mit aller Kraft, aber es war vergeblich.

»Nun?«, fragte er.

»Ich kann nicht«, flüsterte sie, und das Eingeständnis schickte kleine Zuckungen zu ihrer Pussy.

»Lauter, Maggie. Ich kann dich nicht hören.«

»Ich kann mich nicht befreien«, sagte sie laut.

»Richtig«, sagte er und umfasste von hinten ihre Brüste. »Du kannst nichts tun.«

Maggie fiel gegen ihn und bettelte mit dem Körper um mehr Aufmerksamkeit des Mannes.

»Wie ich schon sagte«, fuhr er fort, massierte ihre Brüste und zwirbelte die Nippel zwischen seinen Fingern, »ich habe einiges dazugelernt. Dinge über Frauen. Hast du gewusst, Maggie, dass es Frauen gibt, auch direkt vor deiner Nase, die sich gern als Sklavinnen geben? Und ihre Männer halten sie auch so – nackt und in Ketten gelegt, auf den Knien und regelmäßig ausgepeitscht.«

Sie schüttelte den Kopf, als könnte sie es nicht glauben, aber sie hatte in Büchern und Magazinen darüber gelesen. Niemals hatte sie geglaubt, dass sie versucht sein würde, so etwas auszuleben, aber in manch einer Phantasie war sie mit solchen Bildern zu gewaltigen Höhepunkten gelangt. Es waren die Machtspiele, die sie sich erträumte. Eine Liebende liefert sich dem Mann völlig aus. In der nächsten Nacht könnte es umgekehrt laufen – er lieferte sich ihr aus. Einmal Meister, einmal Sklave.

Aber Hank schien nichts mit Phantasien im Sinn zu haben. Für ihn war das die reale Welt. Seine Leidenschaft genügte, um sie nass werden zu lassen.

»Du lügst schon wieder.« Seine Finger drückten ihre Nippel ein bisschen stärker, und sie spürte einen Schmerz, der durch ihren ganzen Körper schoss. Das war der Beginn einer Bestrafung, ahnte sie, zumindest eine letzte Warnung.

»Ich habe davon gehört«, berichtigte sie sich. »Manchmal spiele ich mit mir und schaue mir Bilder an.«

»Braves Mädchen«, lobte er und belohnte sie mit seinen streichelnden Fingern.

Maggie stöhnte lustvoll auf. Diese Reaktion gefiel ihm.

»Siehst du, ich erziehe dich. Bestrafung und Belohnung. Mädchen unterscheiden sich nicht zu sehr von Hunden, Maggie. Man kann ihnen beibringen, sich zu setzen, sich über den Boden zu wälzen und zu betteln. Gefällt dir so etwas? Mit einem Band um deinen Hals? Dein nackter Körper zu meinen Füßen, zu den Füßen deines Herrn?«

»Ja«, sagte sie und fühlte sich schuldig und schmutzig und schamlos, weil sie ihm so bereitwillig nachgab und so rasch ihr tiefes Verlangen nach Ketch verriet. »Herr.«

»Ich habe schon viele Sklavinnen gehabt, Maggie. Es ist kein Spiel.«

»Ich weiß.« Sie nickte. »Und ich will dir gefallen, Herr.«

Er wollte ihre Stimmung ausnutzen, zog sie mit einer Hand an den Haaren zu sich und öffnete seine Hose mit der anderen Hand. Im Gegensatz zu dem, was er behauptete, sah es bisher so aus, als ob die Sklavin den Ablauf des Geschehens bestimmte und nicht er, der Herr und Meister. Wenn die Sklavin nicht mitspielte, konnte er gar nichts tun.

Mit diesem Gedanken begann sie den Blowjob. Gierig nahm sie sich seinen erigierten Penis vor und saugte ihn tief ein – nicht, weil er es verlangte, sondern weil sie es wollte. Es in ihrem Auto zu tun, an den Händen gefesselt und scheinbar gegen ihren Willen, das gab der Szene den besonderen Kick. Ob er auf diese Weise zum Ziel kam, wusste sie nicht, aber sie würde ganz sicher ihren Spaß dabei haben.

»Ich habe es dir doch gesagt«, krächzte er. »Du kannst nie genug von mir kriegen, und das weißt du auch.«

Seltsam, es war in diesem Augenblick, dass ihr bewusst wurde, wie sehr die sexuelle Anziehungskraft dieses Mannes ein Produkt ihrer eigenen Phantasie war. Er hatte die Macht, weil sie sie ihm gab. Ohne ihre Energie, ohne sein Ego zu füttern, war er nicht mehr als ein Schwanz an einer Marionettenschnur.

Maggie biss zu, aber nur ein wenig.

Der unbesiegbare Hank heulte auf. »Was machst du da, du verrücktes Luder?«

Sie hob den Kopf und grüßte ihn mit einem strahlenden Lächeln. »Hat die Sklavin des Meisters etwas Schlimmes getan? Bitte, Herr, lass es mich wiedergutmachen.«

Sie beugte sich über ihn, griff mit beiden gefesselten Händen nach dem Sitzhebel und beförderte Hank in die Horizontale, in der er sie eigentlich hatte sehen wollen. Köstlich, das Staunen in seinen Augen. So schnell konnte sie ihm den Wind aus den Segeln nehmen.

»Die kleine Sklavin will ihrem großen starken Herrn dienen«, sagte sie in ihrer besten Kleinmädchenstimme.

Er befand sich in einer ideal besteigbaren Position, und im nächsten Moment hatte sie sich über ihn geschwungen. Sie war stolz auf sich, das in einem Auto geschafft zu haben, wobei ihre Hände kaum helfen konnten.

Jetzt benutzte sie den Mann, wie er sich vorgenommen hatte, sie zu benutzen. Sie wollte ihre Lust erleben und sich seiner dann entledigen.

»Oh, Baby«, stöhnte er, »ja, ja.« Als ob er in der Sache noch was zu sagen hätte. Dieser Mann war bereits aus ihrem Leben verschwunden, und er kam auch nicht zurück. Das würde er auch begreifen, sobald sie fertig mit ihm war. Dann würde sie sich auf den Weg machen und Ketch suchen. Sie musste ein ernsthaftes Wort mit dem Jungen sprechen.

Die kleine Eidechse, die an der Fensterbank entlang huschte, hatte in diesem Moment sein Leben verändert.

Ketch rannte die Straße hinunter, als wäre ihm eine Zentnerlast von den Schultern gefallen. Plötzlich war ihm alles klar geworden. Er würde Maggie auf ihrer Baustelle finden, sich bei ihr entschuldigen und ihr sagen, dass er sie liebte. Danach würde er sich der Polizei stellen.

Es mochte sich alles ein bisschen verrückt anhören, aber in seinem Kopf ergab es einen Sinn. Die Entschuldigung war mehr als angebracht. Und dass er in die Frau verliebt war, wurde durch sein bizarres Verhalten bewiesen. Warum sonst hätte er sich wie ein Schuljunge aufgeführt? Sich der Polizei zu stellen, nun, das war das einzig Richtige, was er tun konnte.

Er hätte nie versuchen sollen, das Halsband zu stehlen. Wenn Heeter sich gegen das Gesetz stellte, durfte Ketch nicht Gleiches mit Gleichem vergelten. Außerdem – wer brauchte ein Amulett, wenn er was Lebendiges hatte – einen rothaarigen Talisman an seiner Seite?

Nein, er würde sie nie völlig besitzen, das war die Lektion, die er gelernt hatte. Die Eidechse auf der Fensterbank hatte ihn auf den Trichter gebracht. Der Fensterrahmen war gelb gestrichen, und die Eidechse versuchte, sich ihr anzupassen. Sie verfügte offenbar nicht über das helle Gelb, aber der Versuch kam nahe – sie verwandelte ihren Leib in ein blasses Braun. Eidechsen nahmen bei jeder neuen Umgebung eine neue Farbe an, aber er hatte nie den Symbolgehalt erkannt. Eine Kreatur muss sie selbst bleiben, und es gibt Zeiten, in denen sie sich nicht verstecken kann. Der bloße Versuch ist albern.

Ja, Ketch Walker musste sich stellen. Aufhören mit dem Versteckspiel.

Als er Maggies Auto in der Senke neben dem Weg sah, schlug sein Herz schneller. Das musste Gedankenübertragung sein – sie wartete auf ihn, weil sie instinktiv gespürt hatte, dass er sie suchen würde. Sie wollte hören, was er ihr zu sagen hatte. Im nächsten Moment fiel ihm ein, sie könnte sich in Schwierigkeiten befinden. Er lief geduckt auf ihr Auto zu, als er sie schreien hörte. Ketch war zu Tode erschrocken.

Warum waren die Scheiben zugedampft? Er kroch hinter ein paar Büsche und richtete sich dann auf, um ins Innere schauen zu können. Zuerst weigerte er sich zu glauben, was er durch den Nebel der Scheiben sehen konnte.

Da hockte sie mit nackten Brüsten auf einem Mann und hüpfte auf und ab. Sie ritt ihn wie ein besessenes Cowgirl. Die Hände waren ihr auf den Rücken gebunden.

Einen Moment lang spürte er einen stechenden Schmerz, aber der verging, und zurück blieben Besonnenheit und Friede. Jetzt stand fest, dass Teil eins und zwei seines Plans nicht mehr erforderlich waren: Er brauchte sich nicht mehr zu entschuldigen, und mit seiner Liebeserklärung würde sie nichts anfangen können. Offenbar hatte sie einen anderen. Also blieb nur noch Teil drei. Er würde sich den Behörden stellen.

Er richtete sich mit so viel Würde auf, wie er sie unter diesen Umständen aufbringen konnte, und kehrte zur Straße zurück. Mit bedächtigen Schritten hielt er auf die Polizeistation der Insel zu.

Star stand auf der Lichtung hinter ihrem Haus und starrte auf die drei kleinen Kreuze. Er wusste bei ihrem Anblick, dass sie heute keinen Sex haben würden. Dies war ein Tag der Erinnerung, der Trauer. Sie hatte kleine Blumen in ihr weizenblondes Haar gewunden. Das selbst geschneiderte Kleid schmiegte sich wunderbar um ihren schlanken Körper. Ihre Finger spielten mit einer Lilie.

Griff stand hinter ihr, den Kopf gesenkt, und hielt gebührenden Abstand. Ihre Kinder waren drei und fünf Jahre alt gewesen, als das Feuer ausgebrochen war. Jimmy Jack, ihr Vater, hätte auf sie aufpassen sollen. Stattdessen hockte er sturzbesoffen bei Muldoon's. Lisa May konnte ihn nicht die ganze Zeit im Auge behalten; sie hatte zwei Jobs, einen als Cocktailkellnerin in Marston und einen als Reinigungsfrau im Continental Hotel. Alle sagten, er sollte das Geld verdienen, damit sie zu Hause bei den kleinen Kindern bleiben konnte, aber Jimmy Jack hielt es auf keiner Stelle lange aus.

Lisa May hatte versucht, die Kinder aus dem brennenden Wohnwagen herauszuholen. Zwei kräftige Männer hatten sie halten müssen, und selbst dann war es ihr gelungen, sich von ihnen loszureißen.

Jeder Feuerwehrmann kann dir sagen, dass Wohnwagen brennen wie Papier. Nach zwei Minuten bricht das ganze Ding zusammen. Sie hatten Männer hineingeschickt, aber es war schon zu spät.

Mehrere Menschen hatten Lisa Mays Schreie bis zu Muldoon's gehört. Jimmy Jack kam torkelnd hinzu, als die beiden Körper gerade hinausgetragen wurden. Griff hatte sich zurückhalten müssen, um den Kerl nicht auf der Stelle zu erschießen.

»Was soll ich mit ihm tun?«, hatte er Lisa May gefragt.

Sie warf einen Blick auf Jimmy Jack und spuckte ihm ins Gesicht. Der Chief hatte ihn persönlich von der Insel begleitet und ihm sehr deutlich klar gemacht, er würde einen Platz neben seinen Kindern finden, wenn er sich noch einmal zurück auf die Insel wagte.

Lisa Mays Schreie waren die letzten Laute, die aus ihrer Kehle gekommen waren. Von diesem Moment an verfiel sie in völliges Schweigen. Die Feuerwehr stellte fest, dass das Feuer auf dem Herd ausgebrochen war. Eines der Kinder musste eine Platte angelassen haben. Niemand würde je erfahren, ob es der Dreijährige oder der Fünfjährige gewesen war. Die beiden Jungs waren prächtige Kinder.

Eine Zeit lang halfen viele Menschen der arg geprüften Lisa May und ermöglichten ihr ein halbwegs anständiges Leben. Mit dem Geld der Spender baute sie ein Haus an der Stelle des abgebrannten Wohnwagens, und seitdem lebte sie allein da, allein mit der Asche von Jason und Jordan, die sie auf der Lichtung verstreut hatte. Gelegentlich besuchte Griff sie. Die meisten Menschen glaubten, dass sie verrückt geworden war, aber Griff wusste, dass ihr Herz zu rein gewesen war, um einen solchen Schicksalsschlag zu verkraften.

Es war das dritte Kreuz, das Griff an die Nieren ging. Es war für Jimmy Jack. Lisa May hatte es aufgestellt, kurz nachdem sie von der Staatspolizei gehört hatten, dass er neben einem Truckstop auf der I-75 erschossen aufgefunden worden war. Offenbar das Ergebnis eines böse geendeten Rauschgiftgeschäfts.

Eine Frau, die zu lieben wusste.

Griff spürte ein leises Schuldgefühl wie immer, wenn er herauskam. Und wie immer fragte er sich, was ihn zu Lisa May trieb. Vielleicht war die Zeit vorbei, abgelaufen. Vielleicht sollte er nach einer Veränderung suchen. Es fehlte etwas in seinem Leben. Bis gestern war ihm das nicht bewusst gewesen, aber dann hatte er Diane getroffen.

»Star?«

Sie rührte sich nicht.

»Lisa May?«

Immer noch nichts.

»Ich habe nachgedacht« – er räusperte sich – »über uns.«

Jetzt drehte sie sich um. Tränen glitzerten in ihren Augen, und auf dem Gesicht lag ein trauriges Lächeln. Sie stellte sich auf die Zehenspitzen und gab ihm einen Kuss, sanft wie die Flügelschläge eines Schmetterlings.

»Wofür ist der denn?«

Sie winkte mit einem Finger, und er wusste, dass sie etwas schreiben wollte, was aber sehr selten der Fall war. Geschriebene Nachrichten waren bisher besonderen Anlässen vorbehalten, wie damals, als er ein paar Wochen nach dem Feuer gekommen war, um nach dem Rechten zu sehen. Sie hatte ihren neuen Namen aufgeschrieben. Er hatte nie gefragt, woher sie den Namen hatte, und die Frau hatte auch keine Erklärung abgegeben.

Griff zog einen kleinen Notizblock sowie einen kurzen Bleistiftstumpf aus der Tasche. Mit flinken Fingern schrieb sie drei Worte auf das Blatt.

»Nicht deine Schuld.«

»Nicht meine Schuld?«, fragte er laut. »Was ist nicht meine Schuld?«

Sie nahm den Block wieder an sich.

»Jimmy Jack«, schrieb sie.

Himmel, sie sprach ihn von der moralischen Schuld am Tod ihres Mannes frei.

»Das ist nicht nötig, Lisa May. Ich kann trotzdem ganz gut schlafen.«

Sie nahm seine Hände und drückte sie gegen ihr Herz. Ihr Blick wandte sich zum Himmel, und diesmal wusste er, was sie meinte, ohne dass sie es aufschreiben musste. Sie bat ihn, Gott um Vergebung zu bitten, wie sie es auch getan hatte.

Er löste so behutsam wie möglich seine Hände aus ihrem Griff. »Du weißt, dass ich nicht sehr religiös bin.«

Wieder bat sie ihn um den Notizblock. »Finde sie.«

»Wen? Verdammt, Frau, du weißt genau, dass ich Rätsel nicht ausstehen kann.«

Es sei denn ...

Nein. Woher sollte sie etwas von Diane wissen? Oder?

Star gab ihm wieder einen Kuss, warmherzig und keusch. Es stimmte also. Ihre sexuelle Beziehung war zu Ende.

»Ich komme wieder«, versprach er. »Du weißt, es ging mir nicht nur um den Sex.« Auch wenn es vielleicht nicht zutraf, sollte sie es wissen.

»Sie heißt Diane. Ich weiß nicht, woher du über sie erfahren hast. Vielleicht kannst du es in meinen Augen sehen. Aber es spielt keine Rolle, Lisa May. Sie ist abgeflogen, zurück in die Welt, von der du und ich nur träumen können. Und das bedeutet, dass wir beide zusammen alt werden und wie Bruder und Schwester leben.«

Wer oder was sprach da aus ihm? War er noch derselbe Griff, der sich ein Leben ohne Jagd auf die heißeste Braut und auf den größten Fisch nicht vorstellen konnte? Seit wann war er ein Philosoph für den Hausgebrauch geworden?

»Ich gehe jetzt besser, Mädchen, bevor ich doch noch über dich herfalle.«

Noch einen letzten Blick auf den Körper, der ihm so vertraut geworden war, dann ging er mit wippenden Schritten zurück zu seinem Jeep. Er fühlte sich so jung wie ein Teenager und ebenso verängstigt. Ihm war, als schreite er mit einem Lächeln auf dem Gesicht auf den Abgrund zu.

Dabei hatte er nicht einmal die härteste Arbeit des Tages erledigt: seinen Job zu kündigen.

Diane schaltete ihr Handy ein, damit sie Maggie anrufen konnte, und dabei stellte sie fest, dass Maggie sie bereits angerufen hatte. Sie hatte keine Nachricht hinterlassen, aber es konnte nur einen Grund für den Anruf geben. Auch Diane wollte sich entschuldigen. Es war nicht Magdalenes Schuld, dass Dianes Leben eine einzige Katastrophe geworden war. Man war für sein Leben selbst verantwortlich.

Was hatte ihr Umdenken bewirkt? Es waren die Vögel. Große weiße Vögel mit gewaltigen Schwingen, die zum klaren blauen Himmel aufstiegen. Auf dem Boden sahen sie ungelenk aus, aber sobald sie sich in die Luft erhoben, sahen sie wie Poesie in Bewegung aus. Und sie wirkten so stark, so voller Leben. Die ganze Insel schien voller Leben zu sein. Die Sonnenuntergänge schufen hunderte Schattierungen von Farben, gelb, orange und purpurn, dann das schimmernde blaugrüne Wasser, und überall neues Leben, das ganze Jahr durch, unverwüstliche Schöpfung. Kein Schnee, kein grauer Matsch.

Wenn man in dieser Umgebung nicht zum Umdenken fand, dann würde es nirgendwo gelingen. Es war nie zu spät. Nicht einmal auf dem Weg zum Flughafen.

Deshalb drehte sie ihren kleinen roten Sportwagen. Die Insel hatte ihr gut getan. In den hundert Stunden Osprey hatte sie mehr überflüssiges Gepäck abgeladen als in einem Dutzend Jahren Therapie.

Wie würde sich ein Monat, ein ganzes Jahr Osprey auf sie auswirken? Die Möglichkeiten ließen ihre Gedanken sprudeln und wärmten ihre Libido. Nicht, dass sie Griff wiedersehen wollte, aber sie konnte vielleicht andere wie ihn finden. Lebendige, ursprüngliche, gut aussehende Männer, dominant nach außen, weich wie Wachs nach innen, widersprüchlich, unmöglich zu lieben, unmöglich nicht zu lieben, und natürlich gebaut wie ein griechischer Gott.

Jemand wie Griff eben. Ja, er musste ihm schon sehr ähnlich sein. Aber er selbst eben nicht. Niemals.

Als Ketch den Van der Hexe sah, reagierte er wie ein Seemann, der auf ein schreckliches Geisterschiff starrt, dem er einmal nur mit viel Glück entronnen war und deren Häscher ihn jetzt erneut einfangen wollten. Ketch war erfüllt von Verzweiflung und Entsetzen.

»Es hat keinen Sinn«, sagte er Stella, als der Van direkt vor ihm anhielt. »Aus freien Stücken werde ich niemals wieder zu dir einsteigen, und ich habe auch nicht vor, noch einmal deinen Wein zu probieren, also kannst du ruhig weiterfahren.«

»Baby, du bringst einfach keinen Spaß mehr«, lamentierte sie. In ihrem tief ausgeschnittenen purpurfarbenen Latex-Top und einem weißen Lederhalsband sah sie sehr attraktiv aus.

»Ich bedaure, nicht zu deiner persönlichen Unterhaltung auf der Welt zu sein«, knurrte er ironisch. »Ich bin auf dem Weg zur Polizei, weil ich mich stellen will.«

»Wegen was?«

»Einbruch, Vergewaltigung, Entführung, solche Sachen.«

»Oh, weh«, gluckste sie, »dann warst du aber ein böser Junge. Aber ich kann nicht zulassen, dass die Polizei dich in eine hässliche, kalte Gefängniszelle sperrt und du dadurch meiner Bestrafung entkommst.«

»Stella, ich finde das nicht mehr lustig«, sagte er, als sie plötzlich vom Fahrersitz auf den Weg sprang. Sie trug sehr knappe Spandex Shorts und hohe weiße Stiefel. Und sie richtete das Gewehr auf ihn.

»Aber ich.« Sie drückte den Hahn durch. »Ich finde das ungeheuer lustig.«

Der Betäubungspfeil erwischte ihn im Schenkel. Er zog ihn rasch heraus, aber er wusste, dass es schon zu spät war.

»Du kannst laufen, wenn du willst«, sagte sie, »aber dadurch wirkt die Droge nur noch schneller. Ich würde dir raten, dich in den Van zu legen, bevor du ohnmächtig wirst. Du wirst dir wehtun, wenn du auf den harten Boden fällst.«

»Du, Stella, bist die hinterlistigste und schlechteste Frau auf diesem Planeten.«

Sie lachte. Sie hatte ihn schon wieder reingelegt.

»Komm«, sagte sie, als sie die Beifahrertür öffnete. »Ich habe eine Überraschung für dich.«

Er spürte schon, wie die Wirkung einsetzte. Er stolperte zur Tür und warf sich auf den Sitz. »Was war das für ein Zeug? Legst du damit Elefanten um?«

»Eigentlich ist es für Nashörner gedacht, aber ich bin ziemlich sicher, dass ich die Dosis für dein Gewicht richtig gewählt habe. Wie schwer bist du?«

Er dachte, dass er sich über die Ironie des Geschehens lachen hörte, bevor der Pfeil ihn in den Nashornhimmel schickte. Er hatte den Frieden einer Gefängniszelle gesucht und stattdessen die Hölle a la Stella Sawgrass gefunden.

Der Police Jeep stand direkt vor Diane, als sie mit dem roten Flitzer auf die Brücke schwenkte. Natürlich erkannte sie Griffs Fahrzeug auf den ersten Blick. Er signalisierte ihr, zur Polizeistation abzubiegen.

Würde er sie jagen, wenn sie die Anweisung nicht befolgte? Es war ein unwiderstehlicher Gedanke, unbeleckt von jedem gesunden Menschenverstand. Hatte sie sich nicht eben noch vorgenommen, nie wieder etwas mit John Grifford zu tun haben zu wollen?

Ach, was. Ihr sportlicher Ehrgeiz stachelte sie an. Vielleicht konnte sie ihn diesmal ausstechen. Sie trat das Gaspedal durch und brauste an ihm vorbei. Sie musste lachen, als sie sah, dass er ihren aufgewirbelten Sand schlucken musste.

Fast eine Minute lang schaute er ihr nach, und sie dachte schon, dass er sich die Mühe mit ihr nicht machen wollte. Dann sah sie die Lichter und hörte die Sirene, und sie spürte ein vertrautes Kribbeln zwischen den Beinen. Sie lieferten sich ein echtes Duell, einer gegen einen. Gegen sie sprach allerdings, dass sie die Straße nicht kannte, und sie wollte natürlich nicht, dass irgendeiner verletzt wurde.

In ihrem Rückspiegel sah sie, wie sich der Jeep näherte. Bald schon konnte sie sogar sein Gesicht erkennen, ausdruckslos, versteinert.

Sie konnte sich nicht dagegen wehren, öffnete ihre Jeans und schob eine Hand zwischen ihre Schenkel. Der Tacho ging auf die einhundertvierzig zu, und sie war tropfnass. Ihre Pussy lechzte nach mehr Beachtung.

Würde er Verstärkung rufen, oder wollte er sie allein einfangen? Oder würde sie vorher nachgeben und an den rechten Straßenrand fahren? Diane fand ihre Klitoris. Sie würde kommen, hier in der Wildnis, mit dem Polizeichef im Nacken.

Griff verkürzte den Abstand zusehends. Nur noch eine Wagenlänge von ihrer Stoßstange entfernt. Dianes überhitzter Körper wurde von heftigen Zuckungen geschüttelt, als sie sich ausmalte, wie er sie bestrafen würde.

Oh, verdammt, er fuhr jetzt neben ihr und gab ihr Zeichen anzuhalten. Sie schüttelte den Kopf, entschlossen, dieses Spiel bis zum Ende durchzuhalten. Der Chief runzelte die Stirn, dann legte er wieder beide Hände ums Lenkrad. Als wenn es nichts wäre, zog der Jeep an ihr vorbei, dann bog er auf ihre Fahrspur. Jetzt wurde er langsamer und zwang sie auch dazu. Als er vorbei war, versuchte sie, ihn auf der linken Spur zu überholen, aber er blockierte sofort ihren Weg, indem er auch nach links scherte. Egal, ob sie vor oder zurück wollte, er blockierte sie.

Dianes Körper schmerzte vor Erwartung. Jeder Nerv vibrierte voller Leben. Sie hatte keine andere Chance, als ganz rechts heran zu fahren. Der Jeep blieb dicht vor ihr und wartete, dass sie anhielt. Sie zog die Bremse an, und weil sie nicht wollte, dass er sah, was sie in den letzten Minuten getrieben hatte, zog sie rasch den Reißverschluss der Jeans hoch.

Griff ließ sich Zeit, aus dem Jeep zu steigen. Ihre Pussy zuckte aus eigenem Antrieb, als Diane sah, wie er den Schlagstock an seinem Gurt befestigte. Offenbar sollte sie sich fürchten. Mit gemessenen Schritten näherte er sich ihrem Auto.

»Führerschein und Fahrzeugpapiere«, sagte er knapp.

Diane reichte ihm die Dokumente. »Ich weiß, dass ich mich falsch verhalten habe, Officer. Ich bin bereit, die gerechte Strafe für mein Vergehen zu zahlen.«

Er verglich umständlich das Bild auf dem Führerschein mit der Person vor ihm. »Steigen Sie aus.«

»Stecke ich in ernsthaften Schwierigkeiten?«, fragte sie.

»Lehnen Sie sich gegen das Auto«, befahl er. »Die Beine auseinander.«

Diane lehnte sich über die Motorhaube, die Handflächen auf dem heißen Metall. Griff behandelte sie, als wäre sie ein Mann und fasste sie vom Hals bis zu den Knöcheln mit derben Griffen ab, nur beim T-Shirt über ihren Brüsten verharrte er ein wenig länger als bei einem Mann.

»Sie haben das Recht zu schweigen«, sagte er und strich mit den Händen über den runden Po.

»Wenn ich schweigen soll, müssen Sie mir schon einen Knebel in den Mund stecken.«

Griff schob ihre Füße mit seinen Schuhen weiter auseinander. »Sie haben das Recht auf einen Anwalt. Wenn Sie keinen eigenen Anwalt haben, wird Ihnen einer aus dem hiesigen Bezirk an die Hand gegeben. Haben Sie einen gefährlichen harten oder spitzen Gegenstand in Ihren Taschen, von dem ich wissen sollte?«

»Ich habe eine nasse Pussy«, schnurrte sie und gluckste. »Ist das gefährlich?«

»Haben Sie Ihre Rechte verstanden, die ich Ihnen erklärt habe?«, fragte er, als er die Handschellen um ihre Handgelenke zuschnappen ließ.

»Werde ich misshandelt, während ich in Polizeigewahrsam bin?«, fragte sie heiser.

Er führte sie auf den Beifahrersitz des Jeeps zu. »Solange Sie kooperieren, wird Ihnen nichts passieren.«

»Ich werde ganz stark versuchen, ein braves Mädchen zu sein«, versprach sie, als er ihr auf den Sitz half.

Griff sah in das Gesicht seiner schönen, schelmischen Gefangenen. »Irgendwie bezweifle ich das«, sagte er und griff unter dem T-Shirt nach ihren vollen, reifen Brüsten. »Aber das ist nichts, womit ich nicht fertig werde.«

Dianes Lippen teilten sich, ehe sie ein leises Miauen ausstieß, einen brandneuen Klang, den sie eigens für diesen

Mann entwickelt hatte. »Das ist gut«, wisperte sie, »denn ich will fertig gemacht werden.«

Griff warf die Tür ins Schloss und ging zur Fahrerseite. »Sie sind Wiederholungstäterin«, eröffnete er ihr und legte einen Gang ein. »Ich werde Sie ins Gefängnis bringen.«

»Muss ich mich da entkleiden, damit Sie alles genau durchsuchen können?« Sie beugte sich zu ihm und gab ihm einen Kuss auf den Hals.

»Eine Durchsuchung aller Öffnungen«, versprach er, »und anschließend Einzelhaft und in Ketten gelegt.«

»Und ich bleibe die ganze Zeit nackt?«

»Vielleicht, wenn Sie lieb darum bitten.«

Diane senkte den Kopf zu seinem Schoß und versuchte vergeblich, an seiner prächtigen Erektion zu knabbern. In ihrem ganzen Leben war sie noch nicht so ausgehungert auf einen Mann gewesen.

»Versuchen Sie, einen Officer zu bestechen?« Behutsam zog er ihren Kopf an den Haaren hoch.

»Nein, Sir«, behauptete sie. »Ich kann mich bei Amtspersonen nie beherrschen.«

»Ich sehe, dass Sie auf mannigfache Weise fehlgeleitet sind. Wissen Sie, es gab eine Zeit auf dieser Insel, da hat man widerspenstige Frauen auf eine mehr intime Art zu züchtigen versucht.«

»Wie intim?«, wollte sie wissen, während sie sich bemühte, seine Hemdknöpfe mit den Zähnen zu öffnen.

Griff nahm eine ihrer geschwollenen Brustwarzen zwischen seine Finger. »Ich glaube, Sie kennen schon die Antwort auf diese Frage«, sagte er und zwang sie in eine aufrecht sitzende Position.

Diane hielt geräuschvoll die Luft an. »Sie meinen Prügel?«

»Auf den blanken Arsch, um genau zu sein.«

»Daran müsste ich mich erst noch gewöhnen«, sagte sie, »wenn ich länger bleiben sollte.«

»Neben anderen Dingen, ja.«

Ihre Brüste hoben und senkten sich, weil sie schwer atmete. Er ließ die kleine Spitze des Nippels immer noch nicht los. »Welche anderen Dinge?«

»Nun ja, wenn du hier bleibst, gehörst du mir, und ich kann ein ziemlich Besitz ergreifender Bastard sein.«

»Wenn ich wüsste, dass ich dein wäre ...« Sie malte sich die Phantasie aus, die sich in ihr Herz eingenistet hatte, seit sie den Mann das erste Mal gesehen hatte.

»Ich teile nicht gern, Diane. Und es ist nicht leicht, mit mir zu leben. Ich habe genaue Vorstellungen über alles, was es unter der Sonne gibt, und es wird dir kaum möglich sein, immer das zu tun, was ich von dir erwarte.«

»Bisher ist mir das doch gut gelungen.«

»Kann sein«, murmelte er, »kann sein.«

»Also gut«, sagte sie. »Fahren wir jetzt ins Gefängnis, oder was machen wir?«

Griff nahm eine Zigarette aus der Schachtel hinter der Sonnenblende. »Willst du eine?« Sie nickte, und er steckte eine Zigarette zwischen ihre Lippen. Nachdem er sie angezündet hatte, wartete er, bis sie einen tiefen Zug genommen hatte, bevor er ihre Frage beantwortete. »Wie wäre es, wenn wir stattdessen zum Standesamt fahren? Wir beantragen eine Trauung und könnten in zweiundsiebzig Stunden verheiratet sein.«

»John Grifford, bist du verrückt?«

»Nicht verrückter als du.«

Da war was dran.

»Ich will ein Hochzeitskleid und einen Empfang für die Gäste.«

»Du bist eine Gefangene, und du nimmst an, was ich dir zu geben habe und sagst danke.«

»Ach? Nun, wenn du je mit mir verheiratet sein willst, dann wirst du mir das geben, was ich will.«

Griff warf einen Blick auf den gefesselten Körper neben sich. Seine Verlobte und bald seine Ehefrau. »Ich schätze, darüber werden wir uns einigen.«

Diane grinste. »Guter Junge. Was hältst du davon, wenn wir Little Griff an die frische Luft lassen? Dann kann er den Tag ebenso genießen wie wir.«

»So klein ist er gar nicht.« Grifford zog grinsend den Reißverschluss hinunter. »Vielleicht sollte ich ihm einen anderen Namen geben.«

Diane unterdrückte ein Lachen und schluckte ihn ganz. Sie konnte kaum glauben, wie gut er schmeckte und wie gut es sich anfühlte, bei ihm zu sein.

Sie hatte sich endlich gefunden, nicht nur auf dieser Insel, sondern auch in den Armen dieses Mannes. Diane nahm sich vor, ihm das zu sagen. Sobald sie ihre Arbeit beendet hatte.

Stella wartete, bis die junge Frau vors Haus fuhr. Sie selbst stand neben dem alten Van, in dem Ketch noch immer im tiefsten Schlaf lag. Hoffentlich würde es nicht mehr so lange dauern, denn der junge Mann hatte eine Arbeit zu erledigen. Eine großartige Arbeit.

»Sie sind Maggie Quinton«, sagte Stella, sobald die Frau aus ihrem Auto ausgestiegen war.

»Ja, bin ich.« Sie musterte die attraktive Frau neugierig. »Und wer sind Sie?«

Stella schüttelte die dunklen Locken, die ein Tuch nicht ganz zu bändigen vermochten. »Das ist nicht so wichtig. Von Bedeutung ist nur, dass ich etwas habe, was Sie aufbewahren sollen. Für einen Freund von mir.«

»Welcher Freund?«

Statt einer weiteren Erklärung nahm Stella Maggies Hand und drückte das Halsband hinein.

Maggie musterte das Halsband und staunte immer mehr. Sie sah auf den ersten Blick, dass es das Halsband war, das Ketch ihr bis ins letzte Detail beschrieben hatte.

»Das ist Ketchs Amulett.« Sie strich mit einem Finger über den Elefanten aus Jade.

»Ja. Jetzt wissen Sie, dass es tatsächlich existiert.«

»Aber ich dachte, Heeter hätte es in seinem Besitz.«

»Ja, hatte er auch. Aber ich habe es von ihm zurückgekauft.«

»Ketch meinte, er würde sich niemals davon trennen.«

Stella lachte. »Alles hat seinen Preis. Das sollten Sie doch wissen.«

»Ja«, stimmte Maggie zu. »Das sollte ich wissen. Aber was ist Ihr Preis? Ich meine, warum wollen Sie Ketch helfen?«

»Weil ich es war, die das Amulett gestohlen hat.«

Maggies Augen wurden groß. »Sie sind ...«

»Die Göttin der Hexen«, beendete sie Maggies Satz. »Sie steht vor Ihnen.«

Maggie errötete leicht. »Ich fürchte, Ketch übertreibt manchmal.«

»Sie lieben ihn, nicht wahr?«, wollte Stella wissen.

»Ja«, antwortete sie nach einem kürzeren Zögern, als Stella vermutet hatte. »Ja, ich liebe ihn.«

»Gut. Sie sollten nun ins Haus gehen und warten.«

Maggie blinzelte die seltsame Frau an. »Sie wollen ihn zu mir schicken, nicht wahr?«

»Alles ist möglich.«

Maggie senkte den Blick. »Ich bin nicht sicher ... also, ich weiß nicht, was er ...«

»Sie sind nicht sicher, ob er dasselbe fühlte wie Sie? Glauben Sie mir, es steht ihm ins Gesicht geschrieben wie auf einer Tafel. Falls ihr beide nicht bald zueinander findet, werde ich wohl nachhelfen müssen.«

Maggies Unterlippe zitterte. »Ich danke Ihnen«, sagte sie,

umarmte Stella und spürte, wie sich in den grünen Augen ein paar Tränen bildeten.

»Eigentlich sollte ich Ihnen danken, dass ich ihn endlich los bin. Um ehrlich zu sein, seit er nur noch mit verdrehten Augen durch die Welt läuft, ist er für nichts mehr zu gebrauchen. Gehen Sie jetzt.«

Das brauchte sie Maggie nicht zweimal zu sagen. Sie hielt das Halsband fest in ihrer Hand und lief zur Tür.

Nun blieb Stella nur noch, die schlafende Schönheit auf der Rückbank des Vans zu wecken, zusammen mit seinem temporären Schlafgefährten, dem ebenso bewusstlosen Officer Cosgrove. Den neugierigen Cop auszuschalten, war erforderlich gewesen, um ihren Plan umsetzen zu können. Wenn er aufwachte, würde er ein bisschen sauer sein, aber sie hatte vor, ihn für das kleine Ungemach zu entschädigen.

Stella seufzte. Die Arbeit einer Hexe ist eben nie getan.

Ketch schimpfte über sich selbst. Er musste der größte Narr aller Zeiten sein, dass er ihr noch einmal vertraute. Nach all dem, was diese Frau ihm angetan hatte, nach all den Lügen, die sie ihm erzählt hatte, wie konnte er da noch glauben, sie könnte es gut mit ihm meinen?

Trotzdem ging er auf das Haus zu, weil sie gesagt hatte, er könnte jetzt das Halsband wieder an sich nehmen. Wenn er nicht völlig durchgeknallt war, müsste er, so schnell ihn seine Füße trugen, in die entgegengesetzte Richtung laufen.

Aber inzwischen war er soweit, dass es ihm nichts mehr ausmachte, wer was mit ihm anstellte – ob Stella, die Polizei oder Maggie selbst, die ihn vielleicht mit Heeters Revolver erschießen würde, wenn sie ihn beim dritten illegalen Betreten des Hauses erwischte.

Die Haustür stand einen Spalt weit offen, genau wie Stella ihm gesagt hatte. Wahrscheinlich war Maggie nicht da, und das Halsband würde ganz offen daliegen. Irgendwas hatte diese Hexe geplant, er wusste nur nicht was.

»Was du suchst, wird dir gleich ins Auge springen«, hatte sie ihm versprochen.

Natürlich fragte er sich, warum sie ihm helfen wollte. Stella hatte gesagt, um ihre Schuldgefühle zu besänftigen und um die Moral des Universums auszugleichen. Als ob sie was von Moral verstünde!

Ketch nahm seinen nun schon vertrauten Weg: Küche, Salon, Arbeitszimmer. Er kannte sich so gut aus, als wäre dies sein Haus. Er malte sich Heeters Gesicht aus, wenn er wüsste, dass Ketch ungezwungen durch sein Haus spazierte.

Er fand nichts, wieder mal nichts. Jetzt blieb nur noch die Suche im Schlafzimmer. Maggies Schlafzimmer. Bittersüße Erinnerungen. Ein rascher Rundumblick, dann würde er sich abwenden und wieder gehen, enttäuscht und genervt. Ihm wurde immer klarer, dass sich Stella wieder einen ihrer üblen Scherze mit ihm erlaubt hatte. Ketch drehte den Knopf, öffnete die Tür und blieb wie angewurzelt stehen.

»Es wird auch Zeit«, sagte die rothaarige Frau, die sich fröhlich auf dem Bett drapiert hatte, völlig nackt bis auf das Amulett um ihren Hals. »Was muss ein Mädchen denn noch anstellen, um einen Einbrecher anzulocken?«

Er blinzelte einige Male, um zu sehen, ob sie dann wie eine Fata Morgana im Sonnenstrahl verschwand, der durchs Fenster hereinfiel.

»Nun«, fragte sie ungeduldig, »fällst du nun über mich her oder nicht?«

Er leckte sich über die Lippen. Diese Frau war bei weitem der schönste, köstlichste Anblick, der ihm je vor die Augen gekommen war. Es war schwer zu entscheiden, wohin er zuerst schauen sollte – auf ihre rote Mähne, die fast kunstvoll auf dem Kissen ausgebreitet war, auf die vollen Brüste oder auf den roten Busch zwischen den leicht geöffneten Schenkeln.

Im Nu war er hart. Dass sie den Elefanten aus Jade zwischen den zauberhaften Brüsten trug, bestätigte nur, was sein Herz ihm schon gesagt hatte: Dies war die Frau, die er liebte, die er begehrte, nach der er sich mehr sehnte als nach Essen, Luft und Wasser.

Er zog sich rasch aus, hörte aber nicht auf, sie mit den Augen zu bewundern. Er brannte danach, jeden Zentimeter ihrer Haut zu berühren. Falls er ein Mann war und es bisher in seinem Leben geschafft hatte, dann nur wegen ihr, wegen dieses zauberhaften Aktes, der nun folgen würde. Er würde sie nehmen und in ihr kommen. Es war nicht das erste Mal, aber diesmal würde ein Damm brechen und alle seine Emotionen freisetzen.

Er zögerte den lustvollen Moment noch ein wenig hinaus, kletterte dann aufs Bett und wartete, den Penis einsatzbereit in der Hand. Mit Armen und Beinen langte sie nach ihm, um ihn näher heranzuziehen. Ketch klemmte seine Pobacken zusammen und fühlte, wie hart die Hoden waren. Immer mehr Blut pumpte in den Penis. Er war ein Luststab, für diese eine Frau entworfen, maßgeschneidert für ihre Pussy.

Er legte seine Hände auf ihre Oberarme und krümmte den Rücken. In einer flüssigen Bewegung, während sich ihre Blicke begegneten, fand er den Weg nach Hause. Bis zur Wurzel trieb er in sie hinein. Maggie schnappte nach Luft, aber ihre Augen sagten ihm, dass sie es genau so haben wollte. Mehr als alles andere in der Welt. Kein anderer Mann, kein anderer Penis.

Ketch hob den Kopf und sog die Luft tief ein. Er hatte nicht damit gerechnet, dass sie sich leicht aufrichtete und über seine Brustwarzen leckte. Sie nahm sie abwechselnd in den Mund, zärtlich, liebevoll, wie eine Stute, die den Hengst willkommen heißt. Ketchs Nasenflügel blähten auf, dann stieß er einige Male in sie hinein. Maggie bog sich ihm entgegen und zog seinen Hintern mit den Füßen näher an sich heran.

Ketch war dankbar für das weiche Bett und die nachgebenden Federn. Er stieß jetzt härter zu, weil er ahnte, dass sie es so wollte, und gleichzeitig fürchtete er sich, ihr wehzutun und ihren zierlichen Körper zu zerdrücken. Aber bei jedem gewaltigen Stoß stöhnte sie voller Lust auf, und jedes Mal, wenn er sich zurückzog, klammerte sie sich an ihn, als wollte sie ihn nicht gehen lassen. Es war ein Kampf des Willens, ein Duell um die Kontrolle.

Maggie setzte die Zähne in seine Schulter, um ihre Schreie zu dämpfen. Seine eigenen Schreie verschwanden in ihrer Halsbeuge. Ketch spürte, wie sich der Penis ausdehnte, wie er es immer tat, bevor er explodierte. Gleichzeitig spürte er, wie sich ihre Muskeln um seinen Stab spannten.

Es war nicht nötig, dass sie miteinander sprachen, sie brauchten nicht einmal ihre Namen zu rufen. Sie labten sich an den gemeinsamen Zuckungen und genossen die letzten Stöße, bis der Rest der Welt vergessen war, bedeutungslos wurde, ebenso wie Vergangenheit und Zukunft. Ihnen beiden war, als hätten sie sich schon immer gekannt, und instinktiv wussten sie, dass sie für immer zusammen sein würden.

Sie ritten gemeinsam dem Höhepunkt entgegen, erklommen den Gipfel und kehrten wieder zurück, die Freude und Lust verdoppelt durch ihre Vereinigung. Sie spürten, dass in diesem Moment eine Freundschaft geboren wurde, die für die Ewigkeit sein würde.

Diesmal belauerten sie sich nicht, niemand würde die Stricke holen – es sei denn, ihnen war nach einem besonderen Spiel zumute.

»Ich nehme an«, sagte sie verträumt und noch ein wenig außer Atem, »dass du jetzt dein Halsband haben willst.«

»Gibst du es mir freiwillig?«, murmelte er und rollte sich auf den Rücken.

Maggie legte den Kopf auf seinen Brustkorb und küsste seine golden glänzende Haut. »Nein«, sagte sie. »Noch nicht.«

Seine Hand strich über ihren Hinterkopf. »In dem Fall wirst du meine Geisel bleiben.«

»Ist das wahr?« Sie betrachtete ihn schelmisch. »Und wenn ich es nie wieder ablege?«

»Dann hätte ich keine andere Wahl, als dich zu heiraten.«

»Oh. Ich hoffte, dass du mich stattdessen foltern würdest.«

Ketch hob sie auf seinen Penis, der wieder hart geworden war. »Das lässt sich machen.«

»Versprochen?« Sie richtete sich auf, legte die Hände in ihren Nacken und streckte die Brüste heraus.

»Versprochen«, sagte er und schnappte mit dem Mund nach ihren Nippeln.

»Ich liebe dich, Mister Einbrecher«, sagte sie leise.

»Ich liebe dich auch, meine Dryade.«

Epilog

Chief Cosgrove fuhr mit einer Hand in die braune Papiertüte, um zu sehen, was Rayleen ihm fürs Mittagessen eingesteckt hatte. Eiersalat, Toastscheiben, Apfelsauce und einen Zettel. Er las die Nachricht auf dem Zettel zuerst.

Unruhig rutschte er auf dem Sitz des Jeeps herum, der legendären Einheit Eins, und hielt Ausschau nach Rasern. Aber in letzter Zeit gab es nicht mehr so viele; die Frühjahrstouristen waren längst abgereist, und die Sommersaison hatte noch nicht begonnen. Es würde so ruhig bleiben wie seit Urzeiten, denn das Ferienparadies war aufgegeben worden.

Die meisten Menschen waren entsetzt oder auch erleichtert, als Cal Heeter seine Pläne nach nur einem einzigen Wochenende mit Stella Sawgrass begrub. Cos dagegen konnte ihn gut verstehen, auch wenn er nur ein paar Stunden in den Klauen dieser mysteriösen Frau gewesen war. Das Letzte, was man von dem seltsamen Paar gehört hatte, sagte aus, dass sie sich auf einem Segeltörn befanden. Jemand hatte sie splitternackt an Bord herumturnen gesehen.

Die Quinton Schwestern waren auf der Insel geblieben, aber Singles waren sie beide nicht mehr. Maggie war jetzt eine Walker und arbeitete mit ihrem Mann hart an dem Entwurf für ein Naturreservat im Norden der Insel. Diane hatte den pensionierten Chief geheiratet und Diamond Pete ausgezahlt, damit sie gemeinsam das Etablissement übernehmen und etwas gediegener ausrichten konnten.

Es war jetzt ein Club für Männer und Frauen, und es gab auch männliche Stripper, worauf Diane bestanden hatte, allein schon der Gleichberechtigung wegen.

Katy Sue gehörte nicht mehr zu den Tänzerinnen, sie hatte Jake schließlich verlassen und war in die große Stadt gezogen, um ihren Träumen zu folgen. Zuletzt hatten sie gehört, dass sie bei Off-Broadway Shows eingesetzt wurde.

Es schien, dass sich das Leben aller verändert hatte, abgesehen vielleicht von Star, die sich absolut nicht geändert hatte, aber man erzählte sich, dass der Ex von Katy Sue, Jake, ab und zu im Wald bei ihrem Haus gesehen worden war.

Wenn man darüber nachdachte, war es nur ein Halsband gewesen, das all diese Veränderungen herbeigeführt hatte, das Halsband und die Entschlossenheit eines jungen Mannes, sich das zu holen, was ihm gehörte.

Cos versuchte wieder, die Erektion in seiner Hose in eine etwas bequemere Lage zu schieben. Aber er fand keine, zumal in seinem Kopf immer wieder neue Bilder von Rayleen auftauchten. Einmal beugte sie sich in ihren kurzen Shorts weit über den Herd, dann hielt sie ein Baby in den Armen, das sie stillte. Die prallen reifen Brüste gaben genug Milch.

Mochte man ihn auch ein *chauvinistic pig* nennen, aber darauf fuhr er voll ab: So eine Frau zu Hause zu haben, die sich ihm noch nie verweigert hatte. Es war auch das, was Rayleen wollte, obwohl er sicher war, dass ihr noch ein paar andere Dinge vorschwebten, sobald die Kinder etwas größer waren. Sie verbrachte viel Zeit bei den beiden Schwestern aus dem Norden, die ihr von Colleges und guter Ausbildung erzählt hatten.

Aber bis dahin war sie sein, und da er der Chief war, sah er keinen Grund, nicht nach Hause zu fahren und seinen Notstand zu beseitigen. Er startete den Motor und fuhr den Jeep aus seinem Lieblingsversteck und zurück auf die Asphaltstraße.

»Es ist gut, der Chief zu sein«, murmelte er vor sich hin und schaltete Lichter und Sirene ein.

Sehr gut, dachte er und befreite den Penis aus der engen

Hose. Er sah schon, wie sie vor ihm in die Knie ging. Dazu trug auch die goldene Plakette bei, die er nun als Chief trug, denn Rayleen liebte seine Uniform. Das Beste war, dass er den Job bis ans Ende seines Lebens behalten würde. Oder wenigstens solange, bis ein junger Racker kam, um ihn zu ersetzen. Oder bis ein neues Halsband auftauchte.

Ende

Ein erotischer Roman, der Ihre Leselust zu neuen Horizonten führt!

Savannah Smythe
DIE KÜNSTLERIN
Erotischer Roman
272 Seiten
ISBN 978-3-404-15653-5

Carla Vicenzi kellnert und denkt keine Sekunde daran, dass sie mit ihrem Hobby, der Malerei, jemals Geld verdienen kann. Doch dann wird Alex Crewe auf sie aufmerksam, Verführer im Hauptberuf, skrupelloser Geschäftsmann nebenbei. Er steht für alles, was Carla verabscheut, aber schließlich werden sie durch Kräfte zusammengeschweißt, denen beide nicht widerstehen können. Doch was geschieht mit Ruth, Alex' Freundin und Assistentin, und mit Lee, der darauf gehofft hatte, Carla bald zu heiraten? Nun, die beiden wissen sich zu trösten. Und nicht zu knapp.

Bastei Lübbe Taschenbuch

Neue erotische Geschichten der erfolgreichen Autorin von »Lippenspiele«

Emma Marlowe
LUSTSPIELE
Erotische Geschichten
304 Seiten
ISBN 978-3-404-15637-5

Phantasievoll und mit perfektem Gespür für spannungsgeladenen Sex: Emma Marlowes provokanter Mix erotischer Erlebnisse in den unterschiedlichsten Liebes- und Lebenslagen:

Ein Ballettsaal dient als Kulisse für eine Tangostunde der besonderen Art. Eine junge Frau trifft einen Kunstliebhaber und wird durch ihn mit ihrer Vergangenheit konfrontiert. Ein Inserat in der Tageszeitung wird für eine verheiratete Professorin zur verhängnisvollen Affäre. Ein verlassener Mann lässt die Vergangenheit seiner großen Liebe Revue passieren. Ein Clochard wird für eine Businessfrau zu geheimnisvollen Begleitung …

Bastei Lübbe Taschenbuch

Von Gabrielle Marcola sind bei Bastei Lübbe Taschenbücher lieferbar:

15 593 Der Governeur

BASTEI
LÜBBE